第二人生

来自网络新世界的笔记

（美）瓦格纳·詹姆斯·奥　著
李东贤　李子南　译

清华大学出版社
北　京

图书在版编目(CIP)数据

第二人生:来自网络新世界的笔记/(美)奥(Au,W.J.)著;李东贤,李子南译.—北京:清华大学出版社,2009.9
书名原文:The Making of Second Life: Notes From the New World
ISBN 978-7-302-20867-9

Ⅰ.第…　Ⅱ.①奥…②李…③李…　Ⅲ.计算机网络—管理　Ⅳ.TP393.07

中国版本图书馆 CIP 数据核字(2009)第 159247 号

责任编辑:徐学军
责任校对:王荣静
责任印制:王秀菊
出版发行:清华大学出版社　　**地　址**:北京清华大学学研大厦 A 座
http://www.tup.com.cn　　**邮　编**:100084
社 总 机:010-62770175　　**邮　购**:010-62786544
投稿与读者服务:010-62776969,c-service@tup.tsinghua.edu.cn
质 量 反 馈:010-62772015,zhiliang@tup.tsinghua.edu.cn
印 刷 者:清华大学印刷厂
装 订 者:三河市金元印装有限公司
经　销:全国新华书店
开　本:170×230　**印　张**:13.25　**字　数**:211 千字
版　次:2009 年 9 月第 1 版　**印　次**:2009 年 9 月第 1 次印刷
印　数:1~5000
定　价:26.00 元

本书如存在文字不清、漏印、缺页、倒页、脱页等印装质量问题,请与清华大学出版社出版部联系调换。联系电话:010-62770177 转 3103　　产品编号:032569-01

译者序

对于此时此地的你我，人生只有一次，这是人们的共识。然而，在我们所安身立足的现实世界之外，还存在一个崭新的时空。

在那里，日月山河可以随心所欲地升沉转动；花草树木可以随心所欲地生长变幻。在那里，你可以改变或者选择你的职业、地位、语言、性别、婚姻、情感甚至生死，你可以实现儿时展翅飞翔的梦想，你可以如同神仙般倏忽遁隐倏忽而现，你可以怡然自得于闹市街衢之内，也可以厮杀搏斗于刀光剑影之中。只要你愿意，在那里，也会有柴米油盐酱醋茶的琐碎；也会有七情六欲是非恩怨的纠葛；也会有你买我卖争名夺利的往来；也会有几乎你在现实中会有的一切。当然，明亮的背后也会有阴影。于是，这个世界里难免会存在尔虞我诈，难免会存在抢掠烧杀。不过，幸运的是，这里实行着并努力更新着一套并不和现实世界相同的判断标准，它新奇、有效且维护公正。

进入这个神奇的世界，只需要一台电脑，而后，鼠标在握，悠闲一点，立刻置身其中。这个世界，就是第二人生——一个独立却嵌入于现实人生中的世界。这个第二人生的虚拟世界与现实的世界交相辉映，许多人和组织因为在这个世界的表现而改变了现实的人生与命运。成功与失败、光荣与梦想在虚幻与现实之间交错，命运因第二人生而改变。

本书首先介绍了林登实验室早期创业团队的组建情况，回顾了创业者艰辛执著的创业故事，展示了第二人生，即一个开放的虚拟世界诞生的历程。

在林登实验室的成长背景之下，本书从个人、组织等角度出发，描述了林登实验室员工和第二人生居民们如何用出人意料的成功之手来创造这个生机勃勃的世界，揭示了第二人生在灵感撞击和精益求精中不断完善的商业化之路。本书借助大量发生在第二人生虚拟世界的真实故事，通过第一手的虚拟世界资料书写了人们在第二人生世界的创业、商业运作、政治选举、战争、爱情等，使人们看到无论是个人、企业还是其他各种各样的商业的或非商业的组织是如何在网络的虚拟世界中，通过自己聪明才智的发挥和想象来实现自己的梦想与辉煌。在此基础上，作者用独到的笔墨描写了这个虚拟世界社会规则的发展及其自身的完善，表达了虚拟世界中人民对更多自治权利和民主的呼唤。

本书的精彩之处在于引领读者将第二人生与现实世界相联系起来，展示了其居民如何将他们的激情投入到商业、文化、政治和形形色色的领域中，由此向个人和组织提供了虚拟世界的生活指南，为人们打开了一扇通往另一个精彩世界的大门；同时作者还对网络世界的秩序做了深层次的探讨，通过虚拟世界的犯罪事实揭示了未来三维虚拟世界的道德准则、犯罪和惩罚；最后作者还前瞻性地说明了第二人生这个虚拟世界在未来的几年甚至几十年中，如何在下一代以及以后的互联网中继续演进。

本书旨在为读者提供对第二人生的了解之途，熟悉之径，带你进入虚拟而又真实的网络世界，掀开你第二人生的崭新一页。

本书的翻译工作得到了李子南、张媛、蒋阳阳、刘逸涛、刘颖、刁慧娟、李成强、刘青、张瑞芳、韦恩瑶、刘菲菲、于晓东、王自航、刘畅、段文斌、普瀚瑢、段黎、胡晶、张静、曹蕊、董世宁等的积极、认真参与。北京中世信安科技有限公司李伟先生在本书的策划与翻译中也做了大量的工作。在翻译过程中，我们还得到了清华大学出版社各位编辑的大力支持和帮助，在此一并致谢。

编译本书，虽然尽心尽力，然而限于学识，亦恐有未能尽善尽美之处，恳请读者阅后不吝赐教，共相砥砺。

李东贤
于中国人民大学商学院

前　言

谨以本书献给那些追求充满创意和想象生活，以及那些创造出相应的工具使之梦想成真的人们。

这是一个被深锁金匮之中的王国的史诗巨作。

它不是关于游戏的，尽管这个王国的人民都嗜玩如命。因为，除了有着很多奇思妙想之外，还有车载斗量的理由能够说明他们是这个地方的公民(那些奇想经常渗透到他们的所作所为之中)。它更不是一个逃离现实的乌托邦。这是因为，尽管这个王国相对外部的世界而言可以称得上是世外桃源，然而每一个到达这里的人总是将他们的烦恼随身带来。

它也并不是描写那些充斥着1和0的软件程序或者电脑的故事。一言以蔽之，相对于大千世界的形成过程而言，我们只不过是沧海一粟。即使现在里面没有你的容身之处，但是最终你都会身有所依(或者最终你会发现自己只是一个匆匆过客而已)。因此，这个王国不是一个子虚乌有的幻境，它并不能与现实世界完全隔绝。

已经在第二人生中拥有一席之地的人可以直接阅读第一章的内容。然而，对于那些还没有在第二人生之中找到容身之处的人而言，他们可能对第二人生一无所知或者知道的多是道听途说之谈，他们应该驻目于前言，以更好地理解和体会“第二人生”，而后继续探索其他的内容。

第二人生是一个沉浸式、用户创造的在线世界。我希望通过对这一句话的充分阐释，来使我这本书的意义清晰地展现在读者面前。

所谓“世界”，我指的是一个拥有广袤的土地、辽阔的天空、奔腾的河流、葱郁的树林、浩瀚的沙漠和蓬勃的草原的地方。在那里，日月之行，若出其中；星汉灿烂，若出其里。万物相生相克，又会有新的生机悄然迸发:重力、气流以及海洋和它们二者之间的互动。所有的这一切,都会在你面前的电脑屏幕上一览无余。当然,那里也有人的存在和活动,大致而言,他们通过两种方式表现自己:一种方式是作为第二人生之中的居民,这是由创造这个世界的公司所赋予的身份标志(不是预订者、使用者,或者一般的商业指派身份,稍后我们会涉及)。另外一种方式是虚拟化身,这一具有历史渊源的名词来自于梵语世界,意为“上帝的化身”。现在这个名词融合了当代历史的元素,因为它被用来描绘当你处于在线游戏世界时你所控制的另一自我、人物或者角色。

居民就是虚拟化身,但是并不以他们在现实中的原形出现,他们是有差异的虚拟化身,而且这种差异会在短时间内变得非常明显。虚拟化身由键盘或者鼠标来控制,就像其他那些电脑游戏那样。点击右键,你的虚拟化身向前倾,再点击一次,虚拟化身就开始飞翔,就像被来自天堂的木偶线牵扯着一样。正如现实世界一般,里面的居民们显示在你的屏幕上,同时附带融合了三维电脑图像的动态电影图解。

“在线”指的就是在互联网上——更精确地说,是在有着高速数据流的宽带上。“在线”同时也暗指蕴涵社区功能,意味着居住在同一区域内的一群人——同时代表着人以群分,按照一些社会性的重要方式实现共享。

“沉浸式”是一个更令人费解的术语,但可以大致理解为:第二人生的世界以及其居民都用大规模有质地的动态光和阴影的交互式三维图画显示在你的电脑上,同时这个世界里面的声音都是立体的——当一个居民向你走来的时候,你会听到他的脚步声在慢慢靠近,就像他就在你的身后——这种体验极具现实感,让你身临其境。所有这些都源自于聪明的头脑,以及这种头脑内在的、为我们的感知带来内涵的需要。它似乎跟一种现象是紧密相关联的,就是通过一幅画或者一段电影的动画镜头让我们看到距离和远景。沉浸在一个在线的世界就是在其帮助下进入一个相类似的幻想,同时感觉仿佛真的置身其中。因此,如果你的电脑显示出一挂飞流直下的瀑布,你的虚拟化身就在瀑布之前,当你全神贯注时,会感觉到自己周遭都是兀立的危峰悬崖,同时还能体会到鸣雷般的瀑流所带来的头晕目眩和胆战心惊。如果你想冲过那个瀑布,即使当跨过脚下那些锋利如刀的乱石,你也会战栗失色。

当然,这是个人的主观感觉,但是最近两位科学家各自在控制性的实验中再现了这种现象。2007 年 8 月份《科学问题》报道,来自斯德哥尔摩的卡罗林斯卡学院的亨利克·埃尔森和来自日内瓦大学医院的奥拉夫·布兰克,在一个实体显示器上描绘了虚拟化身。在屏幕上,那些模仿虚拟化身的人背对着埃尔森和布兰克的志愿者,仿佛能越过虚拟化身的肩膀看到他们一样(无巧不成书,这正是第二人生以及其他多数世界的默认显示形式)。他们将注意力集中在虚拟化的人身上一会儿之后,布兰克的志愿者们开始将虚拟化身和自己融为一体。埃尔森的研究则更为深入,当他挥舞锤子砸向虚拟化身的时候,参与实验的志愿者顿时冷汗直冒,好像那柄锤子砸的就是自己。

最后,"用户创造的"指的是在第二人生世界中,所有的东西都由它的居民来赋予其形式和实质。这正是第二人生中虚拟化身的独特之处,因为在多数在线世界里,真实只是一部分,更多的是将制作公司的概念纳入其中。这个世界是一个主题公园,而且是一个严格遵循规则的主题公园。里面的虚拟化身称为玩家或者是注册用户,他们对这种称呼非常满意,但在很多方面只能按公司允许的方式行事。

相比之下,对其内部的虚拟化身来说,第二人生的物质世界只是一种三维的调色板。居民能如造物者一样屹立山巅,在举手投足之间就能轻易制造天崩地裂或者沧海桑田。他只需要在空中向大地挥一下手掌,就能从稀薄的空气中创造出树木的形状(这一切的变化都伴随着轰隆作响的声音而形成);同时,无论是什么物质,他都能用手按照一定的模型来改变它们的形状——将一个立方体压伸成薄片,把闪亮的银球转成圆环等等。

在不久的将来,把这些看似天方夜谭的想象变成现实的技术会被开发出来。但对于现在,你要铭记于心的是:书中所描述的所有东西;所有家庭和汽车;所有的潮流以及名目繁杂的设备,都是由里面的居民所创造的。所有的这些事物都各具神通——当它们跟环境发生联系的时候,当它们在空中飞翔的时候,或者是当它们穿着自我供能的靴子纵横驰骋的时候,或者奇形怪状的鱼在海岸边训练的时候——这些都是居民们通过一种特殊的编程语言来实现的。

我必须揭示这些所有的属性,因为当你能够看到它们个别部分的时候,你还应该察觉到它们是如何和一些趋势融合在一起的,而这些趋势是放之四海皆准的。虽然这个故事主要是关于第二人生的,但它相当多的部分能够应用于其他所有的在线世界。

幸运的是,在近几年内,运行三维影像电脑的花费已经迅速下降,足以使这种媒体实现逐渐地普及。从本书开始撰写的2007年中期开始,魔兽争霸,一种来自威迪旺媒体联合的在线游戏，在全球已经有900万的用户——单是中国就大约有450万（当你读到这里时这个数字会更大），魔兽争霸世界就是一个与来自十几个国家的成千上万的人共享的虚拟空间，这些人大多有明确的冒险和英雄主义的梦想。单是跟中国的符合率就暗示着魔兽争霸在西方同样是最流行的游戏。同时，亚洲的许多国产游戏世界需要几百万的居民。

魔兽争霸以及亚洲的衍生品等幻想的角色扮演游戏只是最好辨认的典型，还有更加宏大的蓝图，因为如果你将在线游戏的定义进一步扩展，让它包含所有两个以上的互联网用户能够共享的模拟现实的空间，玩家人数会飙升到让你目瞪口呆的数目。如此应将基于网络的聊天室囊括在内，例如韩国的赛我网，它能够将社会互联网站点转化为虚拟空间，现在据称有1 500万的会员——惊人地达到韩国人口的1/3。瑞典哈宝旅馆拥有800万的常规用户；最近被迪斯尼收购的企鹅俱乐部大概拥有500万的急切用户。必须指出的是，上面的三个世界都是由十几岁的未成年人所操控的（韩国大约有90%的30岁以下公民拥有一个赛我网账户）。未来的几年内，只有加入这些空间方可堪称为新世界真正显赫的人，由此许多专家都看好其在不久的将来有上扬的趋势：例如在2007年5月，知名的技术分析公司嘉纳公司预测：到2011年80%活跃在互联网上用户“将拥有第二人生”（尽管不一定是第二人生）。

如果我们将在线世界的定义进一步扩展到对抽象空间的模拟世界上，你会把Facebook或者YouTube的社交网络和诸多后继者归纳进这个领域。（有些人已经观察到，因为外观上的差异，社交网络本质上是虚幻的角色扮演游戏，在这种游戏中，个人在自己的网页上创造出一个程式化、强化的自身翻版，具有获取友谊以及其他成功的象征，仿佛它们就是金币和魔法徽章。）

从这个意义出发，你描述的就是全球至少有1亿人与在线世界存在某些联系。本书仅仅详述第二世界是有很多原因的，但是我假定，熟悉其他世界和系统的读者会在显现的冲突、成形的社区和选择的身份这三者之中识别出一些共通的模式来。

正如我在本文之初所言，本书所描写的不是一个与现实相隔绝的幻想世界。自进入网络时代迄今，一些人坚持区分数字化的和物质的，仿佛我们仍然能够干净利落地划分出两者的楚河汉界，这显然是无稽之谈。许多人通过电子邮件和博客来口诛笔伐，在即时通信系统上粗暴地调情，在全世界通行的网站上共享私人照片，在线购买消费品，观看那些匿名者用网络摄像头所录制的数不尽的视频，在社交性网络上为自己创造理想的照片，还有就是通过互联网管理我们相当一部分的工作、娱乐和文化交流，即使离开办公桌，我们仍然通过手机跟数据流的世界联系在一起——这一切的一切，就如同我们所生活的真实的世界一样。也许在粗略一瞥之下，它们显得是那么地卡通化或者是游戏化，但是这些虚拟的世界正在转化为网络驱动的体验和互动的渠道。对大多数人尤其是年轻人来说，它们正变成生活中不可或缺的组成部分。

既然它是一个用户创造的世界，第二人生的发展大致上跟当今因特网上所发生的普遍现象保持一致。它有时被认为是读写网或者 2.0 网站，但一般指的是软件驱动的工具，普通的用户用这些工具在互联网上创造新内容，制作博客、社交网页或者网站，上传和展示他们的视频和图片。对于社交性网络，传统媒体公司仍然在试图掌控现状，尽管是那么地举步维艰(确实是自相矛盾的)，用户在创造这些内容之时，通常不带有回报预期，然后又会被他们的受众消费一空。他们所担心的，正是他们的将来，当然这次他们想对了。因此他们正考虑着是否能拉拢或者吸收这群草根的创造力，而且能满足他们自身贪婪的特征。(但是他们错了。)

然而，即使同化之路行不通，联盟也许可以柳暗花明。这正是那些比较温和的公司所尝试的自保之法，近几年来，无论是新闻集团收购聚友网，还是谷歌获得 YouTube(媒体综合公司的这种买进将会延续下去)以及其他所有的合作，当你读到这篇前言的时候这种合作可能已经实现了。现在还存在这种可能性：像第二人生这种用户创造的虚拟世界很快就会致力于财务并购。(当这本书出版时，你可能已经从商业新闻的网站上获悉这样的消息了。)

但是用户创造的社区是脆弱、难以驾驭且反复无常的，一旦外部错误侵入，很容易使其功亏一篑——当更具吸引力的领域出现时这种情况极易发生。这是用户创造的社交网络的现实——依照我的推测，像 Friendster、Orkut、MySpace 和 Facebook 这 4 个公司暂时已经受到限制，接下来是衰退，直到寻找到下一片洞天福地。这在在线世界中更加普遍，那里对所有权和居住权有着更深的认识。(通常，当社区中有影响力的个体判定，拥有这个世界的公司，已经违背那些保证他们地方价值的社会约定时，这种结局在所难免。)

因此，本书同时还可以被看作是一本寓言式的参考文献，它将引导你理解民主的、草根的互联网与众多想要了解互联网的行业二者之间的紧张状况。同时，我想写一些关于像第二人生这样的能够改变跟它的产生紧密联系的行业的故事。大体而言,所有在现实世界中能够用3D技术来增强和提升优势的商业或者企业,他们的将来就维系于此。

由衷而论,本书由两位作者合作写成。2003年春,《第二人生》的创造者林登实验室给了我一个自从我当自由作家以来最非常规的任务。在我看来,他们的世界通常是Wired和Salon这一类杂志的替代品,因此,将这种新的游戏媒体和在线世界推介给主流的观众让我不禁激情满怀。但是写到有关软件说明的部分时,林登实验室的副主席罗宾·哈珀建议我另辟蹊径。他们不希望我在这个世界之内来写这个世界,尽管我作为一个新闻记者——尤其是一个资深的新闻记者,好像就只能这样。就我本人而言,我并不是带着侵略企图去闯入第二世界的,我是基于日常化的外在客观立场来逐渐了解它的。

因此,林登实验室同我就跳过软件的描写而签订了合约,我的角色是历史学家、人种学者,以及前沿阵地报纸的独家记者的集合体。于是,我作为"哈姆雷特·林登"(我自己取的另一名字)开始在第二人生之中开展报道,以名为"有关新世界的随笔"的博客展开。我创造了一个虚拟化身,它是现实中我的一种变形,它穿着一套崭新的衣装,这多亏了汤姆·沃尔夫。在自由搏斗的战争区(那里从一开始就喧嚣不已)我拥有一个像猎人汤普森那样的虚拟化身,他戴着飞行眼镜、身佩0.45口径的柯尔特式自动手枪,开始和吉姆·比恩公开战斗。毫无意外,公司起初让我自由报道和制作有关我自己的故事。他们全然把我的工作当做一种直复营销——因为你在将一种每时每刻逐渐创造出来的服务直接推介给别人。但是最后,有趣的事情发生了,我写的那些江湖故事吸引了最多的眼球。

2006年年初我离开林登正式开始本书的创作,但是我保留了"哈姆雷特"虚拟化身,后来又改名为"哈姆雷特·奥"(只有该公司的员工才能拥有这个林登的姓氏),后来我逐渐演化为一个独立作者,继续书写第二人生最基本的故事。

所以,第一作者从内部和草根的角度来观察第二人生,并作为一个虚拟化身采访其他虚拟化身,通过大量的即时短信和聊天记录来记载和报道他们之间的争夺和冲突。"哈姆雷特"见证了战争、婚姻和反叛,见证了远古的恶灵以新的外形复活,见证了企业大亨从一无所有摇身一变而成为百万富翁。还有令我出乎意料的是,我竟然在虚拟世界中过了一把"理性投资人"的瘾。

本书的第二作者,更加现实和冷静地记载了那些基于虚拟化身的编年体故事，为新世界随笔制作例证性插图，解释他们在更宽广的世界中更富含义的原因。第二作者会为这个世界描绘出一幅通向何方的地图，它将成为互联网未来的组成部分（他的自谦之言）。

回顾我近5年的对这个世界的调查，我发现存在3个关系到第二人生的体验、独特的质量和繁荣发展的基本要素，它们将在未来几年内决定第二人生是否增长。所以我会在最开始的章节里面勾画出其轮廓，这些章节将追溯第二人生作为一个平台的发展轨迹，这并非林登实验室故意添加的，也不是居民们奉为圭臬的法典。在后面的几章里会有比较清晰的脉络，并会追溯第二人生作为一种文化暴烈地进化。更准确地说，公司与社区之间的相互影响催生了这三个基本要素，同时，他们在第二人生发展历程中已经悄无声息地融入到了世界的社会基因里。我希望这些概念能通过我不厌其烦地重复而变得清晰起来（请注意，这些概念经常出其不意地出现），下面对它们进行简短的定义。

比博普现实：这个术语用来描述一个领域，在这个领域中，它的居民持续不断地即兴创作物理和识别的基本定律，他们能在不修改这个世界内在结构的前提下即时修改并修饰这个世界。第二人生的居民是世界性的、是不拘一格的团体成员，他们用三维技术创造各种主题的变化；将万有引力、环境和其他虚拟化身之类的看做是用于即兴制作的内在和谐元素。

印象社会：社会通常是用它最珍贵和最有力的原则来定义的。由此我们才称一个社会物质主义，另一个社会享乐主义。相比之下，在第二人生中，公民、文化、经济，或者社会贡献都是按照组织创造才能和持续效果的比例来判定和界定价值的。基本上，我的意思是必须由社区的居民用内在的内容创造工具和草根努力进行构造。（专业的画家和摄像师已经将他们的作品上传到第二人生中，但是与第二人生中直接创造的雕塑和其他美术作品相比，它们并未获得很多青睐。）“印象”还有这个单词的几重意思：作为一种深刻和持久的影响，作为对优越、创新的有力回应。有意思的是，除了它找不到更好的替代词了。

镜像繁荣：我们相信对第二人生的积极贡献能够而且必须对现实生活中的居民产生积极的影响，反之亦然。这很快成为林登实验室构思其用户守则的潜规则，以及对支持该公司的居民的基本预期。同时，这是第二人生的用户间不断反复流传的主题、强化他们与社区间纽带关系的神话以及激励他们不断开发该世界的圣歌。当然，什么构成了“积极的”，通常因个人不同的理解而异，当利益受到质疑时，冲突和斗争也就发生了。

带着上述指南，我们按照下面的路线来继续：

对那些极少或没有在线世界经验的人来说，这就是一份入门启蒙读本；它将在20世纪70年代早期的在线世界读者带到当今，并且解释了第二人生是如何进化而来的过程(长期的玩家可以粗略浏览即可)。

从“接触知识”到“大众的愚昧”这几章，介绍了第二人生从其创始之初就作为虚拟现实的试验台的情况。很多都来自“上帝之眼”的视野——即林登实验室开发人员的设想，他们通常用笨重的、强硬的或者是出人意料的成功之手来创造这个生机勃勃的世界。

从“自造的人类”到“烧毁房屋”这几章的很大一部分是来自哈姆雷特的观点和基于世界内部的第一手预算，在战争、爱情、创造和合作的纠葛之中，社会产生了，并开始发展规则和完善它自身。这也正是林登世界的人民向原始创造者挑衅的地方，他们要求更多自治的权利。

剩下的几章，从“作为企业家的虚拟化身”到“融合”，将第二人生的追求与现实世界联系起来，它的居民学会将他们的激情投入到商业、文化和实际应用中时，这在两个世界的现实中都举足轻重。最后一章具体说明这个世界在未来的几年甚至几十年中，如何在下一代以及其后的互联网中继续演进。

后记包含了第二人生的最近更新，特别是它对未来因特网的愿景受到来自竞争公司的挑战，而且它们的对手都各有其地盘。当你阅读的时候，记住从写作到印刷要经过几个月的时间，如果因特网以光速发展，当然目前是值得质疑的，那么第二人生则是有过之而无不及。

最后，术语表系统解释了这个王国居民所独创的晦涩的混合语，附录则提供了下一步如何做的指示。

在进一步深入之前我要公开声明：林登没有给我任何金钱上的利益，本书跟该公司没有任何契约协定。在我们的商业关系结束的时候，林登在它的薪水册上把我作为承包人将智力财产权转给我在新世界随笔上所写的文章，同时不带任何现存的义务。那就是说，我在第二人生世界上所付出的个人和专业成本尚属可观。跟许多舍弃了政府和学术岗位，开始自己的探险的因特网的初始开发者一样，我的博客是林登实验室商业发展的众多续集之一，因为林登的其他员工已经继续着手开展基于第二世界的生意。当然我有时还会为有意在第二人生创办空间的企业和非盈利团体提供咨询。(当“虚拟实境咨询师”这一头衔赫然出现于我的商业名片之上时，这已经是一个超现实的里程碑。)我和林登实验室的一些员工和经理仍然是朋友，在公司的那段时光令人怀念，在最大的精神支持之下，他们的终极目标是创造沉浸式互联网，全世界的知识和认知都会以独立的、统一的实体被收录进来，同时所有的人都能共享这些东西——值得敬仰。作为一位技术作家，我把这看做是一种超越任何公司的必然性，最后，没有哪个公司能够战胜三维网站，这是极具可能性的。

最后，本书的局限是：我对林登的内部办公室工作的观测是基于在一些分散的场合对其员工和经理的采访（无论过去还是现在），以及基于我作为一个兼职的承包者的经验。随着我在第二世界上的报道，我的观察未必就是按照公司当时或者现在政策来构建的，反而可以当做是我个人的解释来读，纯属我个人观点。

现在，我们必须将我们的眼光拉回到几十年前：当这个神奇的金匮只许极少数人一窥庐山真面目的时候，那个神奇的王国就已然存在其中，只不过是仅有几行闪烁的字句而已。

目 录

绪　论

从旧世界到新世界
——虚拟实境简史

他有着高大魁梧的身材，严峻冷漠的面庞，举手投足无不显示政客风范。2006年9月，他满怀壮志地走过观众席，大步流星地向主席台上走去。数不胜数的选民和记者在等待着他，仿佛下届美国总统已经是他的囊中之物，因为他目前在选举中处于领先地位。他一边走，一边朝人群挥手，快到演讲台边时，他突然纵身一跃，凌空跳起30英尺，然后分毫不差地落到座位上，动作干净漂亮。这可不是政治家的举动，而像是中国功夫电影中能够飞檐走壁的侠客。在一片惊呼声中，他开始了他的演讲——内容都是当今最棘手的问题，从伊拉克问题讲到堕胎权，又从反恐战争讲到生化聚氯乙烯管等等烦心事。（最后一个是对那位迷迷糊糊的前参议院泰德·史蒂芬斯所用开支的隐晦嘲讽，他将因特网描绘成"一系列的管道"。换句话说，虚拟化身就是一种政治讽刺。）

那时，前弗吉尼亚州州长马克·瓦纳被认为是在2008年总统竞选中仅次于希拉里·克林顿的最合适的民主党候选人。为了顺利走向白宫，他访问了第二人生这个在线世界。而当他最终退出竞选时，就有人倾向于否认外貌是无效的竞选诀窍；然而短短的几个月后，美国第七法庭的联邦法官理查德·普斯纳使用虚拟化身在一个罗马式的体育馆里面就"9·11"后的法律、知识产权和在线世界法学等问题向虚拟化身人群发表演讲。这位影响力非凡的法理学家坚决否认他的外貌能成为竞选诀窍，他认为重要的是他对法律前景的研究：他对一位如同一只6英尺高浣熊的观众和一位长着黑色老鹰翅膀的女性说:"对投资在虚拟世界的钱来说,大型多人在线角色扮演游戏(如果这是正确的首字母缩写的话)会有很大的发展,这需要像法律一样的规则去解决争端、保护财产所有权、保障合约、保护知识产权等。"

几个星期之后,更多人用这一类角色进入第二人生:从民主党国会议员到荷兰国会议员,从瑞士官方大使到法国处于领导地位的两个政党计划委员会成员(尽管他们的到来会被打上战争标记,正如我迟些的到来一般。)

瓦纳州长的出现标志着"虚拟化身"这个术语,作为影响当今网络驱动的政治运动的新元素进入当前美国政治家的词典。2004 年的大选是由网络上发起和组织的博客和见面会来推动的;而有些人现在认为,虚拟化身可能在下一轮大选中把提名者推向权力的宝座。

州长先生在虚拟世界的短暂停留只是过去 30 年中被尘封故事的众多脚注之一。瓦纳来到第二人生之前的几个月中,美国国土安全部就已经在那里资助针对恐怖分子的生化袭击的模拟试验了。同时,哈佛大学的伯克曼中心已经安置完毕,并向人类和飞行机器人之类的对象提供法律和社会的主题演讲;古老的英国广播公司正在开展直播音乐会;国家广播公司正开始以虚拟的形式播放他们的年度圣诞点火仪式;同时哥伦比亚广播公司正为创造《星际旅行》的虚拟实境版本而忙得不亦乐乎。瓦纳兄弟则通过安装在纽约一所楼阁上的无线电广告亭来推广他们最新电影;另外 IBM 的一个科研队伍已着手研发下一代网络技术的原型;思科、戴尔和微软都拥有虚拟土地和自己的主题。

这种项目对一些媒体来说意味一个里程碑,将它们的出发点从落伍的电脑游戏中脱离出来,而在当今数字时代中不断吸收整合现代生活必须的所有要素。

本书是关于一次革命性的飞跃以及其对我们将来的非凡意义。

它重要的上升期大概是从 2002 年开始,而萌芽过程却需要追溯至几十年前的 20 世纪 70 年代。尽管重新回顾这段不可思议的开端显得有点奇怪,但值得简要一览该媒体的创始历史——回顾往事,它一直都在引领风骚。

因特网广泛应用之前,在线虚拟世界就已经存在,那时对现实的近似模拟中,多数的玩家可以同一时间保持联系。但当时处理能力十分有限,不能显示图像,以致这些虚拟最初只能在闪烁的屏幕上以精简的文本形式来描绘:

你现在身处一处静谧的小村舍中;

西北方向是一棵橡木树;

西边有一条潺潺的小溪；
北边是宽阔的马路；
东边是葱郁的牧场；
等等。

纯粹主义者对此辩解道：在最理想、最空想化的现实中，在线世界通过想象的词语复苏。无论如何，这些词语因为备受欢迎的 MUD 和 MUSH 而流行开来，前者是多人参与历险游戏的缩写，后者是多用户共享幻想游戏的缩写。最终，它们的后继者会被整合到价值几十亿美元的国际化游戏工业中去，同时几个主流的媒体会持有几个虚拟世界的股份，最终它们会达到这样的地位：即将成为总统的人都会来走一遭。然而在 20 世纪 70 年代后期到 80 年代早期，它们更多的是一种玩具，一种储存在大学主机中，需要借助一定的工具和资金才能进入的玩具。为了能够偶尔隐蔽地进入（经常要躲避难缠的系统管理员），他们经常使用奇特的名字像“天神”(1977)、“莫里亚”(1978)，当然，还有“泥巴”(1978)，这些名字来自埃塞克斯大学的两位开发者，他们创造了这些游戏术语。

这些精练的词语和简单的图画已经足够在脑子里创造图片，也给你足够的内容在它所描绘的世界中进行互动了。同时，一些更加切实的东西在继续发展，假如有其他用户在同一区域时，你可以跟他们谈天说地。也许他们就坐在校园的另一个终端前面；也许他们就在另一个大学的计算机实验室中；或者也许他们就在这个星球的另一侧——即使回溯到 20 世纪 80 年代中期，当我发现这一类的世界时，也是感到绝非一般的震惊。

回首往事，我认为这是由成千上万的大学生所实现的，尤其是那些有创造天赋的程序员和计算机用户。他们当中的很多人会继续为第一次网络革命的高速链路编写代码，或者成为共享外观的互联网开发商。他们让上百万人（以稳定速率增长）成为商业网络的第一代用户。当他们在硅谷和其他技术中心从事日常工作时，或者当他们在互联网不完善时期配备网络时，就保留这个虚拟世界的居民身份——或者至少对这种在线互动方式保留一份怀念之情。

因为当你在虚拟世界中与其他人接洽时，两种现实前后存在着。你意识到你的手正放在键盘上，闪烁的文字和运动的图片在电脑屏幕上游走；同时你深知同一空间中的其他虚拟化身是被其他人如木偶般操控着的。你也明白控制他们的人或多或少都能在自己的屏幕上看到相似的画面。这就使它像全体亲历的文艺表演或者童年时代形式自由的装扮游戏一般，只要通过在线编码就能进行操控。然而，它还是另一种更深层次的游戏，因为有时它会融入到文化、艺术、商业以及我们线下生活的方方面面。

早期，正如它们的缩写所示，多人参与历险游戏和多用户共享幻想游戏各自的发展过程中出现了交叉之处。广义上讲，玩一个多人参与历险游戏，你就处于一个融合了托尔金的《指环王》抽象版本的世界中，按照《龙与地下城》(1974)一样的规则来编码，这个游戏(《龙与地下城》)经常讨人厌，因为它满是尖锐的金属雕塑和装饰华丽的方块。在这种多人参与的历险游戏里，世界是静态的，其很大一部分是由一组志愿开发者创造的，他们会不辞劳苦地在网络数据库中输入一行又一行的文本来建立整个城镇和妖怪藏身的洞穴。(有时候玩家有自己添加城堡和城市的工具，但是多数人主要是在战斗和探险。)而相反的，在多用户共享幻想游戏中，玩家会更多地关注自己的家(他们正建造着的)和城市(他们跟其他许多人正在建造的)。这正是为什么多用户共享幻想游戏更可能是一个教育家的勘探空间，同时更可能产生在线共同创造的原因所在。而且正因为多数的多用户共享幻想玩家并不抱有追寻黄金和荣誉的幻想，他们才会将全副心思都投入到建设和社会化上。

卢卡斯公司的《栖息地》(1987)就是在线世界的商业化身之一，它通过拨号上网的调制解调器烟幕信号的延迟而将玩家们联系到一起。在雷迪法莫尔和奇普莫宁斯塔的指导之下，《栖息地》确立起社会政治框架的很大一部分，使得许多后继的在线世界都从中汲取经验。(法莫尔和莫宁斯塔通过订户调查以验证他们是否认为"杀死"其他化身是不道德的，或者仅仅是有趣的。)它甚至就不是三维游戏，但在里面玩耍就像在玩一个低预算的卡通游戏一样；你通过头脑中冒出来的幻想会话泡沫与其他玩家(称为化身，在这里是第一次使用)沟通。同时值得指出的是，它是作为乔治卢卡斯媒体联盟的产品推出的。20世纪80年代中期，盈利的媒体公司都开始将虚拟世界视作收入来源，因为它事关一个巨大的潜在市场。

向这种技术进化的平稳迈进体现了对这种媒体与日俱增的文化认知，而这正是由尼尔·斯蒂文森生动的小说《雪崩》(1992)所唤醒的。当然，它有它的前辈们，即威廉·吉布森80年代的"数字朋克"小说(大部分是《神经漫游者》中典型的新阶层)和弗诺·文奇的《真名实姓》(1981)。但却是《雪崩》将虚拟世界(小说里边称为虚拟实境)变成广为人知并且触手可及的完整成形概念，同时还融合了《黑客帝国》的军事艺术行动和黑客攻击的灵感。斯蒂文森还强调通过高分辨头盔显示器能进入的这个三维虚拟世界，灯红酒绿，都市气息浓厚。这不仅仅是一个幻想的世界，也是互联网数据景象互动的入口。（小说中，男主人公碰见一个在现实生活中身体完全残疾的人，但他却能够在虚拟实境内部经营成功的生意。）

同时，这种对未来网络的设想既与虚拟现实热潮并头前行，也与戴着头部监控器、能量反馈手套和环形实验台的初始实验热潮同步发展。最终，正如所要求的，它将成为通向一个数字化世界的入口，这个世界与我们的现实世界同样真实生动。（也就是在这里，"沉浸式的"这个术语进入高科技词汇，它作为判断一个虚拟世界是否给用户带来真实感知的标准。）

这变成了庄严的科技乌托邦主义的一部分，它来源于美国德州霍华德·雷恩得和约翰·佩里巴罗之类的空想家，他们经常向所有的人鼓吹：一位来自20世纪早期的耶稣会神父预见到了未来一段时间里，大量的沟通技术催生了一个人类圈，这是人类智慧的集合，并且通过电子技术联合成全球思想。这就是德日进神父对我们所追求世界精神的设想，这些乌托邦主义者坚持认为（即使取得丁点儿的成果都需要大容量的设备、水泡图像以及高额的花费）。

实践的缺点缩小了夸大的成分，坦白说，整个企业的潜在威胁也是如此。许多人都有这样的疑惑：为什么这些科技人员对与世隔绝如此感兴趣呢？而且当主流媒体对虚拟现实和虚拟世界表现出心不在焉、爱顾不顾时，他们最直接、最紧迫的问题就是"人们能在里面发生性行为吗？"

计算机和电子游戏工业没被这些理论在实践上的失败所吓住（通常说成是无视），继续大步前行。有魔鬼可以屠杀的时候，谁还会有心思去读那些法国牧师的东西呢？

电艺公司的《网络创世纪》（1997）比它之前任何一款游戏都拥有更加丰富的图像，然而它的维数有限，你只能鸟瞰整个游戏世界。你扮演的角色具备可识别的外形和个性（你可以改变他的衣服、尺寸、发型等等），而且在游戏过程中玩家的感觉就好像在它上空20英尺的地方飘浮一样，同时像上帝般的傀儡操控者一样监视其一举一动。《网络创世纪》向庞大的观众群体推介私有虚拟家庭的概念（或者是一座城堡，只要你幸运的话）。然而在极大的程度上，《网络创世纪》玩家的主要兴趣不在市场上或城市里，而是在茫茫荒野之中。那正是创世纪的创造者们将财宝置于地牢中以供掠夺、设置怪兽以及屠杀的地方，同时能通过不断的轮回考验获得自我改进。（你杀的怪兽越多，你就越能更好地杀更大的怪兽。)

借助最新的三维图像能对它们的世界有更加深入的了解,索尼的《无尽的任务》(1999)是《网络创世纪》无可争议的继承者。那令人痛苦的晦涩术语MMORPG(大型多人在线角色扮演游戏的缩写,有时也缩写为MMO),正是从这里开始为大众所使用,而且不知道为什么它就成为这个流派的大众词汇。大型多人在线角色扮演游戏是虚拟世界的亚类,然而在20世纪90年代中期,正当多数游戏只是简单地复制多用户虚拟空间游戏剑与魔杖的虚幻模板时,两个高姿态的虚拟世界复兴了非主流的"多用户共享幻想游戏"模型:《活力世界》(1995)和《那里》(1998),两者都允许一些有限制的用户创造内容。如果只是将角色扮演的世界定位在荒野中的冒险和战斗,那么这些地方将发展成为适合社会化的开明宜居空间——即使实际上仅意味着夜总会和沙滩宴会。

大概就是那个时候,学术界开始将大型多人在线角色扮演游戏当做是社会经济学和伦理分析的培养机。对此起巨大推动作用的是加州州立大学一富勒顿分校爱德华·卡斯特罗诺娃教授2001年写的论文《虚拟世界:计算机前沿的第一手市场和社会账户》,这是对《无尽的任务》经济的分析,该游戏将其内部货币和商品的生产总值设置成为高过俄罗斯和保加利亚而闻名于世。这里是多个学科的起源领域,该领域将经济学家、法学教授、社会学家和其他对虚拟世界有着长期研究兴趣的学者汇聚一堂。

在它们日益流行的同时也引起了对大型多人在线角色扮演游戏是否会引发负面社会行为的担忧。斯坦福在线世界专家尼克·叶的一次研究显示,50%的访问对象自称他们自己对这种游戏"上瘾"了——那就是说,这使他们失眠,疏远爱人等等。多数研究者将这归结为传统幻想的角色扮演游戏的目标——结果结构,这通常要求玩家花越来越多的时间在线去探索和改进他们化身的特征。按任何权威的保守经验,这完全是合理的担忧(支持"魔兽窗口"的人数就证实了这个说法),然而第二人生没有这种游戏结构,更加没有时间负担,似乎可以克服这个负面影响。全球市场调研公司2007年对几百位第二人生用户的调查显示:一些负面的结果是明显的,但是相比之下就显得很微弱了:只有16%的访问对象说他们跟爱人在一起的时间更少了,同时指出锻炼时间更少的访问对象只占到14%。相比之下,13%的人说现在购物的时间更少了,同时有高达54%的人说他们现在电视看得少了。诚然注意离群和懒惰之类的个人风险是很重要的,但也要承认其积极的文化影响,如消费主义的消退,消极娱乐活动依赖的减弱。

虚拟世界正如一座象牙塔，对它的关注已经领先商业运作好些年头了。西方最成功的大型多人在线角色扮演游戏到2004年就用成千上万来计量其用户了；同年投放市场的《魔兽争霸》在前几个月就赢得了100万订户的青睐，并且在后来的几年中成长为拥有900万用户的游戏帝国，WoW(玩家们对其亲切称呼的缩略)几乎垄断了该游戏领域，它的竞争者就只能分得一杯残羹，或者识趣地退出竞争。如此庞大的用户规模，意味着该游戏已经越过了地理障碍和文化藩篱，从完全的玩家利基市场中逃离出来变成真正的主流现象，而不仅仅是一款游戏；其月总收入达到7 500万美元，这本身就是一个新的产业。互联网权威乔依·伊藤更进一步描述道：《魔兽争霸》可以作为企业、政府机构和任何地理上广布的组织的一切在线工作的模型。为了证明这样的观点，他登录《魔兽争霸》，证明了在危险地牢中搜寻高奖金的多层次复杂性，这项任务需要100个以上的玩家在几片陆地上实现无间的协作，同时需要有一个领导者来统筹全局。这个领导者的管理界面看起来更像一座控制指挥塔，而不像一个巫师的实验室。目前，原先对游戏行业不感兴趣的开发商和企业已经开始有所苏动了。如果它能以这种形式攫取如此之大的成功，那么要是它能够吸引所有的人(包括那些对做侏儒不是很感兴趣的人)都参与进来，到时取得的成功将会是空前绝后的。

正是在这段虚拟世界的意识日益增长的时间中，第二人生诞生了。从过去30年的有利情况来看——在它到来之前所有的虚拟世界，所有的奇思异想和乌托邦式的花言巧语都对这个概念做出了贡献，当然还包括全球上百万对这种媒介的拥戴者——它的出现好像是不可避免的大势所趋。当然有人可能试图去建造一个自我包含的世界和一个国际化的社区，以及一个在21世纪的头10年中使得候选人能成为下一届关键角色的平台。

然而碰巧的是，创造虚拟实境不完全是第二人生创造者的目标，至少在开始的时候是如此。它产生于偶然，而后就是无数来自狂热信仰、智慧与勇气的决策，当中有很悲惨的教训，但是如今回顾，大多数仿佛就是拼死的关键一搏。正如一位聪慧的女士所言，第二人生就是你在制订其他计划时所发生的一切。

第 1 章

接触知识

——从虚拟现实到真实公司

即使第二人生能够在不远的将来成为因特网新革命的首倡者之一，最后也只有很少人会记得林登实验室这个孕育第二人生的组织。（不信可以问一下21世纪的成年人是否还会记得第一代商业网络浏览器的创造者——网景公司。我想，他们只能用茫然的眼神来回答这个问题。）

1991年该公司正式起步的时候，主要目标还并不是建造虚拟实境，当时它只不过蜗居于加州旧金山市海耶斯谷林登街的一间仓库之中。和因特网兴起初期时的大部分城市一样，这条被冠以“林登”的街道挣扎于中产阶级化和毒品腐蚀之间。街道的一头遍布着那些服务于来自网络公司的高雅名流的高级餐厅，街道的另一头则是无人问津的停车场，人们经常凑合着睡在自己的车里。就是在这些地方，诞生了林登实验室的近邻：弥漫着可疑气息而又脏兮兮的自动车库和饱受追捧的精品商店。

菲利普·罗斯代尔怀揣着自己破旧的新办公室的钥匙，来到了这个令人不愉快的地方。他刚刚放弃了 RealNetworks 公司技术办公室主管的位置，然后拒绝了网络公司音频数据流软件部门的聘用邀请，然后又掏出自己所有的100万美元全部投入到建造……哦，创造这些创业伊始的故事，在今天还真的是难以清晰再现。

菲利普·罗斯代尔生于1968年，他长得虽然高高瘦瘦的，但是体格很强壮，有时候他的脸上还流露出孩子般的狡黠，让人不禁想起好莱坞的儿童偶像。(为了拿他的长相开玩笑，有一次，他手下的几名贪玩的员工从一份杂志的封面上将罗斯代尔的相片剪下来，把它跟一群 20 世纪 80 年代少年爵士音乐家的照片拼到一起，贴到了公司入口的公告板上。几个月之后，只要是林登实验室的来访者，第一眼就能看到这位首席执行官，他的头像用马克·哈米尔、迈克尔·杰克逊·福克斯和艾米丽欧·爱斯蒂芬斯的头像拼接而成。)罗斯代尔拥有一双浅色的眼睛。当他滔滔不绝地发表辞藻华丽的演讲时，他的眼睛就会睁大开来，好像正在思考自己所讲之事，忖度着自己的谈论是否真的会一语中的，自己的预言是否真的会美梦成真。他喜欢让自己的思想无所顾忌地遨游于宇宙之中，他把这看做例行公事般简单和正常。有时他甚至会玩起“乾坤大挪移”，将至关重要的实际问题甩至九天之外，以这种方式来避开它们。(一次，一位第二人生的订户问他：林登实验室作为一个企业将向何处发展，罗斯代尔直接的回答就是与这位订户大谈整个宇宙的诞生和扩展。)无论是在日常的交流中，还是偶尔的闲聊，罗斯代尔都习惯尊称对方为“伙计”。

罗斯代尔早年生活在马里兰，他的父亲是一位海军航母飞行员，退役之后成了一名建筑师；母亲是一位英语教师，后来她离开教学职位，专心抚育菲利普和他的三个兄弟。他是父母的长子。

当回忆起那段往事，他说道：“有一段时间，因为没有好的公立学校，我上了一所再生教的教会学校。我们在好莱坞、马里兰等处的破旧的拖车中和拥挤的屋里上课。有意思的是，因为他们只是用火和硫磺来传道，他们的疯狂可把我吓坏了。当然，现在看来就像玩笑一样。”

这种教育方式曾经一度让他变成了一个小小变宗者。“我会到处问别人‘你再生过吗？’当时我觉得那的确是用一种深刻的方式来对这个世界进行批判检验……后来我认识到，这完全是由人来驱动的，而不是由基本的真相驱动着的……但是它让我产生了对其深入的思考，以及对丰富多彩事物的兴致。我只是觉得必须在某些方面形成自己的独到见解。”

尽管抛弃了传统的宗教色彩，但他仍然渴望知道如何使绝对事物变得形象化。

“我记得站在后院的木料堆附近看着它们，”罗斯代尔回忆道，“那时候我心里在想‘为什么我会在这里，我怎么和其他人不同？我在这里干什么？我的目的是什么？’如今我不认为当时就觉得那就是一种真实的宗教意识……我经常会有这么一种强烈的意识：‘我想要以某种方式改变这个世界。’”如今回顾往事，就在罗斯代尔觉得不知道是否要开始追寻一个与这种觉悟相匹配的目标时，就发现了第二人生的源泉。

他在计算机领域的经历会使那不确定的意识向着现实的方向发展。还是在少年时期，他读到由理论学家史蒂文·沃夫曼构想出来的有关单细胞模型时，就试图去弄清楚如果一个细胞通过非常简单的规则再生，那么自然界该呈现出怎样的复杂性。1982 年在西圣塔芭芭拉，罗斯代尔在他舅母和舅舅的苹果电脑上让沃夫曼的模型按照自己的意愿运作起来。从单一像素开始，沃夫曼程序迅速使显示器上呈现星爆般的瑰丽景象。

“你可以看到进化的模式。”罗斯代尔回忆说，“当你使某些东西生长的时候，感觉就像一棵小圣诞树落到了屏幕上。我盯着它，心里想：‘天啊，你能模拟……任何东西。’”那个想法在若干年之后变得日加坚定，当他和朋友修补一个显示曼德布洛特集合窗口的程序时，那个数学结构从远处看起来就像一个独立的晶体，但是一旦持续放大，就会呈现出极其复杂的层次来。还有一次，他通过使用精妙活跃的代码来进行模拟，亲眼看见了生命的丰富和多样性。

许多电脑程序员的大多数创造力都被数码消耗殆尽，与他们不同的是，罗斯代尔一头钻进了真实的世界中；他渴望修正并且改造这个世界。还是孩子的时候他就希望自己卧室的门能像在《星际旅行》中的门一样可以上下滑动，于是他说干就干，弄来一些工具对卧室的门大加改造。当他父母回家时，发现房门被卸下来装到了阁楼上，天花板被划开了一道深深的口子，门和拉动系统绑接在一起，真的实现了上下滑动。

你也许觉得，菲利普·罗斯代尔凭借他自身的兴趣和聪明才智而成为第二人生的原创者是理所当然的事情。但是实际上是大学时期的女朋友亚维特第一次带来的小说《雪崩》和它所谓虚拟实境的因特网三维概念引起了他的注意。1992 年亚维特买了这本小说作为送给罗斯代尔的生日礼物。当他开始读这本书的时候，亚维特当时实际上是把史蒂芬森的这本书跟罗斯代尔已经半成形的设想对接起来，即使当时他对此浑然不知：

“我还记得这种数码起源的想法……像一个飘浮在黑暗之中的虚拟化身，你好像拥有一条工具带，可以让你制造各种形状、各种外表和各种原料的物件，它们就在你周围，你可以随意地对它们进行伸展、塑造。”他意识到这些变化将具有翻天覆地般的效果。从一开始，他就明确了第二人生会是什么样子的，它就是一个共享的空间——其他人会成为像你一样的虚拟化身，他们会看到你在做的事情并具备修改或者改进你工作的能力。

他在编程的时候会经常反复推敲他最初的构思，他梦想中的界面是一个拥有人类身体的化身。“我如何能做到这些呢，我怎么才能够到机器里面去呢?”编码的时候他常常会这样问自己“不是在机器里面玩《毁灭战士》，而是在机器里面建造东西。”过度暴力的始作俑者通常（不准确地说）被公认是第一款真正的三维游戏，但是标题是《地下创世记》(1992)，一款在《毁灭战士》推出一年之前就由剑桥工作室中几位来自附近麻省理工的疯狂科学家开发的寻宝探险游戏。在《地下创世记》中，你置身于巨大洞穴中，可以环顾四周，在河流中畅游，于蓝天中飞翔。里面有增强距离感、神秘感和真实感的最基本的光学效果。估计罗斯代尔玩了《地下创世记》100 个小时——这是对他最初设想的再次肯定并且使之逐渐生根萌芽。

由于他的妻子维亚特在旧金山工作，菲利普搬到这里之后，跟一位大学朋友一起创建了 Freevue 视频会议软件公司，这是一家会议系统软件的公司，他们的业务是使计算机能够在当时低码率的连接中流畅地播放视频。这引起了 RealNetworks 的收购兴趣，该公司董事会的一位叫米切·凯珀的人拨通了罗斯代尔的电话。作为莲花公司的创始人和该公司 1-2-3 商业软件的创造者，凯珀在引领个人计算机革命的排名上经常排在史蒂芬·吉布斯和比尔·盖茨后面。尽管如此，凯珀仍然对他们之间的第一次见面记忆犹新，因为当时罗斯代尔根本就不知道他是谁。

他现在以一种冷漠的态度写道：“觉得有一点意外。”

经过一番了解，RealNetworks 首席执行官罗伯·格雷萨自己购买了一套 Freevue 软件并引进了一个新的技术主管。从 20 世纪 90 年代中期到新千年罗斯代尔搬到西雅图为该公司工作，但是他一直都觉得，对于建造多年来一直在他头脑挥之不去的形象世界来说，这就是一种终结。（和一些 RealNetworks 公司的同事一起观看完电影《黑客帝国》之后，罗斯代尔走出电影院，向他的同事宣称道：“这就是我将制造的东西。”）他一直在等待，等待宽带和三维图像技术的发展能够达到实现自己设想的水平。

“我们都想象因特网更加社会化和具备三维的效果，”罗斯代尔现在强调：“只是科技水平不允许，我们都在幻想着信息高速公路；期望能跟隔壁的人以三维的形式在这条高速公路上并驾齐驱。”只是限于当时的经济技术条件，因特网无法快速地完成这种转换,无论是技术可行性上还是共同进入方面都不尽如人意。(因特网的历史再一次折射出给二进制数据赋以形象的物理实质的渴望。将那些描述程序和文件的运算图标驱动界面当做办公用品和其他真实工具的象形文字,或者干脆放到"桌面"上的操作系统中或网络上的"网页"和"站点"上。只有跟真实世界的东西对等起来,数码信息对大多数人才有意义。)

1999年罗斯代尔离开Real之后,凯珀戏称他为"滞留的企业家",并将他引荐给风险投资公司以加速合伙投资公司的成立,当时凯珀也是这家投资公司董事会成员。在凯珀的支持之下,罗斯代尔开始践行他的想法,但是他却发愁于外援不足。当罗斯代尔向投资者们介绍这个最终称为第二人生的概念时,得到的是冷眼相待,然而形势在未来几年内迅速逆转。

现在回顾起来,凯珀坦言:"尽管我们经历了太多的失败,但是总算看到了虚拟现实开拓出了一片广袤的天地。"同时,"多用户在线游戏(另一个对等物)曾经也有过多次的失败……但是投资者们无法预料到它到底会拥有一个怎样的明天,只是隐隐感觉到了它好像难以逃脱失败的命运,而嗅到了危险的气息"。

这种情况让凯珀可以自由地对罗斯代尔进行私人投资,同时加入的还有来自另一家风险投资公司卡塔芒特的杰德史密斯,他们一起制订了"漫长跑道"式的发展计划,试图让公司在预算有限的不利条件下最大限度地实现扩张和发展。

"为了取得收入、收益率和外部世界认可,我们为之奋斗、准备了好些年。"凯珀回忆道:"有时候公司因资金缺乏而苦苦挣扎,但有时候却会因为持有太多资金而被活活撑死。"

迈入2001年的早期,林登实验室正式组建公司。在仓库里,罗斯代尔跟他的小团队围坐成一小圈开始讨论,谈及了早在两年前就一直追问的关于公司命运的问题:他们做买卖到底是为了什么?

他们可以选择的道路本来就很有限。早期在试验第二人生雏形的时候,他们也在做"the Rig",一种触摸激活的虚拟现实硬件样机,这种样机来自一个模糊的想法,认为两个技术人员可能在某方面发生互动。对创始者们来说,作为林登实验室的第一位雇员安德鲁·米多斯还能回忆起,当年首席执行官曾经建议林登实验室进入快餐行业,"我们现在拥有公司,我们将要造什么？我们可以把这个仓库改装成餐馆；我们可以做汉堡包”。米多斯认为，罗斯代尔希望他的员工们抛弃所有现有的故步自封的东西，然后即兴去创造全新的天地。

汉堡包坚持了下来，而且很快就上桌了。小小的林登团队同时决定（虽然有些人不愿意）放弃 Rig，这样他们就能集中精力在他们正在创造的世界上——尽管当时，它只是一个在两个服务器之间游荡的自由海洋（开始时所有的东西都没有形式、虚无缥缈。）

网络公司兴起时期的旧金山是一个资本过剩、理想主义泛滥的地方，这并无特殊。这可能是为什么罗斯代尔将其第二人生的最直接的灵感来源归结于他在内华达州荒地上的所见所闻的原因。1999 年，他，维亚特与成千上万的来自海湾地区以至世界各地的消息灵通人士一起，到黑岩沙漠的核心地带参加一年一度的烧人狂欢节。所谓烧人狂欢节，是一次形式自由的诺斯替主义艺术体验和即兴自由的群体聚会，通常都会在劳动节的周末达到高潮，然后迅速地结束，直到下一年再举办。

狂欢节的举办场所是一个除了漫漫黄沙、猎猎狂风和炎炎烈日之外什么都没有的盆地。到了狂欢节之日，一夜之间就出现了庞大的人群，这其中有来自高科技行业的百万富翁，他们混在热情奔放的吉卜赛人和其他人中间。对菲利普来说，这里比他所远离的那个社会要明显好得多。在烧人狂欢节上，那些真实人生中的商品或品牌都是遭人鄙视的，因为所有的交易都是通过实物交换来实现的。（罗斯代尔回忆起这样一个片段：在一家按摩店里，如果你想享受按摩后背那种轻松和舒适，就必须先给别人提供一次这样服务，然后才能获得同等的待遇。）他们参加了一个在一辆空气流拖车里面举行的狂野派对，那里有一个流行音乐的现场主持人，所有的狂欢者摩肩接踵地挤在一起。由于空间很狭窄，所以人们只好待在原处喧嚣嬉笑；他们欣赏勇士凭借秋千和绳索，在广袤的黑岩沙漠里留下飞翔跳跃的矫捷身影；在这里，他们能看到吸引全世界建筑师的高塔、尖顶和洋葱状的圆屋顶。徒步穿越这片沙漠，他们发现自己就置身于一个入口，该入口通向一个用上百条波斯地毯搭建而成的水烟袋状的休闲大厅。

“你躺在枕头上，”罗斯代尔回忆道，眼睛闪烁着沉浸其中的光芒，“感觉自己就像一个极具异国情调的亚洲国王。当你向外眺望浩瀚的沙漠时，太阳的光芒开始在地毯的边缘熠熠闪耀，炙热的沙漠就在你的面前逐渐伸展，这一刻会让你生出许多雄心壮志，仿佛自己就是那个端坐在宝座之上、等待万众朝拜的忽必烈大汗。”是幻想创造了有形的东西，同时催生了一个设想。

“这只是思想的结构，”罗斯代尔思考着烧人狂欢节的回忆说，“它使我更加肯定对一个想法的信心，这个想法就是：我们要相信真实的东西，或者我们用真实的东西来创造。之所以称之为不真实，那是因为所有的东西多是由建构出来的材料做成的，或者是瞬间产生的。但是它确实是真实的，因为当时你就在场，它对你来说的确是真实的。”

在感性的转换思考中，他头脑中的一些看法发生了变化。“我的思绪刚刚随一些事实飘散开了，我愿意与任何人分享。它有一种神秘的特质可以消除人与人之间的隔阂和藩篱。我想就是……‘是什么特质促成其发生呢？’”确切而言，其实这对商业计划来说并不适合，因为这只是他在将第二人生建成一个羽翼丰满的在线世界过程中的直觉而已。

为了实现这一目的，罗斯代尔开始组建一个极其理想的团队。最初雇佣的人中有一位性教育者，一位流行音乐明星，一位药剂师，一位午夜谈节目制片人，当然，还有一位为核潜艇而训练的武器专家。

第2章

用三维技术描绘网络

——将数据流灌入河流和天空

2005年或之后你到过第二人生吗？你可能觉得它一开始就开创了网络商业最新的潮流趋势。林登实验室的描述是“用户创造并拥有的三维在线世界”，这个说法促使“用户创造内容”这个概念风行于互联网行业的2.0网络时代，并使维旺迪公司《魔兽争霸》这样的在线游戏风靡于世。甚至为了更加简捷速记，你干脆就可以引用《雪崩》的虚拟实境。（你可能已经敏锐地察觉到了，读到这里，史蒂芬森的世界已经开始与第二人生发生联系了。）

第二人生创立于人们头脑中尚不存在这些观念之初。

第二人生形成的早期一片混沌，正如星球诞生早期未成形的生态系统一样，它需要从最原始的状态一点一点地进化，这种进化十分偶然，甚至就连最初的创造者们也始料不及。他们就像启蒙哲学家想象的“时间创造者”上帝一样，伸出探索的双手，随意地创造出喷涌的泉水和食物，然后再加以修饰改造，可以说，第二人生就这样开始了。

“最初他想要设计一个趣味盎然的有机空间，”安德鲁·米多斯回忆道，他描述了罗斯代尔关于这个世界的最初想法，这也是当时他们要做的。“有些灵感跟史蒂芬森在《雪崩》中描述的虚拟实境如出一辙。”那时，在一次三维图片博览会上，一个电脑制作的肖像激发了罗斯代尔更多的灵感，该肖像描绘得极具肉感，自然背景十分真实，所有的像素都栩栩如生。对罗斯代尔来说，下一步就是把那些背景从静止的图片变成动态的模拟场景。如米尔多思所言："如今，建立一个有花鸟鱼虫、树木成荫的自然世界模型已经成为了可能。"

罗斯代尔把这看成一个伊甸园，他和林登实验室将对之进行修整，同时只允许用户进入。"你可以用虚拟化身到处闲逛。"罗斯代尔回想想象中的场景时说，"你可能会碰到一些动物——那动物可能要吃了你或别的东西——这完全是亘古未有的事情。"

经过一番曲折才进入林登实验室的技术总监科里昂·德里卡，在进公司前甚至就没有读过《雪崩》。十年前，当他还是安纳波利斯海军军官学校的学生时，就在拉法叶军舰上服役，这艘军舰是核潜艇的补给舰。他有着一头深暗色的头发，轮廓分明，其斯拉夫人的身材让人想起萨尔米·涅奥。德里卡天生就有显得沙哑的嗓音以及智慧，这一点深受恶作剧和体制失衡中那奇怪的欢乐气氛的影响。（总的来说，他在第二人生选择的虚拟化身就是一个"飞行意粉怪物"，这是他对流行的网络讽刺文学"精心设计"的贡献，所以他倾向于作为一大堆运动的通心粉，在其帮忙建造的世界中漫游。）

冷战结束时昂德里卡曾在大西洋之下轮班工作了 18 个小时，他被训练操作拉法叶的反应堆核心，他坚信那次训练带来了"一种坚决行动和对未知东西的准确判断能力。因为在军事行动中，敌人总是试图让你迟疑猜忌……一旦你落入了他们的圈套，那可是会出人命的。"退伍之后，他在新罕布什尔州的洛克希德马丁公司重操旧业，致力于研发被广泛应用于伊拉克和阿富汗战争中的系统。但是，昂德里卡的一位高中好友正在加利福尼亚开发一款电子游戏，他想起昂德里卡曾经做过一款虚拟实境的电脑游戏。于是，他说服了昂德里卡到西海岸帮忙编写摩托车比赛的字幕程序，后来，又为《绝世天劫》编写程序，这是《魔法风云会》卡片游戏的经典续集。一天，西海岸的另一位从事游戏开发的朋友从旧金山面试回来，跟昂德里卡聊起了这件事。

"我跟这些人见面经过太意外了，"他仍然有点迷茫地对科里说，"他们不是要主宰世界，就是一群疯子。你去跟他们当面聊聊吧，看看他们是不是真的疯了。"几番劝说之下，昂德里卡跟林登实验室约了个时间见面。

经过 6 个小时的会面之后，他打电话给他的妻子珍妮弗，告诉她一个决定：他们得重新搬到海湾地区。昂德里卡在 2000 年 12 月加入了该公司，当时激励他作出这一决定的关键因素是能和罗斯代尔一起工作的渴望，除此之外，别无他求。

"我们将要创造一个生机勃勃的世界，"他清楚地记得，"但决不是虚拟实境。”他把这当作是复兴游戏开发的平台，这是一种完全的颠覆，因为其成本接近于拍摄一部电影的预算，其设计周期相当于设计游戏所用的全新控制台的时间。

就这样，尽管这个世界还只是一望无际的海洋，罗斯代尔和他的团队便仅从一个原始的雏形开始，用重力、地形和原始的动植物去创造更加完整的真实世界。同时，充分利用他有大气物理学家的教育优势(罗斯代尔是圣地亚哥加利福尼亚大学的学生)，安德鲁·米多斯对空气的流动性进行了模拟。

在林登实验室正式成立公司之后的第一次讨论中，罗斯代尔跟他的小团队谈及这样的问题：这个虚拟世界是用来干什么的？为什么人们愿意花钱去到其中？当时米多斯就想象，用户们躺在虚拟的草地上，欣赏天上闪烁的群星。这需要精确地进行天文模拟，而要做到这点，必须保证显示能力足以呈现群星爆发景象，并且可以看到整个遥远银河星系的层次。昂德里卡则谈到了机器人战争，用户能够创造和操控战斗机器人进行攻击，呈现铆钉横飞、链轮飞奔的景象。提出一系列连续的游戏主题之后，米多斯又建议在拱廊里面做一个反应灵敏的脚踏传动系统，这样一来，玩家就能够轻而易举地控制一头狂野的巨型怪兽；同时其他的玩家可以在家里登录，登上双翼飞机和坦克，投放军队进行对抗哥斯拉大战了。

这些可能都是有价值的想法。只要他们践行其中的任何一个，就可能开创了一种与我们现在所知道的第二人生几乎没有关系的新科技。在他们所有重大的计划中，无论是异类的还是半成形的，都拥有一种被冠以“因特网热潮”的自信。“所有的人都感觉到我们将要改变这个世界，”米多斯回忆道，“尽管我们只是在一个改装过的仓库里面艰苦起步。”他们预期的可能会最终实现，只是先要经历几个回合的失败罢了。

他们最开始建造的好像就是那次讨论中产生的众多想法的集合体，称之为林登世界，融合了《创世纪》书中的内容并将其变成了一部动作片。准确地说，它还不是罗斯代尔想要的那个碧水蓝天、无拘无束的世界，而更像是一个饱经战乱浩劫之后仅残存数座废池乔木的废墟——它只是为了被昂德里卡跟他队员的化身所配备的枪和手榴弹所摧毁而存在。(为了攻占那块地方，你必须要把你的手榴弹投到恰当的地方，通过爆炸使得地面分裂开来。)那里有最普通的生态系统，但是也存在厮杀和搏斗：一种叫做阿塔斯的蛇状生物虎视眈眈地盘桓于地面，试图捕食那些几何形状的鸟(那些鸟吃石头)，如果一个阿塔斯抓到足够数量的鸟,它就能生出更多的阿塔斯来。

在可以选择武装的同时,林登世界的虚拟化身还可以任意翱翔,就像在第二人生中一样。除了那种临时的英雄主题游戏之外,很少有游戏能给一个多人大型在线游戏玩家这种能力。在后来的几年中,很多居民体验到了在第二人生中可以无视地球重力的飞行,他们能够毫无拘束地直冲云霄,这些居民对这种梦一般的感受表示了极大的感动和震撼。然而,所有的这些都不是创建者的初衷。

“我们做动画效果并非为了攀岩,”米多斯如此解释,“做那些纯粹是为了排除困境,让我们的事业尽快上轨道。”

林登实验室与其他的大型多人在线游戏相比有一个显著的关键特征。作为从 RealNetwork 出来的人,罗斯代尔在流动性方面是专家,尤其在用因特网稳定脉冲数据进行即时的内容传输方面——不是单独的下载,换句话说,不是连续不断的数据流。罗斯代尔梦想的世界不要求事先就在用户的硬盘上安装声音和图片库;相反,几乎所有的第二人生中的对象都是从他们的服务器流向每一个居民的电脑,只有他们看到时才显示出来。你在第二人生的森林中漫步时,你只能完全看清你面前正前方的树木,而那些位于你身后和两边的树,则呈现泛灰不清的状态。(罗斯代尔的技术就是对巴克利的名言“如果树木掉到了森林里,则无从寻觅……”表面意思的运用,似是而非的说法。)

从现实意义的角度来说,流动性意味着林登实验室可以开发一个只需要很少内存就能安装的程序——仅需 25 兆字节,大概等于安装一个网络浏览器所需的空间。(正是由于这个原因,林登实验室通常将其软件俗称为“浏览器”,尽管它基本上就是一个三维的浏览器。)

罗斯代尔和他的团队从一开始就致力于将他们的世界建成一个互不间断的实体,这个实体由所有用户所共享。这是另一个关键特征,因为就算是《魔兽争霸》那样拥有巨大订户基础的大型多人在线游戏,也无法实现共享同一个世界。相反,他们的用户只能在成千上万的相互独立的世界中拼杀,并且由单独的服务器隔绝开来,大概几千人共用一台服务器。(考虑到宽带传输的因素,这种割离很多时候是地理上的,欧洲的玩家归入基于欧洲的服务器,亚洲的玩家归入基于亚洲的服务器,以此类推。)因此,第二人生这种在线世界因为共享而在游戏行业之中声名鹊起。

相比之下,在设计上,林登世界就是一个服务器网络,每个服务器代表 16

立方英亩的“实体”，所有的服务器都在地理上联系到一起，如此一来，众多的虚拟化身就可以在各个地区之间畅行无阻。当人口增加时，罗斯代尔的计划就是添加新的服务器以为新移民创造新空间。

起初，林登团队要操控所有的服务器，然而安德鲁·米多斯后来回忆：“其实当时我们的确计划着为广大用户提供他们自己操作服务器的机会，给他们以划分明确的区域。”当时他们设想将来要形成公司控制的大洲或半球区域，这些区域连接到用户可以访问的第三方服务器、岛屿以及经历不断更替的真实帝国。

林登的流动性建筑带来了另外一种可能：动态实时、通力合作的创新。这是罗斯代尔对在黑暗中佩戴着工具的虚拟化身的设想。屏幕上魔幻般地展示：你的化身伸出手掌，数条光芒从他的指尖射向远方，紧接着一个木球、立方体或者其他建筑物（称为物体单元，指的是“基本的东西”）就在隆隆声中产生了。你可以伸展或者重新塑造那些物体单元，给它们赋以不同的表面质地（可以是金属的，也可以是石质的，你可以随心所欲地选择），去改变它们的物质组成；你甚至还可以激活它们的“物理性质”（恰恰跟牛顿力学相符）让它们服从万有引力和惯性。然后你再创造另外一块物体单元，将这两块物体组合在一起，那么你就可以任意组成一个更复杂的物体形状了。如果你在在线世界中向你的朋友提供建造的权限，那么她也能够像你一样，享有自由添加建造新内容的权利。

然而林登实验室最初关注的并不是创新能力，起初开发者的兴趣主要投向了如何从残破的化身和食石鸟之中研究出新的游戏。这种变化萌发于早期的一次董事会议，在那次会议上米切·凯珀和他的投资者之间就此展开了讨论。当时，凯珀向罗斯代尔提供投资，希望能够从货仓里不计其数的傻瓜物品中搜寻到具备市场价值的产品。

罗斯代尔和科里昂·德里卡不遗余力地向他们的投资者进行推介，放映机在墙壁上展示了林登世界的现场视频。其他林登员工则在线为他们的投资者进行了示范。一些人则展示了他们平时用来创造这个世界内容的建造工具。随着推介的深入，投资者的眼光终于投向了屏幕。

屏幕上，一位林登员工正在设计一个巨型的邪恶雪人，另外一位员工正在制造大量的小雪人，这些小雪人围在它们的巨神法罗斯蒂周围进行顶礼膜拜，这两位员工忙得不亦乐乎，台下的观众也随之感受颇深。

在场的人都意识到，他们所见所感的一切，都能使得他们的在线世界变得独一无二，第二人生并不仅仅是一个人工的生态系统，也不仅仅能够展现弹片纷飞的毁灭。除了它之外，没有谁能像第二人生一样立竿见影地实现即时建造和即时展现；没有谁能像第二人生一样可以与他人共享创造过程的美妙感和成就感；没有谁能像第二人生一样可以随心所欲地进行即兴工作并且实现“整体大于部分之和”的效果；没有谁能像第二人生一样进行如此大规模的集体创造活动。这些是第二人生的创造者在未曾周密计划的前提下，一路跌跌撞撞摸索出来的独创性成果；也是第二人生所具备的独领风骚的关键特点。

当那些参加那次会议的人现在再打开记忆的阀门，回忆当时的情景时，他们都觉得那次推介会议是第二人生繁荣之路的重要里程碑。经过那次会议，第二人生才实现了真正意义上的诞生。此后，昂德里卡开始发现他们正在做的东西跟施蒂芬森的虚拟实境之间存在的联系。

“人们倾向于亲自动手，”他意识到，“而想要亲自动手，就必须先有人……当然指的是虚拟化身”（这里所提的虚拟化身的人，不同于传统化身的定义，例如那些被称作“原始化身”的体型巨大的飞行器）。

他们之前一直在装点的自然世界就变成了背景。鸟、蛇和阿塔斯都消失了，取而代之的是人类以及人类自创世界的概念。（直到那一天为止，公司为第二人生所创造的树木和枝叶等装饰仍然停留在萧条乏味的水平，简直就是些静止不动的图片而已。）

上述事实表明，第二人生的创始者经过了长期实践和探索之后，才真正意识到了宗旨所在。也只有等到创始者意识到这一点，第二人生才能获得登上历史舞台的存在意义。可堪发笑的是，林登的员工经过了如此长的时间才认识到它想成为什么，而在林登员工恍然大悟之前，第二人生的世界一直飘忽不定、混沌不清、只被当作一个实验而已。

这种认识将罗斯代尔带回到了内华达州沙漠，他回忆起那段难忘的时光，然后重新萌发了把那段经历重要化和变革化的想法：“烧人狂欢节之所以能够如此引人入胜，其显而易见的关键之处就在于它本身就是一片创造的乐土。它是一片能够激发和鼓励创造力的桃源胜地……”于是他们使用原先战斗游戏和模拟环境的技术，创造了一个虚拟的烧人狂欢节。而现在他们有了另外一个模型作为根据——虽然这个模型与一个被埋在沙子之中的裸体人联系在一起。

以这种认识为依托，林登世界开始了商业化之旅。“它的一些特征与《模拟城市》相类似，我觉得这些特征正是《模拟城市》的成功之处。”罗宾·哈伯回忆道。作为Maxis(尊敬的维尔·怀特先生的游戏工作室)的广告主管,哈伯帮助Maxis成功推出了大量极其流行的"建造你自己的世界"的迷你游戏派生品。如今哈伯在林登负责相似的工作,她显示出类似的潜质——"树立目标的能力、创造力、自主动手建造的成就感、摆脱所有权束缚的能力。"哈伯紧接着成为公司的第一位女性主管,而在当时,男性还在职场占有主导地位。这位时髦的女士从容不迫地置身于一群程序员、开发者中间,无论是在本地网络上进行临场的多用户《战地2》比赛,还是出其不意地使用冲锋枪发动的面对面火拼,任对手大声吆喝,她都毫不退缩。

林登世界在2002年3月向为数不多的一Beta(公测)用户开放,第一位注册用户将她的虚拟化身命名为:"斯特勒阳光。"林登实验室的员工晚上离开仓库,留下了斯特勒独自一人在虚拟世界中游荡,当时,整个世界还只是一个原汁原味的小村庄,仅有一个小小的现代城镇,而那只是创造内容的一个样本而已。

第二天,他们借机去看了看他们的第一位居民做了些什么。

哈伯回忆说,"当我们开始上班时,我们发现,她在山上构建了一间小屋,袅袅炊烟从小屋的烟囱里飘散出来,在小屋的旁边,一根长长的豆茎耸入云霄"。

整个夜晚,斯特勒不仅建造了一座茅屋,还别出心裁地创造了一个故事和一个游戏。她在豆茎底端用记号标示的对象,就是用来攀爬到顶端的——不过不是用飞的,而是从一片叶子跳到另一片叶子,直到跳到云端。在顶部,斯特勒创造了云朵9号,它代表了天堂的所在,这显然是为那些有耐心和能力实现"一步登天"的人所准备的。

这是他们系统中第一个用户创造内容的实例,对哈伯来说,它为后来所有的东西添置了主题。"我认为它定下了第二人生现在的基调,"正如她所说的,"意料之中的和意料之外的同时并举。"

这正是我所谓的"比博普现实",即兴摆脱当前世界的框架和规则,在奇特幻想中创造出新的和谐。那根具有重要纪念意义的豆茎留存至今,已经是历尽劫数的古老遗迹了。(但是,现在它周围已经是拔地而起的摩天大楼、埃及金字塔和航空港,它的踪迹已经很难一目了然地寻及。)

而事实上,总会有斯特勒之类的人到那里去。一位四个孩子的母亲,化身名字叫"南加州"的用户已经是其他在线世界的老手了。她说:"我希望尝试一切事物,尤其是拥有任何能够定制自己世界的手段。"作为一个具备三维绘图技术的网络设计师,她在寻找养育子女的出路。"我在网络中繁忙地出出进进,其次在三维的世界中。”她说，“发现第二人生之前我确实在慢慢地寻找‘合适的地方’。”在这点上，她和以斯特拉为代表人物的第二人生大多数先驱人物可谓是不谋而合(这些人都不是雇佣来的)，他们都在不断追寻一个可以与其他人一起分享独创能力的地方。

下一个挑战就是将林登世界转变为一个成功的商业化产品，这项任务的绝大部分重任就落在亨特沃克的身上，他是一位刚刚离开美泰公司的商业开发者，之前是柯南欧布莱恩电视节目的生产管理者。沃克成为最早根据自己意愿离开林登实验室的几个人之一并在谷歌获得了显赫的职位。(同时，早期的林登员工还有：艾伦“菲尼克斯”布拉希尔，一位身材魁梧的程序员，留着海象般的胡子，他对皮革情有独钟，经常在工作之余到旧金山电话银行的性教育热线工作；赖安·堂恩，一个有着精致文身的音乐家，一直都在热烈地追求着能成为艾尔顿·约翰唱片标签上的流行音乐巨星；还有詹姆斯库克，一位歪脖子的程序员，他温文尔雅，通常整个周末都会在一间诊所里面做药品试验。)

管理人员清楚地意识到，他们不能以林登世界的名字来将这个世界带到人们的眼球之前。沃克的目标是要找到一个更好的名字与其他的竞争者区分开来。

“许多游戏世界的名字都是描述你做事情的动词，”他回忆道，“你知道的……永远追求！或者取名——创世纪，但绝不是在线！”林登与一个品牌机构一起开发其游戏世界的快速视觉标志，但在如何称呼该世界上仍然停滞不前。加州预言家罗斯代尔曾经建议采取一个意味着神奇梦想世界的名字——例如圣萨拉。

沃克感到非常郁闷。“用世界这个词的话，听上去不够亲切，而且会让人觉得太漫长了，为什么我们要作茧自缚，妨碍进一步的推广普及呢？为什么我们要用一个人们都不知道的名字呢？还有，因为所有的人都会将他们五颜六色的想法带进这里，所以我想要采用一个可以表示负载和容纳的名字，人们可以填充自己，如此将唤起这个世界的承诺，而后再将履行这种承诺的责任感贯彻到用户身上。所以，我不想打算在他们到来的时候，就描述出他们将要发现的东西。我想向他们描述的是，它对他们意味着什么。”

在一个健身中心的脚踏车上，经过了一番头脑风暴之后，他茅塞顿开，心里冒出了一个妙计。

“第二天我带着‘人生二代’回到公司，头脑中一直在想着弥尔顿布莱德利的游戏《生命的游戏》，"他说道，"那干脆就叫第二人生。"这个名字引发了其他员工的坦然直接地反对："这是一个过于简单的名字，'哈哈，你需要第二人生因为你没有第一人生，'"沃克回想他们的争论说道。(当然，实践证明了当时的决策有多么的英明!)

沃克仍然坚持己见，"我当时对他们讲，'让我们摒弃这些成见吧，第二人生是一个多征服人心的概念啊，每个人都需要一个第二人生'"。他指了指那些逐渐增长并到处存在的轮换身份和那些人格化的小图标，无论在电子邮件和即时通信软件里，还是在匿名博客上，可以说因特网的每一个角落里几乎都有它们的身影。"你看越来越多的人拥有虚拟化身和屏幕姓名。"他告诉他们，"我认为如果踏出这一步我们就能以此为卖点，这绝不讨人厌。我们可以说'当然了，为什么你不想要一个呢?'因为它没有必要更好或更糟，这不意味你的第一个名字是蹩脚的还是绝佳的，只意味着它是不同的，你可以做另外的一个人和不同的一些事。"(同时，这个名字又能够满足罗斯代尔的纯哲学内涵。)

这也为虚拟社区提供了第二次机会——科幻家霍华德·雷恩得在20世纪90年代早期公布的理想，但是它在第一次因特网商业化繁荣的挤压之下趋于没落了。雷恩得作为早期顾问进入林登实验室，他在最初确定主题的过程中发现了它的潜力。

后来我才知道，是雷恩得的洞察力直接导致了我加入林登实验室并一度成为承包人。他说："我想这可能是在罗宾第一次拜访并向我介绍第二人生时就产生的想法。"当时雷恩得计划着这个世界开始运行的时候，就得雇佣一位年代记的编者，他说："对我来说，在一开始就为一个社区的社会生活建立档案是千载难逢的好机会。"

那时我还是沙龙公司的自由作家，为一本立足旧金山的在线杂志而服务，正好涉及用户创造的内容，那是当时正在重构游戏工业的东西。游戏开发者将编辑的工具下放给他们的游戏，如此一来，玩家们就可以自己动手来创造和定制了，这种做法已经实现了长期的标准化。此外，游戏迷们还可以互换附件和任务来延长证书的有效期限。这种活动产生了游戏迷集群，许多人天资聪慧，能够将某些游戏改造得比专业版本的游戏还要更加受欢迎。这种创造骚乱直接催生了《反恐精英》，一种恐怖分子对抗突击队的动作游戏变体，它用的就是知名的维旺迪公司《半条命》的修改版本，不同的是，《反恐精英》大部分是由一个大学孩子在父母的地下室里完成的。可能正因为如此，才使其成为近十年最流行的在线多用户游戏。

“变更”(这项活动的称谓)使得游戏行业变得民主化,这是非常令人兴奋的事情;而更加令我兴奋的是它改变了消费者和生产者之间的动态关系。实际上,不仅仅是改变,它在潜移默化地消灭着差别。对我来说,第二人生更像是最终变更者的运动场,是一个能够自我编辑的世界。所以罗宾·哈伯向我作了第一次演示之后,他邀请我去为第二人生用户们的创造做报道时,我欣然接受了这一邀请。

2003年4月,我以一个鼠标双击开始了我的报道工作,随着绿色的长条从屏幕上划过,第二人生第一次出现在我的显示器上。

当时已经有几千Beta用户,虽然人数不多,但是自主创造活动却进行得如火如荼。所有的创造尚且停留在很粗糙的阶段;因此,在最初日子里,还是免不了要沦为庸俗的担心。

然而,在断断续续的启动中它是如此的美丽动人、非同凡响以致不可能用传统术语对其进行定义,因为身份和事实本身就是流动和随机的,而且随着创造者一时的兴致而波动,那要取决于个体或者群体在任何具体时间的决定。

在此为大家讲述一个例子:我作为一位记者加入不久,站在小河边,一个UFO在我上空盘旋下降。之后,一个形状怪异的瘦小外星人用蓝色的牵拉光束将我劫持到了UFO的里面。在UFO里面,外星人使用它尾部的一根巨大的探针威胁我,而后把我关进了设有围栏的看守所里。在那里,我遇见了两个狱友:一个是穿着扎染衬衫的嬉皮士,另外一个则是一只身穿《星战》制服的会说话的猴子。我们三个被关在一起。我记得当时UFO以非常快的速度穿越大气层,而在那个外星宇航员把降落伞发给我们之后,整个UFO眨眼间就消失了,我们就从千万尺的高空掉下来,直到降落伞展开才能直着落到海里。就在那个时候,外星宇航员又出现了,这次这位外星人变成了人类的模样,用几块显示板向我们展示化身后的人的图片,而当时我们还是站在海底。我们由于过分紧张以至于手足无措,那只会说话的猴子竟然干净利落地穿上了军事装备,从它的装备库中拿出一挺M-60机关枪。那个外星人飞行员似乎非常乐于奉陪,猛地调出一架第二次世界大战时期的P-40战斗机。这样我们就都登上了P-40战斗机,从海底起飞到战斗区上空展开了一番你死我活的厮杀,猴子在机翼上居高临下地吼叫着“嗒嗒”,用机关枪扫射下面那些穿着比基尼但是臂力惊人的婴儿。

作为第一手的经历，它感觉就像跟无数人一起共享同一个清晰的梦，大伙都在就三维技术侃侃而谈，这是主流文化、历史和艺术的零星汇集而成的意象，一些素材你是认识的，但更多的显得不完整或者还在进化中——你随时可以拾掇一块，用自己的创造力尽力打磨。这就是比博普现实，这是一个可以随时加入的多用户会议，你可以即时改进，无穷无尽。

当然，问题是外面是否有足够多的人愿意投入白花花的银子成为这其中的一分子。

第3章

创造的引擎

——用户创造内容之魔力

如今,第二人生的入口是一座带有喷泉的豪华庭院。当新居民第一次进入这个世界的时候,他们通常都会先看到一幅令人不禁生出豪情壮志的画卷——一座崭新的城市如同旭日一般从地平线上冉冉升起。

它被命名为"Nexus 帝国 ",是第二人生最古老的协作项目之一,正是由于这个原因,它一直以来都在不停地变化。在最早的几个月中,它是一个满眼霓虹闪烁、到处高楼如林的世界;然而,好景不长,很快它就开始彻底地堕落,变成了一个充斥着脏乱不堪的码头和酒吧的红灯区,成为一个弥漫着低级趣味的反面典型。不过这一切却为后来人的改天换地提供了机会,后来的建造者们在此基础上将乌烟瘴气一扫而空,并迈出了开天辟地的步伐。一番努力之后,很快 Nexus 就在一处弹痕累累、千沟万壑的废墟上开始重建。不久之后,整座城市又以一个巨大的金属盘为依托,摩天大厦般的钢铁支柱将其托起在峡谷上空,改造成为一个生态城市,一个不断发展、设备完善的人工居民区,简直就成为一个高高在上的现实版的空中花园。然而最终它仍然以失败告终,成为人类愚蠢和傲慢的最好证明。在它之后,大都市的进一步建设接踵而来。

正是这一连串的变迁为 Nexus 赋予了重要意义:即它对理解第二人生及其无穷无尽的创建历程而言有着极其重要的借鉴意义。当偶尔经过的参观者向该世界的商店和夜总会进行瞬间转移时,他们倾向于到 Nexus 流连一番;一些现实世界中的营销者们最近经常称赞第二人生潜在的广告机会，而当他们心急火燎地试图进入这片通过协作建立起来的新天地时，却经常忽视了Nexus。而它正是第二人生历程中最关键的部分，因为Nexus就是对该虚拟世界的精练缩影，揭示了它的诞生过程及其立身之本、生命之源。同时，这正是第二人生作为一个用户创造内容的平台的缩影，能让我们更好地了解2.0网络。

只要你理解这个世界创始者的异类之处以及他们对它的设想，你就能理解推动网络社区繁荣发展的社会魔力所在。恰如其分地说，它是由那些生活在真实世界中的形形色色的各色人等所创造的，这些人背景各异。他们之中，有女性色情文学家、物理学学生、警察、加油站的服务员，和一位住在满是瘾君子出没的废弃公寓中的年轻女子。

在2003年早期，当第二人生进行外部测试时，对Nexus的构想就开始了，那是林登实验室在软件中加入一个"团队"功能之后不久的事，像是大型多人在线游戏的行会或者部落，该功能使得居民能够在共同的兴趣下加入并且通过一个共同的即时通信渠道进行交流。第一个团队叫泰洛，取自电影《银翼杀手》中一个神秘组织所制造的机器人的名字。这样第二人生的第一个原始团队就试图用当时还只在书和电影中想象的材料去改变这个世界。

现在正如泰洛的非正式领导者之一思百特·曼达拉所说的，"我认为我们多数人是科幻迷，因此我们能够看到像原始虚拟实境的东西。"他们把自己看做是先驱者，他们在第二人生的前商业化时期中一路披荆斩棘，这个世界到处飘浮着不可靠的图形，而且罕有人来。他们感觉这个世界的闪光之处就描绘在十年前的《雪崩》中。"我正在驯化那狂野的网络，"正如曼达拉所说的，"我认为早期的许多创建者们和居民都具备那种精神……我们是未来居民虚拟土地的外部测试者。"

然而真实世界跟他们的设想相去甚远。那时曼达拉正在中西部经营着一个加油站并创建了一所学院。泰洛的领袖(抛硬币随机指派的)是一个魁梧的光头大汉，名字叫巴巴卡·费尔采尔德，当他意识到他的量子数学将不及格后(即使那是他取得艺术和物理双学位的最后要求)，他直接签约参加了第二人生的外部测试。"那个时候，"费尔采尔德回忆说，"我失业了。信用卡基本上已经透支殆尽，房租也交不起了，饥肠辘辘地到处找工作，想去应聘快餐厅的职位却因为体重超标而被拒之门外，简直是走投无路了。"换言之，这就是最合适的先驱者人选了。

另一名叫做贝尔·穆斯的虚拟化身也是一样，她在真实世界中的身份是一位从事互联网色情文学转化工作的女性，她来自加州南部，工作殷实，生活无忧。“我真的是一个营销家。”她告诉我说，“我和一些免费网站一块工作，稍微用一点动画把网络冲浪者引诱到我的赞助者这边来…… ”穆斯的工作地点是在家里，过去的几年中她一直沉浸在网络色情文学之中，如今她把第二人生看做生活中的一次有意思的忙里偷闲。(一直以来，她一直随身携带着自己的工作系统，该项工作被命名为欢乐谷，可能是第二人生的第一个色情胜地。)她还是个游戏玩家，喜欢玩电艺公司的《模拟人生在线》，然而却深受到第二人生所带来的文化转变的冲击。

“《模拟人生在线》的限制有很多，”穆斯回忆说，“它把我们当作那些充当实验道具的小老鼠，以为我们脑筋迟钝呆傻到了那种地步……而第二人生则把它的居民当成了艺术家。”林登实验室发表过一份声明，表示将给那些能够自己创造并形成主题区的团队提供免费的面积，对此，穆斯深信泰洛团队能够胜任。这对他们而言无疑是一次施展拳脚的大好机会。

他们以一个被称作吉布森的模拟化身开始，如此命名是为了纪念计算机朋克的作者威廉·吉布森。20世纪80年代，吉布森将科幻升华成为坚忍不拔的城市经历，其内涵是科技跟普通的城市一起以崭新并且经常是反常规的方式发生作用。

大概就在那个时候，泰洛团队邀请凯萨林·奥米伽加入他们一起建造Nexus帝国。奥米伽的化身是一位身着合体套装、腰间围一条实用皮带、肤色浅黑的美貌女子，她时常让人想起吉布森小说中机敏的女主人公——而且完全巧合的是，真实生活中她也正是如此。因为在加入第二人生的外部测试计划不久之后，她发现自己在现实生活中居无定所。“好几个星期我就只能露宿街头，”2003年我通过在线碰到她的时候，她淡定地告诉我，“但那只是我找到地方住之前的一段时间罢了。”

在此期间，她确实找到了这样的一处住所：在温哥华最差地方的一栋非法的公寓大楼里，“不是卖毒品的窝点。”她说。“更悲哀的是，人们出去买了毒品回来，自己吸食。”她在一个装有百叶窗的商店上面的公寓蹲坐着，没有自来水和稳定可用的电流。尽管如此，她仍然成功杀回了第二人生的世界。

“我带着我的笔记本电脑，”奥米伽回忆道，“但我只能将它作为路由器来使用。”她不得不使用一根汤勺去捕获来自附近办公大楼的无线网络信号。“增加电压非常容易，我带着万用表呢，这样就不会碰到那些有电的电线。”她在漏水的楼房里面四处搜寻，最后终于找到了能够作为电源的电线。既然笔记本电脑需要被用来接收无线信号，她还需要一台能够运行第二人生的电脑。“可以想象，一个无家可归的流浪者，要想找到一台能够运行第二人生的电脑，简直比登天还要难。”然而她还是显得很冷静，说：“找电脑花了我一周时间。”在一家卖电脑商店后面的垃圾堆里，她最终找到了一台部分损坏的电脑。所有的这些经历，显然是对她的黑客技术的一种肯定——当她从那个让她发现自我同时却令人绝望的地方搬走的时候，她发现了这一点。

在我所谈及的所有这些泰洛团队的成员中，没有哪个人能确定是谁使得Nexus 成形的，他们通常连自己都不清楚谁在做哪个部分。

“城市建起来了，而且任何一个建造这个城市的人都可以修改任何东西，”思百特·曼达拉回忆道，“我们创造了一个物体，可能到了第二天你就会发现它已经长到了10米之高，或者缩短变小，或者有人干脆就在里面制作了别有洞天的内景。整个过程不但井井有条，而且硕果累累。作为城市的概念并不需要遵从固定的结构和顺序，而是鲜活灵动的存在。我们就是要这么干。”作为一个建筑的过程，泰洛团队和建筑学学生纳达·伊坡将其形象地描述为“三维小屋”，类似一个可以进行集体编辑的网站，这类似于维基百科，并且拥有它所有的优点（自我纠正、动态更新）和缺点（前后不一致，杂乱无章）。

如此，Nexus 开始崛起，泰洛团队开始在塔尖、穹顶和之间的十字通道上活跃地跳来跳去，这些建造都高耸入云。所有人都同意，建造的权利应该平分给团队中的每一个人，团队中的任何一个人都能够更改其他人的工作。他们会以更小的团体在城里各个独立的地方一起工作。或者有时候就单兵作战，一直到各自的工作任务碰到了一起；那样的话，他们会用临时的办法来连接各个部分。这种创造就像是喧闹的三维会议，钢铁梁柱、疾驰飞机和玻璃片不断演奏爵士乐即兴重复段——第二人生比博普现实的流动性本质使得这些都成为可能。

对于 Nexus 帝国，那些最有灵感和最具激情的人会对整体产生最大的影响。“它从有时间致力于它的人处获得进化，”巴巴卡·费尔采尔德这样描述它：“你花在它上面的时间越多，你就越能更多地拥有它。”

当工作似乎变得无甚乐趣可言的时候，他们自由的协作形式似乎可以让因特网自行运作。在那些并非正式的资源开放的程序员社区里，程序员们积极地不断改进那些支持大多数服务器的操作系统。他们这样做并非是为了金钱上的回报，更多的是为了获得自己命名密码集的乐趣，以及能够促使整体改进时的个人满足。

也就是说，要描述第二人生中那些协同创造项目捉摸不定的性质，是一件非常困难的事情，因为它们包括了在同一装置上一起工作的一群独立的个体，而且这些个体只以流过因特网的数码图像作为存在形式。通常，作者们甚至不知道彼此的名字，也就更不可能知道化身制造的对象和脚本之外的任何有关个人的、更加细节的信息。然而，他们中最棒的人收获了巨大的成功。我曾经目睹过惊人的项目凭空诞生——城市景观和冬日城堡，超现实主义的雕塑在空荡荡的沙漠中凭空出现——这些都经过了连续数周甚至数月的努力才得以实现，是创造者们使用堪与专业老练的美术艺术家们相媲美的专业精神的成果。

然而多数的项目并不能达到目标——毕竟，一旦电脑断电，任何志愿者都会离开团队，而不会对现实的名声产生任何的冲击，除了化身之间建立的社会联系。几乎相同的是，所有协作过程的核心都是一个智慧和精力超凡的化身，由此来确保团队的凝聚力和战斗力。那个核心角色通常都是(几乎一直都是)女性，一个贝尔·穆斯被一群年轻小伙簇拥着，谁都渴望用自己的创造力去打动她。

当然，这并不等于说任务是简单的。“平衡如此之多的个性绝非易事，”她在屏幕打出一连串的词语向我吐露，“非常戏剧化，你想折中的时候没人想妥协，最后还是不得不采用一种折中的办法，但所有的人都会不高兴，他们甚至感觉自己被骗了……总之我只要登录上去，有的人就开始破口大骂。”

最后她说道，“按照我的观点，感觉、自我主义和物体单元没有真正的区别。如果他们改进别人的工作，也只不过是出于自身考虑而已。”对多数创造者来说，这是第一次将他们的独特才能公之于众；对更多的人来说，这是对那难以想象的艰难而沉闷生活的一次创造性逃离。因此，很容易理解人们变得多么的自我防卫。如果是那样的话，那有多糟糕。

尽管如此，因为贝尔·穆斯跟整个团队以及项目紧密联系在一起，这使得她能继续留在 Nexus 帝国。泰洛团队的朋友们在更多了解她之后，他们知道尽管她的化身是加州的金发碧眼美女，但实际生活中她却是美籍非洲人。

有一次她告诉我：“问题是，其实只要有人直接问我，我就会告诉他们真相，但是大多数人从来不会问。”她的多数同胞都能毫不惊讶地接受这个信息，但她仍怀疑这是否有利于提高他们的认识。“当我的朋友真的知道……他们多了一点敏感，觉得我可能会以不同的方式看待一些事情。”作为一个虚拟化身去领导一个大团队，她第一次不用先去应付那些一个受过教育的黑人女性通常会碰到的偏见。

在真实的世界中，如穆斯所说的，“我必须证明自己，必须迅速给别人留下好印象——必须立刻就表现得卓越不凡而且能说会道。而在第二人生中，完全没有这个必要。因为在这里，我可以一次性通过，但在现实生活中却做不到。”

就这样，这个城市不断增长和变化，不断呈现出新的质地和外形，在此过程中，它有了自己的故事。在第一个纪元，它还只是一个未来城市的雏形；到了第二纪元，它表现出计算机朋克腐败、污秽的负面特质；到了第三纪元和第四纪元，它似乎就成了一些生态启示录中所谓的挣扎中的幸存者。这些不是创造者们直接描写的故事，但已经足以让人们幡然醒悟。同时，泰洛团队还没来得及进行规划，其他第二人生居民所组成的团队就开始在城市里进行角色扮演，好像他们就是泰洛团队在闲混中创造出来的那个世界的未来一部分。他们开始创造关于 Nexus 的具体故事和角色，这有某种把大型建筑变成墓地的数字朋克即兴戏剧的味道。

这是崛起中的复兴。第二人生是开放式的，足以使整个社区和创造性的项目在毫无计划的情况下整合到一起，并激发所有新团队从其活动中分离出去。这正是第二人生作为印象社会的魔力所在：一个积极的贡献引发了另外一个；一种品质形式的内容（城市建筑）吸引着另外一种，品质各异的内容（动态角色扮演）在第二人生中层出不穷。

正如思百特·曼达拉所言：“人们对一些东西感兴趣，他们就参与进来，他们改进、推进这个东西向前发展，最终在其周边铸造了整个社区。”

虽说是林登实验室对这片土地进行了初始的装饰，最终却是泰洛承担了这片土地的使用费用；如今是几个成员通过匿名捐赠的形式支付的。泰洛团队的成员获得更大的成功而转向各自的项目之后，Nexus 就成为他们同甘共苦的一段回忆了，这是在最早、最纯真时期协同创造的一个原型。

大概在 2006 年中期，城市的进化近乎于缓慢爬行。很多时候，泰洛团队促进 Nexus 成长的努力会受到第二人生合约的过多束缚。总的来说，接近1/3泰洛团队的人已经被林登实验室挖走，成为它的开发者和社区经理。同时真实世界的商业开始进入第二人生（我们必须按照这种现实的方式来看待某些问题），他们开始寻找内容创造者来组建自己的总部。这也就意味着他们需要从泰洛再挖走一些人。

“泰洛的大多数人以不同的方式走上了职业化发展道路，”思百特·曼达拉指出，当然这也包括他自己：以前的加油站服务员现在成为电子绵羊公司一位全责的开发员，成为最早的虚拟实境营销员，为像国家广播公司、路透社和日产之类的客户开辟虚拟世界的场所。思百特·曼达拉及其同类人遵从所谓“平面网络一代”的开发者们所确立的传统。早在20世纪90年代中期，网络还是那帮讨厌的艺术家和技术人员等中坚分子的专属地，因特网的第一次经济繁荣将这些人推向了成功舞台，许多财富500强的公司都在他们客户名册上。泰洛的情况也是如此，不同的是现在是三维网络而已。泰洛公司是电影《银翼杀手》中的一个虚构公司，却已经成为了第二人生中的真实品牌。（某种程度上，它就是第二人生的施乐帕克研究中心，一个盈利企业的非盈利武器，很少有产品打上它的名称，但它却深受尊敬。）

“我曾经有过这样的理想：我们将要建造自由理想的乌托邦。”思百特·曼达拉回想当Nexus还是一个洋溢着关爱和劳动的世界时说道，而如今它不经意间就变成了大规模的官样标本。“但是……有钱能使鬼推磨；某种程度上它是一个不受欢迎的实体，但它为第二人生带来的利益却是难以估量的。”

对凯萨林·奥米伽来说，尽管政府援助使她离开了那个不适合居住的公寓，但却是她在第二人生的编程名声使她在后来几年中生活无忧。从2004～2005年，她通过真实的签约工作获得了体面的生活，她的收入来自于那些急于把传说中的化身放到薪水册上的居民。到了2006年底，奥米伽成为第二人生范库弗峰网络开发员的全职调度员，一个高中就辍学的人现在跟一群来自常春藤的毕业生一起工作。凯萨琳·温特，人们知道更多的是她虚拟化身的名字。她现在拥有一所更加舒适的公寓，远离当初她迈向第二人生时所居住的那个瘾君子滋生的避难所。

“它的位置非常好，属于上佳地段，各种基础设施齐全，附近就能够开心购物，而且我跟邻居们相处很好。它的面积不大，但是它干净温馨而且全部属于我。”奥米伽说道。

这就是我所谓的镜像繁荣了，一个虚拟化身有价值的在线贡献直接导致了他或者她真实生活的改善。之前的加油站服务员现在是一位薪水丰厚的软件开发员，一个天资聪慧的黑人女性可以轻松地摆脱现实中的偏见藩篱而尽情发挥其领导能力；一个在没有自来水并且瘾君子出没的地方起家的年轻精明的黑客,如今却被众商家们有如众星捧月般地恭维着,而在之前这些商家们对她的就业前景简直不屑一顾。

接下来我将要记录的是,那些在真实世界中呼风唤雨的公司,它们在第二人生中的网站几乎是空白的。除非有时候发生了一些偶然的特殊事件时,一些访客才会过来略扫两眼,除此之外的大部分时候,这些网站都是冷冷清清无人问津的。事情总是反反复复,反而是崭新的 Nexus 吸引了大量的平民们——大量命名为“米甸”、“九龙”和“迷失天使”的网站如同雨后春笋般不断出现。如果你希望在夜晚找点事干来打发时光,很少能在真实世界的公司中找到有提供这些服务的地方。(非常讽刺的是,多数是泰洛成员建造的)相反,在免费的网站和夜总会之外,有大量持续活动的地方就是沙盒(任何人都能在没有自己土地的情况下随意建造。)和一些虚拟的未来或者过去的地方,而且通常是建成像 Nexus 帝国一样——夹带着爱和一点点对金钱回报的关注,这种回报通常来自与泰洛不同的非正式创造团队。企业可以慢慢渗透对他们的第二人生场所的某种热爱,这在文化上几乎是不可能的,但是如果不去激发它,他们的努力注定是毫无结果或者是毫无回报的。

从最近的形态上看,有访问者发现 Nexus 帝国似乎成为它一直以来所有形态的总和。仍然有干净的街道和闪亮的未来高楼的尖顶,但那只是表面的东西。要是滑倒在那些破陋不堪的人行道上的裂缝中,你会掉入几百英尺之下,最终发现这个乌托邦已经逐渐建立在满是废弃的起重机和仓库的城市废墟之上。这就是居民们将这座城市变成虚拟家园的地方,所有居民自己设计的朋克故事在慢慢展开,这些都是通过泰洛公司为他们所即兴创造的东西来实现的。因此,即使大多数泰洛公司的成员都到第二人生中继续他们的职业生涯,这些地下居民仍然能够保持这个城市繁荣兴旺,充满生机。

“Nexus 帝国从一开始就存在了,”泰洛工作人员思百特·曼达拉忧心忡忡地表示,“但是我却很怀疑它是否能够坚持到最后。”

第 4 章

大众的愚昧

——在线世界社会工程的实物课程

当第二人生逐步迈向商业化道路的时候，菲利普·罗斯代尔、科里·昂德里卡、亨特·沃克等人经常聚在一起讨论设计它的社会系统。由于米切·凯珀一直声名在外，所以许多高科技人才和名人都希望能有机会当面领略其风采。当然，沃克沉思之后笑道："我想有时候他们只不过想来看看我们是否会取得成功，抑或是我们是不是真的疯了。"

"那时候，舆论对我们的宏伟构想持有的是怀疑态度，"凯珀现在回忆说，"当时除了我们自己的团队之外，几乎没有人相信我们能够成功。"那个时候，他和菲利普被推到了风头浪尖，严峻的环境使得他们战战兢兢如芒在背："当时它只是一个图片般的游戏，用户们更不会创造内容，技术无能为力，而菲利普还不会经营一个公司。"

然而他坚持了下来，"时间一长，你就会对这些怀疑和风险免疫了。实践证明，我们熬过了一次又一次层出不穷的质疑和挑战。"凯珀说，自己之前所有的推广家用电脑的经验对他适应这些挑战很有裨益。"我在这种过程中感受到了无穷的乐趣，"他说，"已经说不清楚我多少次遇到这种情况了。比如当 1978 年个人电脑刚刚上市的时候，人们也持有相同的质疑。如果现在你把他们的发型和衣着换一下，几乎就看到了同样的剧本又上演了一遍。"

当然，人们的怀疑也应该理解。林登团队在用户创造内容上实验了它们的商业模式，然而沃克回忆道，潜在的投资者坚持认为

“创造很可能就是只有斯皮尔伯格和卢卡斯会做的黑色艺术。”

沃克试图用苏格拉底的类推方法来应对这种质疑：如果你花费重金购买了一幅莫奈的名作，你的小孩同时送给你一幅他自己的手指画儿的作品，那么你觉得哪一件更值得炫耀呢？答案很明显，这两幅画都会得到你的珍惜。只不过你会区别对待，你可能会将莫奈的画作端端正正地装饰在客厅里，让高朋远客对之啧啧称羡；然后将孩子的手指画儿贴在冰箱上，以供家人饶有兴趣地欣赏。

“它们因为各自不同的象征意义而变得至关紧要，”沃克如是说，因为“它们会唤醒这样的回忆：是谁创造了它们。以我之见，第二人生就是要实现莫奈名作和小孩画儿作这两者的完美结合。”

这也正是要理解2.0网络所必须进行的概念转换：电影和电视这种传统的媒介是为大多数的顾客提供大量的内容。但是对于像第二人生这样的用户创造的媒体而言，想要实现有效运行，（或者这样说，社会网络和视屏共享网站）就需要为少数顾客定制大量的特定内容。关键是你有大量的创造者去为更加庞大的消费者群体创造内容，当然，很多这些消费者本身就是内容创造者。

“但是，”沃克指出，“很难为此筹到1 000万美元。”

如果本书所讲述的只是一个传统的“高科技乃成功之基”的故事，那么这个保守估计必然会将我们引向胜利的峰巅：市场会痛快地驳倒那些怀疑论者，同时又证明了那些创造者的眼光是多么长远，他们简直一直就是对的！

但那是长期的设想，目前还没能实现。而让人吃惊的是，当你回顾那些试图培养创造力的社会工程时，你会生出一种复杂的情感：因为你会发现付诸于这些社会工程的努力要么一败涂地，要么就是与原有目标背道而驰。无论它们意图是多么美好，这些设计换来的竟然是一些难以预料的负面结果。每一回，公司都要为处理居民们的固执而焦头烂额，无论多么苦口婆心地劝诱，他们都对这个世界坚持己见。

但是矛盾在于：如果没有之前的一连串的失败，就很难有第二人生如此大的成功。

囚困之龙

因为这个世界可能是一个相当适合小孩儿手指绘画和莫奈作品的地方，所以林登的员工相信它的持续发展需要依靠这样的用户：他们创造动人的内容、经历和事件，而这些东西正是大量的观众会经常回来看的。他们计划建立内部的奖励系统，来鼓励这种优秀水平的发挥，但是这还没有先例。当时，大多数的在线世界都是基于幻想并且由其公司的设计师们事先就做好的。（Facebook、Youtube以及其他成功的用户创造的网络至少有5年的领先优势）这意味着林登实验室必须开始规划出一个全新的社会生态系统来支撑其设想的繁荣发展。

就这样，第二人生正式开始描绘其独特的发展蓝图，换言之，是在一块白板上开始了艰难的刻画。

昂德里卡以及多数程序员都具有游戏行业的从业经历，他们带来了丰富的经验。（多人在线游戏跟其他在线游戏在鼓励社会互动和其他积极用户行为的电玩开发上，已经有好些年头了。）同时他们把目光移向了像易趣一样的声望系统，在这种系统中，那些值得信任的买家和卖家会被分批次地赠予金星。但这只不过是一种鼓舞手段而已。最终多数的系统只能依赖一种媒介的直觉，而这种媒介之前一直都不是按照他们所想象的形式存在的。

正如沃克所说的："我们只是尝试去做那些我们认为正确的事情。"

尽管他们没有任何经验可以借鉴，需要完全凭借自己的探索，但是他们发现了一些失败的教训。一个称为美科那科技的在线游戏开始在硅谷启动并蓬勃发展起来，这是一个阳光的、卡通般的无派别虚拟世界。它的建造工具相当有限，但是美科那要求用户提交他们的设计以获得事先批准。电艺公司备受期待的在线小游戏则答应提供用于用户创造内容的工具[在一次采访中，导演（同时是游戏设计者）的维尔怀特答应私下里将那些赠送给我]但最终上架时，它的用户创造特色被神秘地打了个大折扣。

林登实验室注意到了这些。这些公司是订户能力的强力人工过滤器，它们拖慢或者阻碍了所有内容质量进化的周期。尽管怀特拥有明星的声誉（《新闻周刊》的封面刊登过他的传奇），但它们的产品订购热潮在减弱之前永远都不能达到10万订户。它们当前用户数量在游戏出版时并没有公布出来，可以这样说，它们并没有收获第二人生这般大的当前用户基础。

无论如何，罗斯代尔和他的团队都有办法超越众多游戏设计的先例。他们用达尔文的术语来刻画这种挑战的特色。

"我们认为如果这将跟世界相像，我们必须加快进化的周期。"沃克说。他们必须以某种方式将人类200年的进化历程压缩成5年。

“如果你可以更好适应环境的基因突变的话,”沃克解释道,“它会复制得很快。”而且绝不会消失。这就是他们塑造所设计系统的思想倾向——不仅要提供用户创造内容的工具,还有其他用户用以惩罚和奖励的工具。

当我们以真实世界的角度来思考社会工程,我们考虑到了禁止或鼓励某些行为的政府规章制度或者其他外在的法规。但是这些都是很有弹性的。林登实验室的挑战在于从一开始着手这项社会建筑工程就是在一个本体论的水平上,每一项决策都面临一定的后果。

居民们选择虚拟化身这个第二自我来代表他们。在经典的虚幻多用户在线游戏中,虚拟化身的选择范围极其有限,像 Tolkienesque spectrum、半成年人等等。然而要是你以一个开放式存在的前提开始会怎么样呢?

“第二人生可以提供无限的机会,”沃克记得他们当时的想法,“但你不能是一条千足龙。退后一步说,‘哇,这就是囚徒困境。’就像出现了第一个想要成为150 英尺高的巨人的人之后,所有的人都想做 150 英尺高的巨人,突然间你就会发现自己正处在这个不相称的巨人世界中。”

经过多次讨论之后,他们决定,使用现实世界中的尺寸和度量来限制具备人类特征的虚拟化身。他们不准备提供一个超出限制的在自动化、事前就准备好的选择,他们在每一个化身的可能的结合处都创造了一些“附属点”。如果居民想要的身高超过 8 英尺的最高极限,他们就会踩上自制的高跷;如果他们渴望要多手臂的外星人,必须自己动手制作并将那些多余的手臂绑上去。

如此一来,这些限制却在一开始就激发了创造热情,尤其是在外形选择上。但是如果说这些限制可以激发人们的创造欲,那么毋庸讳言的是,这些限制可能造成了千篇一律的雷同。

“我通常喜欢这样的想法,当你看到一些人,”沃克说道“他们就是 8 英尺高的机动战士机器人,你清楚那只是一副装束,而且里面正是长得像你的人。”事实上,传统多用户在线游戏的玩家经常体验到一种角色扮演的种族主义。(比如,那些选择扮演兽族的人通常会拒绝跟侏儒共事。)相比之下,林登团队为所有加入第二人生的人编写了共同的基因,因此说:无论他们最终变得如何的奇怪和另类,其基因是相同的。

“你要有限度,”如沃克所说,他们会这样计较。“我们需要弄清楚的是,这些并不完善的系统如何对人的活动起到直接的帮助?”

这是这个世界前提条件潜在的矛盾:如果居民以及其创造力在明确设计

的开放性空间中蓬勃发展，那么公司必须从一开始就加强对他们的限制和约束。

自我规范的释放

居民自身会强加上许多约束。如前文谈及的，事实上化身在第二人生中飞翔能力的问题一开始就迎刃而解了，这样开发者就无须在创造爬行活力上花费时间和资源了。当林登世界向第二人生转化时，它们选择了抛弃喷气式推进能力但保留了飞翔的能力。沃克回忆道，对罗斯代尔来说，能够超越重力的能力"是天生的、同时对人们来说是非常有趣的"，并且它不是外部的机能而是内生的优雅的、毫不费力的能力。

如果说飞天是全体人类的梦想，却几乎没有谁能够完全驾驭它。人们可能会希望群居空中的人能在云彩间互相嬉戏，但绝大多数的居民还是坚持长期地生活于土地之上。第二人生上市的一段时间内，沃克一边观察一边困惑，因为早期的用户还是留恋在地面上的生活。

"他们进入之初最迫不及待建造的，竟然往往是——房子!"而且他们建造的还不是那种幻想中的与众不同的房子，而是完全将现实中的房舍照搬到电脑上：一座奢侈的豪华宅院，加上必要和不必要的设施和装备。("为什么要建造浴室和餐厅?")看来那种人工的现实主义始终是多数人的偏爱(现在还是如此)。

有了飞翔的机会，居民却建造了需要重力的房子；有的人甚至反对无重力。斯特勒所培育出来的那根充满阳光和生气的巨大豆茎，就是最好也是最初的例证。这位第一个进入世界的用户，所创造的内容就是被设计成不用飞翔的游戏，通过从一片叶子跳到另一片叶子上来迈向顶端。航空工业在一些专业人士的推动下迅速崛起于这个世界中，他们学会创造、编写脚本，最后把飞行器、喷气发送机打包和战斗机、火箭，以及飞行原料的样式通通卖出去。

为什么要害怕飞行？很多人推测是人们在很长的时间内对机动式飞行还是存在惊恐，而且，人们内心对其化身的移情作用，意味着他们必须保证他们的化身在地面的视野之内才能放下悬着的心。无论怎样，飞翔在多数时间里仍然还是短暂的行为，保守的人们通常只会在越过一般栏杆时使用(你认真考虑，哪个才是这种功能最初的目的啊。)

互相捧场和娼妓等级

如果居民们拒绝了某种赋予他们的超自然的力量，同时也会滥用其他力量。早期时候，罗斯代尔和他的团队为内容创造设计了一个等级系统。基本上，当一个用户获得了一块地，他同时会得到一个消火栓大小的投票箱。如果路过者喜欢他建造的东西，他们就按一下投票的按钮。

罗斯代尔说沃克，“喜欢这个主意，因为你可以在他们离线时为他们建造的东西确定级别……有点激动和自得。”这是对个人的奖励却对多人都有好处。因为如果你将这些投票集中起来，你就获得了一大把具有高价值内容的数据库了，而且这些都是人们通过投票选出来的。这样的话，人们可以很方便地搜寻经过大众投票筛选过的高质量创造品了。

平心而论，投票箱从一开始就被滥用了。建造者们只要与他们的朋友达成共识，然后大家就可以轮流地互相光顾其他人的投票箱，互相投票；这就成了内容创造的互相捧场行为了。

奖励社会化的机制导致了更加奇怪的突变。“因为我们想要促进互动，”沃克解释道，“我们想找到某种你从与人会面中能得到好处的方式。”后来他们又引进了呼叫卡，一种居民可以在见面时互换的卡片。他们为每个用户的公开形象增加了定级的尺度，按照行为方式、建造能力和外观来分类。如此一来，该理论就成了这样：你迅速一瞥某个用户的外形就可知道其通过民主选举而来的受欢迎度和吸引度。林登的团队甚至还在他们官方网站上开辟了一个领先者排行榜，这样一来，所有人都可以一目了然地获悉各个类别的前十名居民。通过这种方式，民主才可以真正对那些才华出众、魅力非凡的人起到鼓励作用。

他们一开始就热心于操控定级。而如今居民都不想成为最友好或者最聪敏的，这对他们来说就是一种终结，唯一的好处不过是榜上有名而已。更为糟糕和尴尬的是，那些光荣上榜的人并不想保持这份荣誉，因为这顶令人眼红的桂冠会让那些新人在交纳林登美元(流通于第二人生之中的虚拟货币)之时，将满腔怒火撒到他们这些上榜高人的身上。

沃克仍然认为其他居民进行消极定级的能力是一项明智之举。为了执行一项定级，林登实验室如此设计：该居民必须在线同时在身体上接近他或他想要进行定级的对象。如此一旦进行消极定级，势必引发私人恩怨，这对被定级的和定级的双方都是难堪的举措——希望能够鼓励那些消极的定级实现自我改变。

至少该理论的第一部分获得了成功，而且效果非常好。“消极定级”成为第二人生心理哑剧的等价物了。有时候它反映了一个人对另一个人真实的反对；但是也有时候它们会一波又一波地出现。有些人拉帮结派，然后去干一些见不得人的勾当，他们同时对他或她进行团体的消极定级。在用户的外形上，这些小小的定级就会呈现成一块小嵌板，而且可能会在暗处发光。那些因为消极定级而被打上恐怖的鲜红色标签的居民则不得不在他们的外形上添加脚注，以解释它的存在（至少是一个自欺欺人的借口）。即使在第二人生外部测试几个月后，尽管社区里不过只有数千人而已，但是我已经开始接连不断地收到关于“暴徒诽谤”的报告，报告指出，有一些人在谩骂和声讨这个世界。

但是，并非只有消极定级才能引起如此大的反响——积极定级如果逃脱不出不信任的阴影，也会遭遇始料不及的失败。那些通过正面定级而拥有高级别的居民会被认为是只为高分数而出卖利益的“娼妓等级”，最后也只得在一片唾骂声中销声匿迹。

静坐直至成功

由于林登团队在建立个人行为社会化工程的时候遭遇到了滑铁卢，他们之前为了创造社区所作出的努力也随之变得苍白无力。恰恰在这个时候，参议会通过了在不发达小区建设公园的议案，这给处于迷惘之中的林登团队带来了灵感，于是公司试图建立市民的空间。

多数居民离开去建造他们属于自己的小区，例如十一村和数字朋克城（跟我们看到的 Nexus 帝国一样），计划和组织都相当精细。有些甚至还签订了细致的包租协议，就像真实世界中房东联盟所制定的规则一样。

随着这些亚社区和商业地点逐渐确立，林登实验室开始奖励那些有志开展社交聚会和特殊活动的土地所有者。但是通常（或者近似地说），结果往往跟预想大相径庭。

"即席创作、改编、终止静坐"——2006年的春天

最近几个月来，世界仿佛被施加了难以摆脱的魔咒。现在这种趋势已经逐渐波及了大多数的居民。如果你信步迈入一个乐声嘈杂、喧嚣异常的俱乐部大门，你会发现竟然看不到跳舞的人群，你会发现，几十个居民似乎悬浮在天花板上，仿佛在上演一出"失去了牵引的木偶"的哑剧，这意味着某人离开了他的键盘。

按照在交通奖励背后的理论，对于那些把参观者带到自己土地上的土地所有者，系统会按月退回一定数额的林登美元给他或她，这算是一种尽人皆知的奖励。没有对他们如何吸引步行交通加以任何期望，就奖励那些资产所有者，因为他们把参观者带到了那里。而实际上，这意味最大的交通激励获得者通常是夜总会、娱乐场和自由性场所——或者更常见的是，带有舞池的俱乐部，这附近通常都有娱乐场的赌博活动，还有隐蔽的地下室或者是烟雾弥漫的封闭式人行天桥，在那里谈情说爱的人们可以花前月下，缔结百年之好(只要你愿意肤浅就可以了)。如果说这对某些人来说是粗俗不堪的结果，林登世界中又有谁能断定人们在他们的世界中到底想要什么呢？他们进入第二人生享受那些内容，而且各取所需。只要交通继续运行，林登就会继续支付。这真是该社会工程的精致之处，这种工程将公司在一点疏忽之下就释放出居民的创造性。

问题是，周围的一些东西最终坠落了，人们开始到第二人生里默坐。只是安静地坐着。

他们所谓的露营椅子，是为那些囊中羞涩的居民提供了一条独具价值的出路：坐在一张椅子上面，该地方的地主就会按照你坐在他(或她)椅子上的时间向你支付一定比例的林登美元。酬劳通常都很低——每5分钟2林登美元，或者在开放市场上至少每小时10美分。那时你只要坐着就万事大吉。有人会计算在那种比例之下，与在第二人生中其他地方相比，你在露营椅上待着是否可能让你支付更多的电费。将宽带费考虑到杂费中来，这还真是一项难以想象的主张，不过，嘿嘿，这完全是意外之财！

不知何故(很多次我已经注意到了)，太多的居民更倾向从事以小时来付酬的虚拟工作。处在这个更迭的世界中，货币已经发展到如此的程度(如果你不

介意你买的跑车和睡袍事实上不存在的话)。这个世界变革的魔力已经使这种行为不像是一份工作。一些土地巨头巧妙地将一些仆人工作的画面跟露营椅融合在一起,这样一来,一旦有居民坐上露营椅,其他居民看见的就不是一个居民坐上去,他看起来就不是在坐着,而是在擦大厅的地板或者在清洁夜总会的玻璃窗。如今居民们就干起了这种没有技术含量的活,还有很多人欣然接受这种工作机会。(这有存在主义的意义:在娱乐场门口拖几个小时的地,然后把挣来的几美元挥霍在里头的老虎机上面,再回去开始另一轮的清洁工作。)

每个月,这种意外之财的引诱足以使成千上万的居民争先恐后地去抢椅子,然后心甘情愿地一坐就是几个小时。这些人中,既有全职的家庭主妇,又有在办公室中无所事事偷懒的人。主妇们可以一边在线坐在椅子上,一边离开电脑去刷刷洗洗干家务活,这样一来,两不耽搁。而那些办公室里的人,则一边让化身在线坐着挣钱,一边开着其他程序干点别的事。另外,还有那些精力充沛的行政管理人员,他们只不过是来看看第二人生到底有什么与众不同之处,还有一些来自某个知名的"朋克风情"或色情网站的一些名人。只要点击一下按钮,他们就可以用真实的几美元购买到数以千计的林登美元。但是,别忘了,那是意外之财啊。

在一些非常受欢迎的地方,第二人生开始看起来像波将金村,成了一个连参与也是虚拟的虚拟世界。更不用说这个世界整体上已经被妖魔化了,因为到处都是同样形式自由的疯狂创造和深层的社会纽带。而在最受欢迎的地点,露营椅为尤吉·贝拉的不朽论断——没有人再去那里,太拥挤了。注入了独特的含义。

"我是这样看待它的,"一位娱乐场主这样讲道,"人们为了钱可以做任何事情。只要在露营椅上待上一段时间,就可以轻而易举地获得一定的报酬,何乐而不为呢?所以他们过来坐下。坐在露营椅上的人,不是建设第二人生的人。真正致力于建设和创造第二人生的人不会出现在这种椅子上面,理由很简单,他们正忙着建设和创造呢。"

小小的谴责

交通激励结束了，然而露营椅子保留了下来；地主们还是在向居民支付薪金的过程中发现了价值，他们可以开发第二人生的另一种特色而不将其升华成某种社会机制。点击一下第二人生的地图按钮，就能看到整个网格的动态俯视图。上面的每一个在线居民都用一个绿点来代表，如同在复杂迷宫中慢慢爬行的小蚂蚁。这成了一个可视化的捷径，人们只要扫一眼屏幕，就知道哪里聚集的人多，以及那些人都在干什么。这些绿点不断聚合，迅速带来明显的效果。成片成片闪烁的绿点会让人作出这样的思考：既然有这么多人去这些地方，那一定是发生了什么有趣的事情。所以要是有一大片的绿点出现的地方通常会继续吸引更多的人光顾，而且数量会如滚雪球般越滚越大——这就成了一个称为“绿点效应”的反馈环。

支付给居民让他们去占领空间——只要占住就行——这样商家就能利用他们吸引更多的居民，既然多数露营者们能将他们微薄的收入花在雇用他们的组织上，这就成了一种蛰伏与花费的循环了。

换种说法，居民们现在通过彼此间的社会化工程来影响这个系统。

曾经一段时间，林登实验室每周都要定出高质量的20个站点——美丽的花园、高耸的城堡、热闹的主题公园等等。但是员工们在开发这个世界的过程中为更新这些选择而疲于奔命，同时又因为不断收到那些因为偏袒而导致的社区谴责弄得狼狈不堪。所以，最后那块“最佳排行榜”还是不得退出了第二人生的浏览器。

所以绿点现象继续存在了下来；单独和非控制的用户会在地图上四处搜索，追踪那些绿色的痕迹以进入最活跃之处。最受欢迎的地点几乎无一例外是夜总会、色情场所、或者意外之财的营地。与此相比，在别的地方，一些小规模的活动则几乎无人问津。很容易做出这样的假设：色情、俱乐部以及露营就是这个世界的主题。

这个有些错误的印象被那些流行场所进一步巩固了，这些场所列在点击率最高的前20位。在特殊用户方面，这个图表展示了大概10%的访问顾客的日常活动，而且随着人口的增加，这个百分比会更小。但是其他几十万在线用户在同一时间都在干些什么呢？（由口碑和注意力决定，高质量内容区，如艺术美景和雄心壮志的设计通常只收获了中等水平的欢迎度。）

2006年后期到2007年，媒体对第二人生的反对声音日渐增强，主要的抱怨之一集中在体验质量的质疑上。说得更明确些，评论家认为第二人生简直就是一个藏污纳垢之所，他们觉得第二人生就是一个充斥着色情、赌博和其他低级趣味甚至违法活动的污水池。如此一来，一个由社会工程产生的声望排行榜只是（错误地）解释了外部观察者对这个世界的看法。

民主与印象社会

这里备选的建议就是将系统投票的范围扩展到全世界。同时鉴于居民总体上热爱自由，他们从未对民主的重大职责表示过集体的热爱。2004年，林登实验室征询过居民的意见，问他们是否喜欢自我管理，但得到的却是冷漠的回应；2005年，公司引进了一个投票机制。按照该机制，居民们能够推荐供林登实验室致力开发的新特色——最多只要吸引478个投标者即可。一个由居民主导的反对普遍财产所有权诽谤者的请愿只得到不到100人的支持，而到2007年中期，风头直指林登实验室本身，要求公司修理一大堆导致系统衰退的电脑臭虫。这一次得到了起码4 540个签名——只是比当时用户数据库的总量少了两个百分点。为了回应居民请愿，在一次基于第二人生的市政大厅会议上，科里·昂德里卡请求居民们在公司的电脑臭虫追踪数据库上进行登记，这样他们就能够追踪到那些得票最多的电脑臭虫了。几个星期后，最高级别的电脑臭虫得到了全部的147票。

这些都无法说明居民们是缺乏社会热情的；相反，他们对第二人生的集体意识使人联想到美国人跟自己国家的关系：是一种情感层次上深厚的爱国主义理想，一旦受到外部力量威胁，他们就会凝聚到一起共同抗御——但是在多数的选举时间中，他们仍然不肯在投票中露面。

但这同时把该公司与其付费用户置于一种囚徒困境之中。想要知晓多数人的意愿纯粹是徒劳无功的，因为任何贯彻该系统的尝试都是由那些极度活跃的少数人在捣弄的。

许多原因造成了系统的失败，第二人生的身份演化成了一个印象社会，在这里，任何文化、经济或者社会贡献都是由其创造才能和持续效果的直接比例来界定的。林登实验室的社会机制强化了对最终结果的人工衡量标准，甚至在最早的几个月中，更是涉及了该领域内的社会硬币。后来慢慢沦为了对创造力、个人行为和把真诚的赞誉表达变得粗俗的在线活动的投票机器。当这个机制开始泛滥时，就成了对印象社会的蔑视。

随着时间的流逝，这些系统多数都被淘汰出局了。对昂德里卡来说，重要的事情不是他们的社会工程系统最终失败了，而是对这种失败的思考。他告诉我："谁是失败者、或者谁一开始就能起到作用。"无论它们自我闭塞的趋势会如何发展，他相信它们已经在经济上做好了分内的事情，而文化的发展超乎了它们的需要。

如果人们只是倾向于匆匆地看一眼，那么很容易通过类推来认清这个世界了。任何对所有诚实参与者的奖励所进行的自上而下的分配都被打上了必败无疑的标签。就算让团队中的两个人串通起来，通过对卖淫和露营椅进行定级的方式进行开发——或者换一个，交换食品优待券和工作任务——其他人都会将该行为看做是欺骗(然后自己却道貌岸然地使用它)。要是第二人生在列宁秘密去往彼得格勒一年之前就存在的话，70年的全球化战争可能会因此而得以避免。然而，按照昂德里卡的意思，引发集体主义失败的做法太过于简单了。因此自始至终，公司的计划就是逐渐将居民从社会福利移向自有资本的道路上来(这是一项危险的计划，而且它被证明会越来越危险)。

林登实验室的成果可以轻而易举地运用到其他的2.0网站，这种杠杆作用通常被称为(但在詹姆斯的理论中却很少出现)群体的智慧。例如，YOU TUBE之类的视频共享网站迷们其实清楚地知道，所定的级别很少能反映一个视屏的真实质量；而挖客之类的新闻集中社区经常会出现一些重新拼装或作假的故事，这些故事通常都是被小团体用户所扬弃的。为了保持社会机制的有效性，需要永久的变革竞赛以及应对开发追寻者不断的围追堵截。最后，林登实验室从斗争中撤出来了。创造民主评估系统是一回事，使它实际上表现得像民主是另外一回事。所以说，雅典古代的民主消亡之后的两千年来，人们仍没有好好地吸取这些教训。

最具有讽刺意味的是：社会机制真正起作用的地方竟然是它最初彻底失败的地方。在早期发展阶段，亨特·沃克为用户的在线外形设计了一个第一人生面板，使得人们可以自由添加自己在真实生活中的片断，这些片断别人可以浏览和观看。沃克说："我希望听到人们说'这就是我的另一面'。"而在很长的一段时间内，许多第一生命外形保持空白。面对如此之新的世界，几乎没人愿意将自己的真实身份添加进去。

但是随着时间的推移，在随后的几年之后，第一生命外形变得不可或缺，用户们开始广泛使用它；它成为一种快速判断谁是在真正致力于成为第二人生一分子的方式。（当真实世界的商业和组织加入进第二人生之中，并开始使用实实在在的真实身份时，它就显得非常关键了。）

证明沃克最后观点的是：当一群个体真正准备好自己做决定时，社会工程确实起作用。而且有时候，社会工程要做的只是退后一步，给他们时间去接受这种限制。

第5章

自造的人类

——数字时代的身份和角色扮演

尽管存在着真实世界和虚拟世界两套标准，但是无论是以何种标准为依据，斯德拉·科斯提勒都可谓是一位美丽的女性。她有着苗条的身材，如雪的披肩长发。不过似乎什么地方有些不对劲，因为斯德拉的女主人凝视着电脑屏幕的时候，她总觉得自己和那个用键盘控制的化身之间似乎没啥联系。尽管现实中作为主人的她并非那么苗条，但是她意识到必须改变斯特拉化身的尺寸。她的做法是调整系统内部的外观设置来调整其化身的腰身和体重。

“这是一次逐渐的转变，”斯特拉的主人回忆道：“我看着她，感觉到我们俩人之间的距离。于是我把控制体型的滚动条调高了，这样使得她更像我并且更具亲近感。”斯特拉逐渐变得丰满——这使得她并不像第二人生中其他的女性化身一样，那些女性化身几乎毫无例外地都是楚腰纤细的样子。当然，她没有贬低其他人的选择。然而对于自己的化身，她决定打破那些传统的美丽期望，不拘泥于大众的看法，而是落落大方地坦白现实中自己的模样。

正如她所说的：“这种感觉非常潇洒，斯特拉教会了我如何更加爱自己，更加尊重我自己，所以我让她成为我的化身。”

早期时候，第二人生的新用户所面临的第一个抉择就是他或者她以什么方式出现在大众面前。安装并运行程序之后，林登实验室将初始界面放在一个小小的的主题岛屿上，这里建有蜿蜒的道路，同时布满大量的信息站，为运动、聊天和其他活动提供简短的说明。但是多数居民会在第一个信息站流连忘返，这里将教会他们如何定制其化身。通过用大量的调节面板和一个实现瞬间变化的滚动界面来实现定制，比如从 4 英尺增加到 8 英尺高。似乎外表的任何部分都能够改变——不仅是性别、三围尺寸、头发颜色，还有更加细节的特征，像鼻梁的厚度和耳朵的长度等等。

组合几乎是无穷无尽的。然而过多的选择余地往往使得很多用户不知所措，他们不但惊讶于如此多的可能性，更大的挑战来自于如何创造他们头脑中本来就存在的理想的第二自我。（我见到过许多用户停在这个指南的前奏几个小时，为所提供的选择交替地入迷和恼火。）

按照亨特·沃克的估计，在第二人生开始的几个月里，可能有一半的虚拟化身外形恐怕难免粗糙原始和奇形怪状，例如化身可能拥有不正常的畸形身高，或者干脆把头发染成五颜六色来扮酷，甚至是以随意的一种搞笑花样进入这个社区。当然，这种局面很快就发生了改观，这主要得益于社区中所涌现出来的第一批手工业。这些手工业者主要服务范围就是帮助用户提高化身的定制质量和水平。在此之前，女性尽管有非常之多默认的化身选择，但几乎所有选择都是非常不讨人喜欢的（几乎所有的人都选择把女性化身变得更加漂亮时尚，林登实验室的化身定制界面是由男性程序员创造的，尽管他们的编码技术高超，但是对于如何让一个人魅力四射显然并不在行）。

几乎无一例外，所有自己动手修改的都是女性。瓦苏·泽布拉斯特里普是一个中东女孩的名字，她发明了一种完全可以以假乱真的假发，并且迅速地取代了林登自行提供的发型选择界面。雷菲雷恩·普罗泰戈尼斯特是一位来自南方的年轻母亲，她使用精致的哥特式折叠服装创造了“像素美女”，这使她成为第一批虚拟时尚行列中的一员，并由此而声名大振。这是一种无声的起义，因为第二人生中聪慧的女性不甘任由系统去否定和扼杀追求美丽的意识，所以她们主动出击，去寻求和创造美丽。结果就是出现了大批的华丽服饰可供选择，这对这个世界中的普通化身来可以说是破天荒的举动；另一结果就是使得用户有机会设想和创造一个不同于现实的自我，也许是胜过从前的另外一个自我。

雪莉·特克曾经于在线世界中谈到《屏幕上的生活》(1995 年)，这是她的一本关于计算机媒介交互作用的极具影响力的书，书中谈到电脑用户会发现他们自己被“那些使他们能够……挑战单一自我想法的经历彻底地扫荡了一番”，她指出所有的在线角色扮演的多样性(无论从虚拟世界、匿名的聊天室还是留言板)都为改变我们身份的不同方面提供了新的方式,基于因特网的匿名交流会提供一种新的方式,去扮演似乎是最基本的东西,如此我们方可窥探它们的实际重要性。同时,这其中的阶级、种族、甚至性别倾向都是流动的。

现在回过头来看看前面的阐述,似乎显得过于乐观了:目前,对基于幻想的多用户在线游戏,玩家们的选择相比起他们对所加入空间的期望要有限得多,能够选择的通常是来自《指环王》的模板。如果你是一个铸造火球的英勇男巫,这会冲击你关于单一自我的想法吗?你真的打算去深究你是谁吗(除了,或者你喜欢幻想游戏)?

从结果上看,特克的结论是完全超前的。创造一个持续进化的角色扮演大剧院首先需要一个足够广阔的系统,一个能够将所有属性变成流动的系统,这是毋庸置疑的。同时需要足够活跃的经济和文化来保证身份的转变意义丰富——而且,有时候,是痛不欲生的。

“你的皮肤”——2006年春天

通常,埃瑞克·莱尔恩的虚拟化身是一个金色头发、典型加州肤色的白人女孩,这符合世界上通用的审美标准。最近她的朋友奇普·米多莱特邀请她为最新“皮肤”做代言模特——这其实是一个再寻常不过的邀请,因为米多莱特是一个久负盛名的化身皮肤定制大师,当居民们无法从林登实验室所提供的界面满足自己多种多样的要求的时候,居民通常都会去购买、使用或者改造米多莱特所设计的皮肤。埃瑞克·莱尔恩需要穿上米多莱特的最新皮肤,然后在第二人生中四处传播口碑,进而创造销量。

“我经常聘请她作为我的新员工以备不时之需。”米多莱特向我解释到,“她很受社会欢迎,所以她是获取良好反馈的法宝。”(换句话说,在市场最密集的地方进行病毒式营销。)

但当埃瑞克·莱尔恩穿上米多莱特设计的最新一款皮肤时,她却向我诉苦说:几乎变成了“黑色版本的我”。(她被认为是60本图书的里程碑,都是些白人男性所梦寐以求的图书,这次她通过痛苦而不能使人信服的装扮,过着非裔美国人的生活。)这是因为米多莱特的最新产品恰恰是一种具有惊人真实感的年轻貌美的非裔美国女性的皮肤,——大概像把著名的网球明星塞维那·威廉姆斯那样的皮肤设置成化身形式。当莱尔恩穿着米多莱特设计的新款皮肤出现在大众面前时，反响发生了分歧，很多人羡慕不已。然而同时也有一些人并不喜欢。当埃瑞克·莱尔恩随便漫步到化身聚集的地方的时候，她也注意到了这一点。

有一次，一个男人瞥了她一眼之后公然叫嚣道："看！那个黑鬼婊子。"

另一个人则幸灾乐祸地说道："这回可有好戏看了啊，这些人预备侵略第二人生了。"

她使用黑人女性的皮肤三个月之后，发现这段时间有一些朋友一直在故意地回避她。她自己补充说："还有人认为我是一个随便的女人，没有比这还恰当的说法了。"她对这些诽谤和抨击显然大吃一惊，尤其因为一个化身的种族外观可以用鼠标随意改变。还有一些人的反应是比较柔和的：第二人生中的几个好朋友完全不搭理她了，也不跟她聊天说话了，如果是不小心偶然撞见，他们也只是扫兴地稍微示意而已。(你知道有事情要发生的时候却没人告诉你，那是一种什么样的感受?)另外一个朋友则以一种极其荒谬的质问向她坦露对她的意见："就像你什么时候做回你自己之类的问题"。

莱尔恩将使用米多莱特的皮肤的经历告诉了一些黑人朋友。莱尔恩说："他们丝毫不惊讶于我的遭遇。"恰好他们当中就有人在第二人生的化身就是白人。莱尔恩进一步解释说："当然，有些人是一时没有找到合适的黑色皮肤，不过其他人则认为使用白人皮肤能让他们的化身更容易为人接纳。"

尽管她面对林登世界中少数创造者的种族主义言论时只能听之任之，但是她有自己虚构的所谓的街道正义计划。她等待着机会，要和那些种族歧视的人一较高下，以捍卫自己的尊严和利益。

"听着，"她笑着告诉我，"当那个种族歧视的人和他的一群朋友聚在一起高谈阔论的时候，我趁机走进去，当众大声感谢他那次美妙的性爱，然后转身离开。"

"你指的是以一个黑人女性的身份感谢他?"我问道。

"当然，"她咯咯地笑着说，"他们祝贺他'直到他激烈地否认'。"但这导致了他们继续追问。"这可以看出他就是一个盲目种族主义者。"

这是她使用米多莱特皮肤三个月来学到的最得意的一节课了。

"它让我认清谁是好人，谁是伪君子。这也算是好事一桩。"

"扮演黑人来做道德的试金石?"我问她。

“正是。”她回答道。

一份有趣的估计显示，大概有 70%～80%的居民人口都在人们的注册名册之中。在一份随机筛选的名单当中，包括所有尺寸、形状和功能的机器人；天使；吸血鬼；魔鬼；动漫角色；灿烂阳光和暴风积云；6 英尺高的侏儒；著名的雕塑和绘画（包括了梵高的自画像和杜尚《下楼梯的裸者》）；外星人；政治讽刺话；企鹅和小马；以及一堆会说话的粪便。对他们多数来说，化身的外表是极其新奇的，但对另外的人来说，这是一种深层次的转变。我曾经采访过一位女学生，她为名为卡祖西罗阿里迪安的化身安装了一具极其精美的机器外壳，所有的齿轮都生锈了，四肢倒置，装备着做工讲究的爪子。她把造就卡祖西罗的过程成为“肉体上的”，一个好色之徒的转化。“最强烈的身体感觉是痛楚，”她告诉我，“但是视觉上很迷人啊。”

几个有代表性的因特网亚文化的最卓越虚拟化身类型在第二人生之前就已经存在很长时间了。最容易辨认的少数民族人种可以说是毛人，指的是那些扮演人兽同形的卡通动物角色的居民。在 2007 年中期的一次估算中（从零售订单的化身数量中推导出来），毛人虽然大概只占到了第二人生当前社区居民人数的 6%，但是这其中包括了公认的最具天赋的内容创造者。总的来说，他们就是第二人生中的门诺教派教徒，这是一个相对孤立的亚文化群体，很多人的行为方式奇怪，但是他们作为这个世界的哺育者的技术是相当值得尊重的。

他们同时代表虚拟化身经验的一个高峰：为了创造一个理想化的第二自我，他们付出了出类拔萃的努力，这简直就不是人类所能做到的。

“像我一样的毛人”——2005 年春天

“我给你做了一个毛人，” 瑞里 · 贝斯克列夫咯咯地一笑：“我知道你对我们毛人感兴趣，所以我想你可能希望在报道的时候亲眼看一看。”

这只久历江湖的“松鼠”邀请我去她的实验室（实验室的滑动门上安装的是形如兽爪的手掌般大小的门锁），然后给我一个神秘的信封来重塑我的化身。

当我打开信封时，我化身的头变成球根状，我的身体开始变圆，我的躯干变得皱巴巴的。

“啊，完成了，” 贝斯克列夫一边说，一边赞赏地观看。“收缩收缩再收缩。既然你的名字叫哈姆雷特奥，我想你可能喜欢成为仓鼠吧。”

不过是短短的几秒钟，这种惊人的转变就大功告成了。整个过程让人很不舒服。当时我就注意到我屁股后面长出了毛茸茸的东西。

“粘在我屁股上的东西是什么？看起来像多余的脊椎骨！”

“那是你的尾巴！仓鼠的确是有小尾巴的啊。”她给我拍了一张全身照。“你穿着这身看起来棒极啦。”

早上，哈姆雷特奥从噩梦中醒来，发现自己变成了一只大仓鼠。我傻站了一会儿，希望找到一个词语来描述经历这种转变之后的感觉和体验。我感到很不自在，看着这个新的虚拟化身，内心生发了一种笨拙的自我意识。回想当初系统默认那个哈姆雷特奥的虚拟化身，至少在身体外形上还跟我相似（只要瞥一眼我本人的照片就知道了）但是这个——简直就是另外的东西了。

贝斯克列夫接着说，多数毛人居民自己制作化身的原因“在于一种跟动物或者某种特殊动物之间的心灵联系……但是一些毛人是流动的，像阿里·柯顿，他就做过龙、狐狸和老鼠。”阿里·柯顿是毛人的先驱之一，他领导着来自这种亚文化的其他在线社区中那些志同道合的人；他创造了第一个毛人虚拟化身的模板和一些可接入系统的术语，这些术语能够将一个人类居民转变成一个直立行走的卡通动物，将失真的耳朵变成后爪。

贝斯克列夫告诉我说真实的她实际上长得很高很胖，而这也正是她渴望改变其化身的动机所在。她说：“与想象中相比，我现实中的体型显得笨拙和奇怪。”跟多数其他的毛人一样，这种跟可爱的动物之间的亲密意识萌发于孩提时代，只是她需要足够的时间去选择一种动物。

“我做松鼠已经好几年了，”贝斯克列夫告诉我，“但我做毛人的时间比那更长。找到真正的自我是需要很多时间的。”对一种跟自己心灵相通的可爱动物（或者一个卡通的变种）的搜寻在那种动物存在之前就开始展开了。毛人的亚文化还包括异人社区，那里的居民将他们自己变成幻想中的动物，例如浪人和龙——再一次强调，这种创造的动力往往来自个人真实生活中的自我意识。

“尽管存在着争议，”贝斯克列夫告诉我，“他们大多数会存在一些基因突变或者化学敏感，这一点跟与他们有神秘联系的神话传说是相当匹配的。像那些变成龙的异人社区中的人，他们通常在现实生活中都有因为患有湿疹而形成的鳞状皮肤。”

这种化身的辨认意识意义深远，它通常超越了自我意识——或者完全超越自我意识的边缘。人们时常会碰到毛人穿着像《星际旅行》中的制服，或者带着佩剑和魔杖，或者穿着能量战斗盔甲（还有一个特殊的铬合金护套保护其尾巴）。这还不够，在另外的一些世界中，还有扮演一只六英尺的浣熊的；当然这是要用幻想来进行修饰的。

在另一次采访中，我把这一点告诉了塔什瑞·西亚什，他将自己的化身非常巧妙地塑造成一个活生生的《下楼梯的裸者》形象。（西亚什有些冷淡地指出，将20世纪大师杰作具体表达出来的经历是“有趣的感觉，某种……感觉。”）过了一会儿，我问他能否变成感觉最像自己的化身，他毫不迟疑地变成一只穿着礼服的紫狐狸，同时还长出了类似章鱼触角般的触须。

“一些人对自己的毛人形象非常满意，”他解释道，“那怎么说都是他们自己吗。他们可以任意添加自己喜欢的特征，自然而然地随意为之，就像人类化身可以随便增减衣服或涂抹饰品一样。”

使用如此滑稽的角色，进行如此特异的扮演，那么我们就明白为什么他们在第二人生中经常成为嘲笑的对象了，也就不难理解为什么在其他网络社区中他们也被当成异端怪物来对待了。这只能用怪人偏见来形容了，而最糟的攻击竟然极具讽刺性地是出自玩家和其他网民。事实上，在他们成为公认的第二人生少数民族之后，来自流行玩家网站的成员开始集体涌入这个世界，这种进入毫无疑问宣告了第二人生毛人狩猎期的来临，这些涌入者倚仗自己的机关枪，到处惹是生非，为所欲为地嘲弄别人。

如果说人们在线创造具有人类形态的生物是一件有些令人奇怪的事情，那么另外一群人闯进这个世界，对别人的创造肆意抨击和嘲笑则更是一种匪夷所思现象了。因为那样干的话，他们也要改变自己的外形才行。这又是一次更加激烈的怪人文化、星舰、动漫迷、电子游戏迷和其他无数的人之间的经典之战，每一个人都在为证明他们比被自己所奚落的人更具社会能力而战。

“我们的所作所为是愚蠢至极并且超乎常规的，”松鼠瑞里·贝斯克列夫承认道。“我们毛人倾向去成为奇怪或者异常的人。”但是人们的眼光往往过于狭窄。“如果有一群人开始拥抱你的时候千万不要太惊讶，”她提醒我说，“多数毛人喜欢拥抱。”

毫无疑问是这样。（事实上，这是对身体接触的需要，他们被一个外壳所保护着，能够安全地进行任何接触，这似乎是成为毛人的核心动机之一。）但是，只要机会允许，我仍然会努力礼貌地拒绝来自毛人的拥抱。

如果你真想知道你是谁，尝试一个断然不是自己的角色。瑞里·贝斯克列夫采用松鼠的形式才找到她一直以来想要扮演的一种角色。哈姆雷特奥采用仓鼠的形式,然而相反之下,他感觉就像穿着一套用砂纸做成的石灰绿潜水服在众目睽睽之下闲逛。尽管在公众场合穿着石灰绿的潜水服也没有什么不妥之处,但是我仍然感觉不太自在。同时也会担心,那套潜水服给人们留下的印象可能不能反映真实的我。

这些都是值得学习的有价值的东西,当然,你要有足够的耐心和勇气来容忍你屁股后面挂着一根毛茸茸的尾巴。

我认识的某君,在加入第二人生的时候,选择了一个男性的第二自我。但是由于此君表露出来的个性和语言使得他在线遇到的人和亲近的人都以为他简直像一个母亲。这并非源于他的性倾向(现实生活中,他是异性恋);而是在他表示喜爱的行为和他对他所关心的人的教育方式很容易让人产生误解。于是,大家开始怀疑现实生活中他是个女的,只不过在线时候女扮男装而已。最终,他也不得不收敛了一些,干脆意气用事地改变了化身的性别。他用散发着异国情调的女装来打扮自己,按照大家的期望改变了自己的性别。

当最深层的身份更改只要通过点击鼠标就能够实现时,玩弄性别的机会——以及这么干的动机——就是无穷无尽的了。这不一定是出于性的原因,当然一些拐弯抹角的方式除外。(一些男人只是热衷于创造并且完全控制他们梦想中的女性。)

一家俱乐部的女老板艾伯尼·克汉曾经向我提出了另外一个原因,以解释男人为什么会故意改变他们化身的性别。这个原因虽然我曾经想到过,但是似乎是令人难以置信:那些惯于改变真实性别的男人,选择女性性别来作为一种诱惑女性的方式。

“敏感和温柔?”克汉非常讲究地问道:“假装成女孩,然后引诱梦想中的女孩。再告诉她你是个男人,然后就往最乐观的方向想就可以了。”(我们无须惊讶,在第二人生中,最常见的道德困境是:一位温柔的穿着异性服装的人是否有义务向在虚拟世界中的浪漫伴侣透露他或者她的真实性别呢?——如果答案是肯定的,那什么时候坦白最合适呢?)

无论动机是什么,创造一个相反性别的身份是这文化真实的一部分:在2007年中,全球市场研究所主持了一项对居民的广泛调查;23%的人表示他们在使用不同于真实情况的性别。(相应地,还有22%的人表示他们的化身使用跟他们现实生活中不同的肤色,而且非常神奇的是,竟然11%的人说他们拥有一个持有不同政见的化身。)

如果说玩弄性别的原因是无数的,同样的,通过扮演与生俱来的那个与你完全相反的角色,你认识到自己是谁的机会也是很高的。

"无论是男人还是用女性化身的男人,最终都用了女性化身"

——2005年1月

一个人在现实生活中是男的,而在第二人生中却是个女的(即使现实生活中他变性了),同时还存在另外一个人,这个人在现实生活中是异性恋并且他在第二人生中的化身也是男的,但一段时间之后他决定改变成女的。如此,有趣的事情发生了:这两个率直的家伙在第二人生中邂逅并且一起堕入爱河,而如今干脆直接在里面结婚了。

你看,这又是另一例浪漫的化身。

"我们都不是很在乎性的,"杰德·莉丽向我澄清道。她身材娇小,肤色浅黑,鼻头圆润。她说:"我们就像两个很亲密的人。似乎第二人生中就没有性别的概念……因此我认为唯一能证明我是异性恋的方式就是我对一个女性角色的吸引魅力了。"

停顿片刻之后,我又去跟杰德·莉丽和拓雷·托吉森聊天,后者是杰德生命中那个女性角色。随后我从那位衣着光鲜、身材苗条的亚洲人化身身上,更好地了解托吉森。但是考虑他的要求(你还顾虑什么?在那个地方身份还能如此之有弹性?)从现在我谈到托吉森起,我要丢弃男性这个代词。

改变性别易如反掌。通过一些巧妙的调整,托吉森现在看来像他早期自我的姐妹:一位双腿修长的亚洲女子,穿着细跟的高跟鞋,唇齿间还惬意地衔着一朵玫瑰。

"杰德是那种让我觉得似曾相识的人,"她告诉我说,"其实刚开始接触的时候,我们谈的并不是很多。当时的感觉就是我们之间有些相契合的地方……你拿着你自己的神奇宝贝卡或者谜题之类的一些片段,同时你猜想别人可能有一连串你所缺失的那些片段。随着时间的推移,我发现这竟然是真的。"

我们坐在杰德在线世界图书馆的庭院中。为了使事情变得更加复杂,我们和另外一位跟杰德有过真实生活故事的人坐到了桌子旁边:赛吉·马瓦卡斯,一位戴着黑色太阳眼镜的肌肉男——他是一个女性控制的化身。

“我想,如果能够跟一位现实生活中的女孩在第二人生中发生关系是一件非常有趣的事情,”杰德向赛吉点点头,继续说,“我们当时确实是想发生关系。”

“你指的是在现实生活中?”我问。

“差不多吧。”马瓦卡斯咕哝着说。

“我想我们当时要挽救那种关系,”杰德继续说“但是估计是我们谁也没有办法。”

说到这里好像又将我们带回他们关系良性的那段时光,至少两个浅黑肤色的女人当场就站起来并陷入对方温暖的怀抱中。

“嗯嗯,”拓雷搂着杰德的腰嘀嘀咕咕地说,“要放手真的很难。”

当他们看着他们的化身拥抱的时候,我问他们这感觉怎样。

“当我的化身拥抱拓雷的时候,我感觉就像是自己在拥抱着一个女孩。”杰德说。

“我也一样。” 拓雷说。

但是既然之前杰德告诉我,性不是这关系的重点,那它确切的浪漫之处在何方?

“如果我把他想象成一个女性,”杰德回答道,“这并不难,因为他的化身本来就是女的,我要说的是,他对我来说是一个理想的伴侣,聪明文雅。我俩之间的浪漫之处,我认为……在于我们就自己是谁以及这个世界适合我们的那个地方这两个话题所开展的长期交流,在于我们是如何想的,在于我们向对方探寻一些深层次的个人问题,还在于我们彼此都努力着去了解对方……我把他看做是一个女孩,他也是。这非常有趣。”

当然,他补充道,这还是有界线的。“我们都认同要实现上述的一切永远都不能离开第二人生。它就有这种魔力。”

“你有想过自己在现实生活中可能是两性吗?”

“我在身体上没有任何吸引别人的地方,”杰德坦然地回答。“但是我觉得我善于发现一个人的个性魅力……我认为很多人都有同性恋倾向。但不一定意味在现实生活中他们就是同性恋。我在现实生活中很讨女性喜欢。然而在第二人生中就不得而知了。我看到我的化身杰德,我不得不扮演女性的角色……因为我想那是期望中的事。我不知道。第二人生或者让我更加认识自己或者创造了更多的问题。也许两者兼而有之。”

杰德和拓雷想过两人在现实生活中见见面，但是一直都未能实现。而且在后来的几个月中，他们又逐渐地疏远了对方。

“感情逐渐归于平淡，”拓雷告诉我，“在沉默变成不安之前，我们谈了谈，进行了众所周知的‘继续前行’的谈话。”

如今，杰德正跟一个在第二人生之外认识的女孩约会。

“我从拓雷的身上学到的是，对我来说，能够找到一个对生活有着积极展望的伴侣是非常重要的事情，”他告诉我说，“找一个乐观、满腔激情和动力十足的人。”他说拓雷身上所具备的这种个性特征会成为他选择妻子的最终标准。

对拓雷来说，有一天当在第二人生的沙盒中即兴开发时，碰到了一张手工精美、装饰华丽的桌子。他向该桌子的创造者发了一条信息。“花了些时间，但是我们开始谈论我们对世界的看法，”他说。就这样，他结识了拉沃内勒·祖兹旺，这个人在两个世界中都是女的。之后他们的关系涌向更深的层次。

“我把拉沃内勒·祖兹旺看做我的生命，”他补充道，“我们还没有私底下见面呢，但我希望这一天快点儿到来。”

很多人正用不同的身份重新入驻因特网。甘特咨询公司预计，到2011年会有80%的因特网当前用户进入在线世界中(按照定义，只要拥有虚拟化身就算)；这使得社会网络再一次爆发，同时伴随大量用户的出现，他们通过化身的形式把自己按照理想的样子变得比实际中更加性感和成功；同时值得关注的，还有就是针对青少年儿童的在线世界的飞速增长，现在这个世界有成千上万的虚拟化身了。他们从单独的点慢慢增殖，逐步蜕变。虚拟化身很可能成为未来因特网的电子邮件地址。

那些精力充沛的网民会同时在多个虚拟世界拥有多个虚拟化身，有的是出于商业的目的，直接跟现实中本人和他们自己的资金或者政府背景相联系。其他的网民则是出于创造和体验的目的，并且多数的人会将这些化身跟他们离线后的自我分开来，这是为了更好地开发自我以及自身需求的其他方面。

这是好事吗？为了回答这个问题，我们必须考虑镜像繁荣的原则，期望在虚拟实境的积极活动能够在真实世界产生真实的价值。一些情况下，比如毛人，问题就值得争议了：用如此的强度扮演一个非人类生物的角色会有利于离线之后的个人健康吗？但是很少人会怀疑尝试另一种种族的品质，那就是从他们有利的方面去体验这个世界(虽然是一个虚拟的世界)。至于开发不同的性类型，如“男人和男人”(又一次提到了，选择可能就多样化了，这决定于对性的个人和道德判断。一方面是传统主义者，他们认为即使是非法的性行为的幻想都是堕落行为；另一方面是看到其价值的人）他们认为即使是出于嬉戏，也是为了找出你真正是谁。

而在这两个极端之间，多数人会形成一种新的性伦理，这种伦理定义了未来基于化身的因特网互动规则。随着虚拟化身变得如同电子邮件一样广泛，这将改变我们对身份的理解——无论是在线或者离线。

第6章

性　　爱

——浪漫与欲望，将你的保守数字化

上帝从男人的身上取下一块肋骨造成了女人，把她带到了男人身边。亚当说："这是我的骨中骨，肉中肉；可以称她为女人，因为她是从男人身上取出来的。"

——《创世纪》2，21-23。

在第二人生试用阶段，基于虚拟化身的性爱十分矫情做作，参与到其中更多的是技术挑战，而非性爱经历。化身来到这个世界时没有生殖器，就像孩子的玩具；在第二人生中，想要制作这些并不算难，就是把呆板而原始的东西变得比较灵活而且可以附加别的东西。（这种做法现在十分流行，林登实验室的一些雇员半认真地建议，允许美国King Missle乐队的另类摇滚(alt-rock)时尚经典单曲《可拆阴茎》出现在第二人生的广告里。）

不过讲一讲虚拟性爱是很重要的，不仅仅因为参与到其中的人可以得到的短暂的幻想和特别的经历。几乎所有上网的人都有过一些形式的网上求爱，哪怕仅仅是互发调情的电子邮件。而21世纪这一代人已经无可逃避地把交往（普通交往和性爱交往两种意思）融合到了网络中。他们用即时通信工具互发性感内容，精心地扮演着某种角色，并在网络摄像机的帮助下展示性爱，而这些是他们社交网络中必不可少的一部分。从这一点来看，第二人生里的情侣们让基于网络的性爱诱惑发展到了一个不可避免的境地，大部分诱惑将在网络上描述并亲身经历。

创造生殖器之后，下一步是让化身们交合，即使其方式可能不尽如人意。公司从来不会创造能让化身互相拥抱的三维动画，更别说让他们性交，所以在开始的时候，里面的局面如同行尸走肉一般，不过是一副又一副没有灵魂的空壳。但是虚拟世界仍然很快地找到了解决问题的办法。最初的改动包括对公司所提供的默认姿势的改进，大刀阔斧地采用用户自创的性爱发明。（例如，一个化身弯着身子骑摩托车的这个姿势因为这个目的而被重新制作了。）

当这些都如火如荼地开展的时候，产生了这样一个东西，一个让人感觉十分友好而且放松警惕的小孩子似的东西——美国大兵的钢铁大腿与裸体的芭比娃娃剪拼到一起的结合体。更常见的情况是，人们通过即时通信来传递性爱的火焰。（以前我清楚地记得，当我飞到山顶上一棵大树的房子上——却发现一个较小的红发男人和一个猫女已经在那里了，我猜想，他们的键盘一定刮起了性爱私语的旋风。）

尽管性欲被如此压抑，但性的全面复兴却开始得很晚。2004 年，林登实验室发明了一种方法：制作定制的化身动画，把动画绑定为化身的一系列可控动作，化身可以自由操控。职员们曾经为第一个性爱动画出现在第二人生里的时间而打赌，根据我的记忆，第一个性爱动画在这种技术出现的同一天就出现了。

几乎可以肯定的是，当你读书读到此处的时候，性爱技术肯定早就升级了。（在 2007 年 6 月，林登实验室把基于地址的真实声音引入了这个世界。三维虚拟世界成人娱乐业务的一个内部人员告诉我，这已经是销售的关键点了，尽管它还在测试阶段。林登实验室还宣布要把一个名为“操控木偶的人”（puppeteer）的技术整合进来，这个技术可以使居民实时激活操控他们的虚拟化身。毫无疑问，性爱先锋肯定是最先关注它的。）2004 年及其后的三年，有关性方面的技术，一般来说，其发展的状况差不多是这样的。

一个按用户需求来制作的三维动画程序装嵌在一个被称之为“姿势球”的立体物体中。当化身坐在姿势球上时，就被他所指定的姿势控制了，他像得了性爱漫游症一样，随意地做球内设定的动作，有一半的动作可能与性无关。人们喜欢用它来跳舞、玩游戏或“重写姿势”——用自己定制的行立姿势代替林登实验室初始默认的身体语言，让姿势变得更富有个性。

把几个姿势球放在一起，利用基本的几何学，就能制作出性交动作。例如，把一个化身放在一个蓝色姿势球上，它就让他不断地做“动态捕捉技术”制作出的转圈动作，臀部疯狂地摆动；把另一个化身放在一个粉色姿势球上，同时放在他的下面，她便会立即做出对应的协调动作。这就是为什么第二人生中的性爱床看起来被五颜六色的软球点缀着。（如果错过了时间，或者用了错误的姿势球，这个过程看起来就会很滑稽：一个人对着空气扭动，一个人在床的另一边无奈地浮动着、扭动着。）

正是这样滑稽的特质让在第二人生上做爱成为可能，不过，同时这也提醒着居民这些动作都是人工设计的，显得做作和不自然，因此，居民不可避免地对此持有某种嘲笑的意味。很少有人在描述他们的第二人生时不提到这种疯子似的特征。他们的描述，甚至对于最热烈时刻的描述，听起来也不严肃，不像角色扮演的幻想，更像轻松的笑话，像是他们半咧着嘴微笑着而完成的网上戏耍。同样让人忍俊不禁的是，那些要表演出性爱的"后果"的居民引发了另外一项有意思的现象：在充满活力的动态性爱开始流行之后的两年，"接生诊所"开始出现，那些虚拟化身夫妻们可以享有为人父母的骄傲了；会有一个"护士"，告诉未来的妈妈怎么让化身看起来肚子逐渐变大，怎样才像怀了孕，（在一个缩短了的生育周期后）孕妇像鹰一样叉着双腿躺在医院的产床之上，然后伴随着一声嘹亮的啼哭，一个鲜活"婴儿"（其实就是一个基于"物体单元"的玩具而已）就像正常婴儿一般来到世间了。

我想，对大部分居民来说，性活动只是偶尔才能成为完全真正的性爱。利丽·伊夫（一个艺术硕士学生的化身的名字）是个妖媚的"应召女郎"（通过电话召来的妓女），她借此来为自己赚取零花钱（有时候，她所挣的林登美元相当于每小时40美元）。有一次，她和我提到了她和一个顾客的故事：那一次所有的要素都协调得很完美，甚至可以唤醒现实生活中的相似回忆。她说，"这种相似使得在第二人生上的这种事成为非常可贵的美好瞬间，甚至即使到了现在，每当想起这一瞬间，我仍然会觉得血脉汹涌，激情澎湃。"

通过对记者职业道德的深思熟虑（可能是最奇怪的考虑之一）之后，我还是决定放弃亲自去感受虚拟性爱——虽然这意味着我不能获得第一手的资料，也就不能让我清楚地了解究竟是什么驱使这么多人去冒险尝试它，并且常常在屏幕混合像素的激发下创造出浪漫的故事来。于我而言，如果我以官方的化身去亲身尝试，未免有损我记者的职业形象；但是如果以另一个匿名的"另类"角色去尝试，却又有难言之隐。

于是，灵光一闪之后，我冒出了一个新的念头。我决定采取一个折中的办法：我踱入一个个性俱乐部，请两位常客来为我做一下展示。

经历了很长时间的等待之后，一个宽肩男人和他那穿着内衣的金发女友同意帮我这个忙——不过他们先要退出他们所常用的化身身份。

"我们又不是真正的爱侣，"这个女人开心地告诉我说，"所以我们不能容许你对着屏幕拍我们做爱的照片，那样的话，我们的真实伴侣会掉到醋缸里。"

设定好道德底线后，他们从储存库里翻找出理想的性爱模式，接着换进了新形象。这两个新化身已经完全不像他们的初始化身了——事实上，根本不是人类了。

这是我第一次看见第二人生中的性爱。躺在一个水床上准备性交的是两个斑马，都有着五光十色的条纹。做好准备后，他们就开始做出一系列从《伽摩经》(印度性爱宝典)学来的动作，这些动作让人来做都不太可能，更别说让斑马做。

但是在第二人生里有一个普遍适用的原则：人们参与虚拟性爱的程度与真实情感的深度成反比。认识的人越偶然随便，性爱越多；关系越深，虚拟性爱越少，甚至没有。因为浪漫常常发生在居民并不刻意寻找严肃关系的时候。据我估计，只有 40%的活跃成员是为了在线寻找性爱的网游社交者。本质上，第二人生是一个印象社会，印象通常是衡量魅力的标准：最有魅力的居民不是那些性感化身(因为在这里每个人都可以买到耀眼的装扮)，而是那些谈吐出众、令人难忘的人士，或者是那些具有强烈社区责任感的人，或者——最有价值的是那些在三百六十行之中最有创造力的人。对于"印象社会"这种预期造就了最严肃的关系，人们把关系发展成长期承诺，有时甚至升华到真实世界中来，甚至变成婚姻。(我就见过几对爱人走入了婚姻殿堂，他们都是经由第二人生所搭建的鹊桥而最终喜结连理的。一般来说，两方当中，需要有一方离开他或她所在的州省，才能使得关系进一步地发展。)在这种关系里，虚拟性爱就显得多此一举，顶多不过是他们借以偶尔戏谑的工具而已。虚拟性爱常常被用来消弭尴尬和误解，也可以被用来作轻松的性爱角色扮演，成了人们成为一般朋友的前奏或关系结束的标志。

不过，在有趣的背后，它也有着所有游戏都有的欲望所带来的紧张，性欲与喜欢甚至爱情相融合，双方都默默地猜测谁会是最先逃跑的，或者最先使关系升级。

做爱——2005年夏天

默多克·费尔非常喜欢他的邻居雪兔小姐，为了和她发生点浪漫故事，他想出了一个办法，一个对他来说最合理可行的办法：他骑上摩托，冲进了雪兔小姐的卧室。

他耸一耸肩，道："没有什么比撞车和道歉更能打破沉默了。"他皮肤棕黑，头发短到了发根儿，光着上身，(和他第一人生模样没有什么区别)穿着皮裤，握着镀锡的UMP45冲锋枪，"从那开始就是爱了。"

他们在线的恋爱的第一个月充满了如同旋风般狂热的泡吧、购物和创作。不久，他们开始制作性爱动作去卖。费尔在离线时用三维动画软件制作，上传文件，并把动作加载到他们自己的化身上以便试用。

但那时他们都知道彼此间感情很真很深，不仅仅局限于化身之间的感情。但问题是，在现实生活中，他们相距好几个州几百英里路。

为了让感情继续发展，他们想出了一个最合理的解决办法：创造"吻"。这个吻不仅仅是友好的拥抱，也不同于那时已经存在的吻。(最早的吻由郑·弗朗斯发明，他个子小，撅着嘴看上去闷闷不乐，他有编程学位。)费尔和雪兔所想的是一个名副其实的吻：全身都动起来，贪婪地张着嘴，尽情地吻。

"我们脚对脚地站着，我把动画裹到我们身上"费尔回忆说。他要修改动画，使身体所有部分都正确地配合。他也努力使它更有激情，比如让他的手指顺着她的脊背慢慢向上抚摸，让他们的身体贴得无比地紧。尽管这种吻事实上只是描述了两个活动角色在屏幕上凑在一起的样子，但他说："第二人生中的第一个吻很特别，令人惊叹，就像现实生活中的第一个吻一样特别。"

市场上的其他动画则没有那么性感。雪兔说："我们不喜欢那些已经存在的东西。"她是个典雅柔美的棕发女子，眼睛明亮，(和她第一人生简直没有什么区别)光着脚，穿着夹克。他们开始制造新的动画，费尔运用他那计算机本事，而雪兔则是他的模特和动力。(后来，她做了一个家具，上面装嵌着含有性爱的姿势球。)他们做这些是出于个人的乐趣，但它们也恰好有市场。

他们的企业叫做PM成人用品公司，一个美国国旗和一支巨大的红箭把路指向通往他们的动画商城的地方，商城卖各种性爱姿势。不同的姿势有不同的明显清晰程度，服务于不同类型的性爱偏好和目的。最畅销的之一是一个书架，当接到命令，它会自动倒下，释放出一张床，床边就会体贴周到地摆放好几个姿势球。

我一时兴起，请他们展示一下，他们毫不犹豫地跳上床，开始快乐地性交，他们拿一系列流畅而完美的舞蹈般的动作绝对能让三级明星嫉妒惭愧得脸都发白。（实际上他们的许多动作是从成人电影剪辑上捕捉到的。）在一阵略感不适的思考之后，我意识到，这些程式化动作非常能唤起欲望，风格独特，逼近于一个性爱动画——够详细、够激情、能唤醒真实记忆的动画。我终于明白了为什么这么多人把这个当作每周必玩之事。

开了公司之后，费尔和雪兔已经卖了成千上万的性爱动画和性爱家具之类的，还有展示阴茎的水晶盒、振动器和其他玩具（也就是人工模拟装置的虚拟复制品）。他们说，有一阵子公司一个月能赚 2 000 000 林登美元。

这数字让我一下子头脑发懵。事实上我得拿笔和纸来换算一下，以确定我是读对了："那就是，嗯，每个月 8 000 美元！"

"是的，差不多，"费尔承认，"最开始做这个的时候，我们生意非常火爆。但就像当初网络繁荣后一样，当越来越多的人开始干这一行的时候，赚的钱也就少些了，不过依旧很不错。"

一样不错的是那个劳动节周末，雪兔和费尔第一次在真实世界里见了面。他们各自驾车几个小时，差不多各走一半的路，在一个旅馆见面了。我问他们有没有想过，如果一路开车过去结果却发现他们在现实生活中不太配，结果会怎么样。

"可能就各走各的路吧。"费尔沉思着。

"但我想我们仍然会在一起工作，"雪兔说，"内心深处我们知道我俩会处得来，这很肯定。"

的确如此。两个人花了这么多时间在一起创作性爱模拟，又最终有机会真正有了关系，这并不常见。我问雪兔制作化身性爱动作这件事对他们慢慢发展成真正的恋人有什么影响。

"这不是我们发展成真正的恋爱的决定原因，"她告诉我，"所有人都明白，恋爱不仅仅等于性。但我得说它是有影响的，好的影响，通过它我知道了我该预想什么样的情况……到真实生活之前，我知道了他喜欢什么爱好什么，他也知道我。我们非常坦诚，很配，所以很容易知道在真实生活里会怎样。"

"就像碰见一个老朋友，没有第一次约会的那些紧张，"菲尔后来告诉我，

“这个中间过程让两个人分享心情，有着共同的欲望和需求，这本身就是很有影响力的。”

看来虚拟化身做一做性爱体操还是有意义的，而且不仅仅是现实恋爱的催化剂，还是他们储备林登美元的好办法。费尔把林登美元换成美元，有了足够的钱买货车，洗衣机，脱水机。接着他换了更多，帮雪兔搬进新房子，现在她离他只有几个小时的车程了，他们不用费那么多时间就能更频繁地见面了。

我在想雪兔在第二人生中是否曾幻想过他们的爱情的现实版，或者相反。

她说：“在现实生活中没有幻想过在第二人生中的爱情。但在第二人生中，嗯，肯定呀，我确实幻想过现实的爱，因为它显然更好些。再说谁不想要现实版?”

这里有必要提醒一下，这一章不应该被当作在说性是第二人生的主流内容——这个观点已经生根了，尽管它严重缺乏证据。(有人说三分之一的内容是性，这个值得怀疑的观点曾经流行一时，现在还时不时冒出来。)这让人想起公众对因特网的第一次觉醒。那是在20世纪90年代早期，有一些人毫无根据地歇斯底里地把网络描述成是放纵自由的色情天堂，从而导致打压网络的做法，网络甚至被挡在了政府管制和私人屏蔽的保护墙之外。

有人说第二人生上，四分之一的流行场所把性活动当作主要的卖点，这说法差不多也是错的。(这个估计是那些人随意而粗略地到这些场所去逛了一逛就做出的结论，但我曾说过，在流行场所的千百人的活动很少反映了成千上万的其他居民在同一天的活动。)而且，与现实世界不同，第二人生中的角色扮演或游戏区域的所有设置都不是为了实用，而是为了娱乐。所以甚至在最放荡的色情场所，例如虚拟妓院的主卧室，其内容仍然主要是与性无关的。构成房间的家具和装置，化身的衣服、珠宝和头发——所有这些都没有性，并且完全可以用于别的非性爱的环境。有一个粗略的比例：每一次两个人发生性活动，都有不计其数的环境设计者花费不计其数的时间去为他们制作出活动环境，而这环境与他们的活动几乎无关。(就土地来说，公司最近估算，只有世界总土地18%的承租人用于成人活动——只有更少的数量用于性爱意义上的成人活动。)

这样看来，色情产业最多只是第二人生的一个次级产业，依附于更多样化的庞大经济体系。我将会在后面的章节中讲到，成人俱乐部不全是有关性的，常常有比名字所含意思更复杂的社交。(我曾经去过一个重要的绅士俱乐部，采访了一个脱衣舞的头牌女郎,她说喜欢和她的顾客讨论雷·库兹韦尔和超越人类自然主义——当她脱衣服的时候。)因为动画是自动播放的,所以成人夜总会有两个层次的功能。因为社会网络主要是通过即时通信来建立的,所以这里的化身们为社会网络提供了可视的补充。到一个成人俱乐部去,你会感到应接不暇,到处是灯光、流淌的音乐和直播DJ的声音,台上的人光着身子,一起扭动着,表演色情剧。在你周围,可能某个角落的沙发上有人在性交,也可能在VIP房间里,在高处的豪华私人包间里。大部分性活动都安静地进行着。这里真正的戏剧不是在台上,而是在性发生的地方、(虚拟的或现实的)关系形成的地方;这些戏剧也都是人们在私人空间里通过即时通信来安静地表演着的。

虚拟性爱只是这个世界里的一小部分,但同时,它也是最有影响力的交往之一——至少对那些愿意暂时放弃某些信仰去感受这种关系的人来说。某种程度上,所有那些感受到了在线的相互吸引的人,都走到了一个必须做出选择的歧路:要么像费尔和雪兔一样进一步发展;要么退出,只需一次点击,就可以切断联系;要么自己为交往设定一个底线,以保护自己和那些爱自己的人。或者像许多人那样,眼巴巴等着结果。

我想做个总结。第二人生是我接触的第一个在线世界,在这里我结交的女性化身像是穿过了诡异谷的。诡异谷是机器人工程师和计算机绘图动画制作师常用的术语,用来描述模拟人类,他们看起来很像真人,但很吓人。在这个世界却不是这样:这里的女人和普通幻想游戏中的女性化身完全不同,她们看上去很特别,拥有灵魂(再没有更好的词语来表达了)。林登实验室给化身的程序代码让化身可以通过目光交流,因此,如果你在第一人生模式,你会觉得他们看上去像是在直直地盯着你看——有催眠的效果。第一次我感觉到了一种现象——当一个男人离一个美女很近的时候,他在一瞬间会感觉到神奇而酥麻的眩晕感。虽然我们的身体接触不会超越一个拥抱,但我却惊讶且有些尴尬地发现,即使是一个友好的拥抱有时也足够点燃一阵欲火传达到我的大脑。(对我来说,这种本能最能证明化身最终越过了诡异谷。)

事实上,我的女朋友(现在是未婚妻)也明确地感觉到了这些。每次她走过电脑,看见我在和一个半裸的女人谈话时,都会表示出不满。渐渐地,当她明白我其实是在干一个记者最基本的工作,也就是访谈,她的恼怒也就消失了。

在线世界里,如在第二人生里,情感上的亲密是通过大脑对大脑直接传递的,可视的形象提高了这种亲密感,让你想象在电脑另一端的那个人。但我想有一点很清楚：这种交往是那么真实，有影响力，它可以激发起人类情感的所有音符，包括欲望、愤怒和嫉妒。甚至于，一个偶然经过电脑时无意地瞥了一眼的人的情感也都被激发起来了。

“观察侦探”——2005年春天

劳拉·斯凯微微感觉到，她的爱人对她不忠，到下流的夜总会去寻花问柳。夜总会的服务小姐化身穿着放肆大胆，而且她们的道德约束更是薄如蝉翼。因此，她雇了一个私家侦探帮她侦查。

“我发现他带着保镖去了。”她告诉我，“我们大吵了一架，但我不相信他。”所以她点击了“寻找”按钮（第二人生中等同于黄页的服务）并在搜寻栏里输入“侦探”。

这就是为什么她一晃就出现在了私人侦探马奇·麦克唐纳的办公室和私人隐蔽洞穴里。

“我们设置了甜蜜陷阱，”麦克唐纳告诉我说，接着讲了这个故事，“你知道，有些漂亮女性化身……还有点轻浮。”

在甜蜜陷阱中，一个光彩照人的女人或者英俊的男人受命接近“不忠调查”的目标，设置一些诱惑，看那些被怀疑调情的男人或女人是否会上钩。

“我们收1 000林登美元……一晚上就完成了。”麦克唐纳说。她是个柔美妖媚的红发女郎，穿着合身的礼服。就像雷蒙德·钱德勒的小说里的人物，她会是那个在马洛的办公室里跳着请求帮助的无邪少女。但她是一个拥有并经营侦查公司的人，还雇用了几个秘密的间谍。（当她没有被现实工作忙得晕头转向的时候，她就干那个。她在现实世界里在一家总部在苏格兰的跨国公司当IT经理。）

可能你会很奇怪，但事实上马奇·麦克唐纳并不是第二人生中唯一的私人侦探。

“好像不忠在这里是一个大问题，”布鲁诺·巴肯伯格笑着说。一个朋友曾经请巴肯伯格侦查欺骗了她的男友，这让他想到可以把自己的招牌打出去。“通过人们口头言传，我们就能受到别人的推荐，得到业务。有女人（多半是女人）想要检查检查自己的男人，于是她们把我们的间谍介绍给她们的男人，接着间谍就会和男人偶然遇见。在所有的案子里……那些家伙都咬了诱饵，结果欺骗了女友。”但巴肯伯格也很小心地保证他的雇员不会冲撞了法律(林登实验室的服务条件协议 TOS)那会惩罚跟踪威胁者。

“我们会让他们阅读 TOS,并保证他们不会为了完成工作就犯下跟踪威胁罪然后就完蛋了,”他说,“我们会向客户保证把间谍介绍给她们的男友,这样就不会犯跟踪威胁罪了。”

他又说,“至今为止,在他们得到介绍认识之后,那些男友总会马上就撞见我们的间谍。”

为了证明他们没违法,布鲁诺喜欢让他的间谍和跟踪目标在屏幕上照一张相——或者同样可以的,直接让间谍把客户移动到他们的位置,这样她们就能以在一个折中的处境里亲眼看到她们的不忠伴侣。

像马奇一样,布鲁诺的秘密间谍花名册是保密的;而且在布鲁诺这里,花名册对内部人员都是保密的。

麦克唐纳对我说“会面让人紧张”。她和客户在她的办公室面谈了之后,她就把客户带到一个围着安全围栏的私人洞穴,这样客户就可以在完全保密的环境下做他们的事。许多客户把这当作玩笑对待,直到现实摆在眼前:他们将要为了考查出他们和恋人的虚拟关系有多认真,而花钱雇用侦探。有一些在这时就退出了。麦克唐纳会努力让客户接受,鼓励他们去确定他们到底想要什么。

她的客户劳拉·斯凯就是这样。戴夫·巴米不仅仅是她在第二人生上的伴侣,在现实世界,他们也住在一起。但他们不在同一时间在线,因为他们虽然有两台电脑但只有一个显示屏。

“我们每两小时换用一次,”劳拉解释说。所以当只有戴夫在线时,她路过显示屏,眼光越过他的肩——发现他的化身光着身子和一个妖媚的化身妓女交织在一起。

她很不满,一点也不开心。

“为什么?”我问她,我们在我的希普利悬崖上的办公室里见面,“那只是在电脑里边,不是吗? 他并没有真正地背叛你。”

“他也这么说,”劳拉说,“但我不这么想。我觉得这是背叛。因为我不同意……他知道,这伤害了我的感情。”

在第二人生里,你可以选定另一个居民成为你的伴侣,并把他或者她写在你的第二人生简历上。(通过这样,虚拟婚礼除了有公开庆祝仪式之外,还有了实质内容,这也是社会关系网络的重要部分。)劳拉·斯凯和戴夫·巴米就选定彼此当伴侣，直到她看到他和他的妓女。

“接着我和他在线离婚了，”她说，仰头笑了，“他收到了一封邮件，上面写着我已经离开他了。”

她让他承诺绝不在线找另一个女人。他真的发了誓，但她仍然有些怀疑。

我问他如果她抓住他在第二人生中再次背叛了她，这会如何影响他们真实生活中的关系。

“那会结束我们的关系。”

“你会在现实生活中和他分手？”

“噢，是的。”

那时巴米和劳拉在现实生活里还在一起。但虚拟妓女化身这个小插曲让他们的关系暂时地结束了。

劳拉安排马奇的间谍和戴夫见面，并等着看什么会发生。间谍开始详细记录他在第二人生上的来来往往。

“马奇每天定时给我报告，”她说，“他在哪，什么时间……比如他去购物，去一些夜总会，待在他的房间里。”

接着他遇到了马奇的甜蜜陷阱——一个妖媚的且主动示好的女人，他们开始攀谈。

“你猜怎么着？”马奇后来告诉我，“他一晚上都在谈论他的伴侣！谁说男人都是坏蛋！”

有一个机会去背叛，戴夫却只在谈论劳拉。马奇把这报告给了劳拉。

劳拉说：“我一下子放心了。”

我很好奇戴夫怎么想的。“你这样他觉得生气吗？”

“有一点，不过我完全有理由这样做……我不想自己像个有控制欲的怪人什么的，我不是那样的人。我只是在过去被伤害了很多……我是很感性的人，我自己就是这么想的。”

对戴夫来说，当他听到真实世界的伴侣告诉他刚刚通过的在线考查时，他说自己“很惊讶”，尽管他表现出巨大的成功喜悦。

“我没什么好隐藏的，所以我并不真的在意——如果她愿意把钱浪费到私人侦探上面，那是她的事。”

忠诚测试像是让现实爱情变得更美了，劳拉告诉我：“有一些争吵，不过所有的夫妻都会这样……现在的关系没有以前那么紧张。”

但这只是在他们离线的日常生活中。在第二人生中，他们还没有成为夫妇。

“也许当有一天我们觉得做好准备了，”劳拉说，“我就会在第二人生里把他找回来。”

这项工作对马奇·麦克唐纳来说十分好，对其他在同一阵线上工作的侦探们来说也很好。秘密间谍漫无目的地在线游走，除了雇他们的人外谁也不知道他们的存在，他们在偏僻的地方找到目标，发现某些情况下信任的根本裂痕，或者某些情况下忠诚的暂时丢失，或者更好的情况——发现他们能证明一份爱情的真诚。

第7章

建造高墙，保卫领土

——战争阴影里的边界争端和文化冲突

许多人为了逃避现实中的战争与纠纷而逃离现实，然而，战争与纠纷却仍然尾随着寻求和平与和谐的队伍潜入了这里。

在网络流行起来的最初十年里，网络一直是把全世界的人都集中起来的神奇途径——然而结果却是人们发现了他们之间有多少的水火不容。当个人和社区聚集到网上，每发生一个正面事例，都必然对应着千百个分裂而危险的反面事例。那些大受欢迎人气高涨的政治博客或者网页并非是为了寻求政治共识而存在的，而是一些反对者们鼓吹异见的工具。反对者们或者疾言厉色，或者花言巧语，目的就是煽动那些与大众论点相隔绝的人。对于大多数人来说，网络上的他人，就如同屏幕上一串串跳跃的文字符号。而如果那些文字符号被人为赋予了某些别有用心的实质意义，那些人又霸着你称之为家的地盘不肯走人，那么你又能如何呢？

第二人生诞生于战火硝烟之中，所以武装冲突成为第二人生发展早期所必不可少的一部分，这一点并没有什么稀奇之处。不过，系统地了解战争本身及其原因，有利于帮助人们了解“魔法圈”——这个理念应归功于荷兰文化学家约翰·赫伊津哈。游戏世界是一个独立自由而且自给自足的世界，人们在游戏世界中可以自主地扮演各种各样的角色（比如，权势显赫的帝王，威风彪悍的战士，或者是飞檐走壁的窃贼），也可以有许多形形色色的行为可选（比方说施加暴政，实施谋杀，甚至是通奸等不良行为），这些行为和活动在现实世界之中可能是反社会的，可能根本无法产生，也可能兼有这两者。

最终，人们形成了希望保卫的领土——此处所指并非是物质空间，而是游戏想象中的边界。随着虚拟世界发展成为网络交流的主要渠道，这些魔法圈之中不可避免地会发生文化冲突。有的时候，这些冲突老实地待在幻想世界里，不会危害人间；不过也会发生诸如杰西墙之战等事件，此时就会给幻想世界带来掺杂了痛苦的现实。

“杰西墙之战”——2003 年夏天

我请一个长着可怕犄角的红色男人告诉我在杰西墙发生了什么事，他却一枪把我杀了。

其实，只要你到了杰西境内，你就应该早早做好随时被子弹撂倒的思想准备。杰西曾经被人称作蛮荒外域，在那里，狡诈而野蛮的暴力随处可见，人们已经见怪不怪，甚至暴力是受到鼓励的。

如今它已经慢慢瓦解，逐渐烟消云散。但在它的全盛时期，它就像冷战时期的柏林墙和一个巨型大坝的混合体，它要拦住的麻烦也就是进入杰西的人们所要寻求的麻烦。

林登人创造这个外域的最初打算是让它成为居民们发泄潜意识里的愤怒的地方。如果仅就这一点来衡量，他们算是成功了。因为在 2003 年的 4 月和 5 月（伊拉克战争全面开始不久）外域成了一个言论自由的热门地带，在这里政治辩论在三种层次上愤怒地进行着，伴随着三种情况的出现：侵产夺财、撕破和平条约和机器人炮楼攻击。

权威势力介入了，在最后的告别战里，一个气愤的居民留下了几列巨大的方块概念车车队，车队浮在杰西墙上空。一些车上飘着共产主义的旗帜——搭配上第二人生的显眼的新时代混合式官方标志。

发生了第一次海湾战争之后，法国理论家让·鲍德里亚辩称，它实际上并没有发生，因为它仅仅是电脑游戏绘图技术制作出来的五角大楼发布会和导弹载摄像机拍摄的战争镜头。如今在 2003 年的夏天，我发现自己置身于电脑游戏里，同时常常可以在身边的电视里看到从逊尼派三角区发回的最新战况报道。要让我去描述我在杰西看到的战争，似乎会让我显得市侩卑鄙，名声扫地。

我最终选择了去描述，因为在杰西墙发生的事（包括来龙去脉）至今还深深地让我觉得它是许多其他事情的缩影。这是关于出现文化冲突和边界争端时，或当人们误解了或错误地应用了原则时，所发生的事情；这是关于政治辩论以及那些我们认为是政治的东西，而这些政治观点取决于我们从哪里来，以及当我们来到这里时所认可的特有的假定。又因为人们在与别人发生争端时最能认识自己，所以这也是关于第二人生社会去认识自己的第一次挑战。

但是首先最重要的，应该是赶紧描述一下在这里死亡是怎么一回事。

其实，死亡在第二人生里并不是什么可怖的诅咒。如果你不幸"光荣牺牲"了，你面临的不过是被送回到你上一个"家"的地方。(在这一点上，第二人生与大多数传统在线游戏是不一样的。如果你在传统再现游戏中呜呼哀哉了，系统会强迫你失去化身的某些储备，或者让你如同孤魂野鬼一般飘来荡去，直到找到你的尸体。)当然，这也意味着，死在第二人生中，终究是一个让人不舒服的结局，因为你必须花时间回到你被"杀"前的状态。

也许有些人来到这里就是为了体验杀人或被杀，但是如果你没有这种癖好，那么死亡就更加让人烦心。在第二人生里，大部分居民都不是那种以杀人或被杀为乐的人，他们常常是极具艺术天赋和修养的网页编写者和绘图艺术家，他们并不是"网游者"，他们并不喜欢赶尽杀绝的乐趣——甚至于他们在面对武器时都会觉得不自在。

二战来到这个世界

2003年4月的前几周，在线二战游戏的玩家们(World War Ⅱ Online players，WWⅡOLers)一窝蜂地进入了第二人生的腹地。由于在外域允许自由交火，十分混乱，而且赋予了居民们自创二战时代武器和建筑的能力，所以这些玩家被成群结队地吸引而来。这个游戏是复杂的大型多人模拟游戏，所以玩它的人大多都拥有长时间的经验，许多都是老手，现役军人，或者陆军的小伙子。这些第一批"定居者"把第二人生当成一种在线的中央军区，在这里他们可以研究战斗策略服务于他们的其他游戏。

这一批新来者代表着WWⅡOLers的"第一次浪潮"，大多数情况下，WWⅡOLers还是受居民欢迎的，因为他们确实给这个世界注入了在那时的战斗中还很少见的新元素。

同时，在现实世界，联合部队对伊拉克的侵略已经达到了高潮。在一个游戏网站发表了关于第二人生上的 WWⅡOLers 的文章之后的第二天，美国坦克就"轰隆轰隆"开进了巴格达的菲尔杜斯广场。萨达姆的雕像被人推倒，成千上万的伊拉克人涌进来，对着他的雕像踩踏唾弃，用热烈之吻欢迎美国军队。围绕战争的争论不但没有因此而结束，反而在最坚定的支持者和反对者之间变得日益剑拔弩张。

有嘲讽意味的是，据优克亚特·斯奇杜说，在侵略前期关于伊拉克的政治言论火热得很，差点烤焦他们游戏论坛的题外话讨论版。WWⅡOLers 最初是希望第二人生可以起到缓解作用，他们发现第二人生和他们自己的论坛一样，因为有极端的反战言论而大放异彩，于是许多人就确定第二人生就是可以让他们一吐心声的地方。

但在这世界内，言辞的争论可以有实质形式。当这场伊拉克的机动化战争接近尾声时，在第二人生中，一场与现实世界的战争有关的冲突逐渐显现，而后掀起了唇枪舌剑的狂风巨浪。

同时，游戏人的文章吸引了第二批 WWⅡOLers 移民者。各方面报道表明，纵身于这次浪潮之中的人们要更有攻击性，他们更不愿意同化统一到这个社区里。

一些居住期较长的居民对眼前所发生的一切显得迷惑不解。

另一些居民用内部建筑工具来抵抗这些入侵者——甚至抵抗许多旨在和平建设这个扩大了的社区的 WWⅡOLers。达瓦达·伽兰特就是个例子。他开始修筑掩体、武器商店和二战纪念品馆。在战区外，凯萨琳·奥米伽的宅第正好在达瓦达·伽兰特掩体的脊处，她很不高兴，告诉达瓦达·伽兰特（他回忆说）"她要'让我看看什么叫真正的军事震慑'。这对我来说简直荒唐透顶，所以我叫她放马过来"。

凯萨琳·奥米伽否认曾经对达瓦达·伽兰特那样说过——她辩解说，事实上她在现实生活中是一名加拿大反战活动人士，所以作为一名反战人士，她怎么可能发表那样的言词呢。但他们双方都承认后来发生的事情。虽然伽兰特并没有朝奥米伽开枪，但奥米伽却着手建造起一堵高达 50 米的墙，以把掩体同邻区隔绝开来。

"有一天我去了'欢迎区'，"居民詹姆士·米勒说，"那里只有 40 个从'新人定位区'来的，喊着'到掩体怎么走?'WWⅡOLers 已经派遣了自己的联络员去接他们并把他们转移到外域，以帮助打败当地的原住民。"

那时候，许多居民已开始在战区定居，但不参与战争——他们仅仅是为了享受那片适合开辟新生活的美丽的滨海土地。在WWⅡOLers出现在海岸之前，这片土地还是一块繁华安定的郊外乐土。WWⅡOLers一开始就下定了攻城略地的决心，因为外域允许他们这样做，这里是他们的地盘，这些侵略者坚信这里将会发生一场流血冲突，而且侵略者会以残酷的手段毫不留情地这么做。于是，一个在附近贩卖武器的女人很快就创造了销售的最高纪录。

有一些居民喜欢这种刺激，但是显然不是每个人都觉得生活在硝烟弹片之中是一件乐事——尤其是那些已经在外域定居很久并且希望过安生日子的居民。

可是，在暴力面前，这些希望都是无济于事的。WWⅡOLers如同饿虎下山一般扑向了外域，他们把外域居民当作练习射击的活靶子。而且由于大部分居民将他们的房屋财产设置了可复活的功能，所以居民们发现了一个令自己哭笑不得的事实：自己陷入了一个暴力的无限循环之中。他们在自己的房舍中或土地上被侵略者杀害，却又会再次复活，然后又难逃被害的厄运；这种来回反复的暴力循环会一直持续到居民们完全退出在线状态，或者侵略者的铁蹄迈向了另外一个地方。

这一切都很完美地在林登实验室的允许范围之内——因为，这到底还是设计外域的初衷。

有压迫就会有反抗，一些当地居民展开了自卫反击战。一个名叫马雷尔·逐日者的音乐家集结了一支小有规模的外域武装部队，与在邻区霍索恩的WWⅡOLers展开对峙，那里的入侵者在靠近一个艺术馆的地方修建了一个巨大的城堡。他的请求很快被否决了。

“我们告诉他们缴械投降之类的话，”斯奇杜回忆说，当逐日者的联合军队抵达掩体时他在场，“不过没人肯听。”

接下来的火并整整持续了一个晚上。

授权杰西

随着血战不断蔓延升级，居民们日益怨声载道，林登实验室不得不开始介入了。林登实验室试图像联合国一样对交火两方施加影响以达成和平共存的协议。三个WWⅡOLers的账号被吊销了好几次，他们最后也终于全部离开了。林登人还协调出一个新的隔离带来专门接纳那些骁勇好战的居民。他们的解决办法从 2003 年开始实施,规定四个区域中的三个是禁止暴力的区域——也是从这个时候开始,流血战争游戏被限制在杰西地区之内。

同时,在杰西,WWⅡOLers 得到了他们想要的战争。在四月剩下的时间里,一方面,新闻界对联合部队在伊拉克与激愤的起义者和强盗所进行的战争展开了系列专题报道;另一方面,杰西成为 WWⅡOLers 与"噪声坦克群"(一个以全部依赖电脑的、以未来世界为主题的团队)战斗的残酷战场。他们的战斗升级为军备竞赛,各方开始了对武器技术的持续比拼。一个噪声坦克发明了一种防弹球,它使得人可以躲在球内,然后这个防弹球以很高的高度飘浮于杰西的上空,球内的人就可以居高临下地任意射杀 WWⅡOLers。WWⅡOLers 显然不会甘于被动挨打的命运。为了反击这种防弹球,WWⅡOLers 耗费了一周时间,发明了一个以声音激活的炮塔,该炮塔收到信号后,能够发射出一种可以穿透防弹盾壁的追踪子弹。这样一来,防弹球的优势顿时削弱了。这是发生于这个世界里的第一次全面比波普实体战争,各种各样的新式怪异武器你争我赶地不断出现,彼此之间互不服气。

这时,一个人正站在局外人的角度观战,他叫兰迪·法恩,是林登的一个承包商,他担负着一项特殊的使命:他是第一个商业的虚拟世界《栖息地》的创造者之一。在项目进行期间,他和公司一起做了一项短期工作,测试了脚本和土地所有权体系,以为后续开发作好准备。(他回忆当时的原因说:"比起等到出现付费用户时再来做这项工作,现在就着手更好一些。")他已经警告林登实验室说他们的开发工具会降低系统的工作能力,甚至可能会让系统失灵,而杰西战争将不可避免地将系统推向那种不幸。"我已经创造经营了太多的世界,这种结果很坏的事我都不知经历了多少次了,我会远离它们。"

当灵感来临,他决定创造这个世界第一个大规模销毁性武器。

运用驾驭林登脚本语言的能力,法恩创造了(他以一种很快活的心情回忆那段经历)"一个小型隐形移动手榴弹,当它发生爆炸时,无数看不见的碎片会以极快的速度冲散出去……接着为了躲避侦察,立即瞬间移动到另一个模拟区的位置去"。

这种小型隐形移动手榴弹既不会被人发现,又无法阻止,而且绝对致命。它的发明者——首先对虚拟谋杀的道德问题发表言论的人,对杰西的斗争分子抛出几颗这样的超自然的手榴弹,把他们全部撂倒杀死了。(赢了之后,在一个林登职员调查他的职能炸弹的时候，他胆怯地毁掉了它们。）

冲突继续激烈进行，真实世界的政治还尚未进入到里面。直到五月中旬，在靠近杰西的地方所发表的唯一一个政治声明还只是个没有争议的声明（至少在美国是这样）它支持布什和逗留伊拉克的美国军队。真实世界的另一边的混乱还被墙挡在那边，但这很快就要改变了；墙本身就将很快成为一个更大的混乱的一部分。

越墙之战

在杰西的黄金阶段，也就是它突然成为战争游戏的唯一模拟战场的时候，这片十六英亩的领土内到处是枪架、坦克、大炮。一些人从《全金属外壳》进口电影剪辑，所以李·艾尔米那发狂而猥亵的军训教官似的吼叫响彻整个地区，给了这儿另外一种味道的疯狂。杰西是第二人生中大多数 WWⅡOLers 的根据地，但同时，他们大多数也觉得像是被四周充满敌意的社区包围着一样。外面的人经常游击式地突袭杰西，任意地攻击这个社区的成员——而当 WWⅡOLers 提上枪追赶他们时，这些侵略者又马上逃到接壤的模拟区域，而在这些相邻的接壤地区之中，暴力和战争是被明令禁止的。如果 WWⅡOLers 胆敢在这些地区展开反击，那么所谓的国际权威（例如林登实验室）绝对不会不闻不问不管，惩罚会接踵而至。（尽管三令五申，但是许多人还是动了手。当然结局也能够预料，那就是他们都被取消了账号）很明显，他们从前那不受管制的混乱是造成现在这种情况的主要原因，但他们终究还是被孤立在一个地理区域内，在这个区域里他们容易被攻击、被敌视。

恰在此时，杰西墙本身成为一个政治战争的巨大舞台。

在杰西墙上，有的挂着支持布什总统和军队的标语，一些人则在旁边加上了自己的标语——也是指布什而言的，不过，横幅上布什的形象旁边还有奥萨马·本·拉登的形象，以及标语“害怕铸造了爱国者”。

愤怒持续着。WWⅡOLers 使用美国国旗和其他的一些图片覆盖住了本·拉登的横幅。其他的一些第二人生居民也加入到了这场关于肖像的奇怪的意识形态斗争之中。他们兴致勃勃地干着这样的事情：张贴海报，海报上画着一只乌龟正敲打一根木桩，表情十分无奈——布什总统的脑袋从龟壳里伸出来。而另一阵营的人就用一个画着哭鼻子小孩的图片把它遮住，标题写着“美国民主党的官方印章”。但是也难逃被一层又一层的海报覆盖的命运，海报上只写着一个词语：“左翼分子。”就这样一来一去，好像双方都试图用纯粹的图像来打败对方。

接着图像之战开火了：一群 WWⅡOLers 发现有一个人张贴了布什的乌龟头像，这个张贴者住在靠近墙的去武装化地区。（“以本时代的平等精神，”他坚持这么说。）他们很愤怒，越过了林登安全障碍到了那人的地盘，对这个张贴者一顿拳打脚踢，然后用枪扫射一通，而且还一直咒骂他是一个无耻的叛徒。

一个名叫西阿克·罗马德的 WWⅡOLer 添加了一个标志，从而彻底改变了这场争论。这些政治上的反复纠葛总算告一段落了。西阿克·罗马德所加的标志是一个南部联盟旗（更准确地说是南部联盟海军旗），没有多少居民觉得这个南部联盟旗有什么不同寻常之处，他们只不过把这面旗帜看做是种族主义和奴隶主义的象征。而在林登实验室的网络论坛上，则爆发了一个扩大化的争论，一些人声称罗马德此举实际上违反了公司禁止传播仇恨言论的规定。

罗马德后来告诉我说：“当我贴出南部联盟海军旗的时候，我万万没有想到会引起这么一场声势浩大的激烈的政治辩论。”他分辩道，对于他这样的南方人来说，这面旗帜只不过表达了一种地域自豪感和种族中立态度而已，并没有恶意或者挑衅意味。罗马德急切地辩白道：“我并非一个偏激的人或者种族主义者，何况我自己本身就兼有拉丁后裔和美国土著血统。”

不管在他们看来南部联盟旗扮演的角色是什么，林登实验室还是从那时起就介入了，林登实验室规定，除了公司以外，任何人都不得随意在墙上张贴悬挂旗帜、标语等物件。这个规定一经执行，墙面就回到了它最初的样子——空空如也的灰色石壁。

就这样，战争结束了。

但它的影响却深远而持续。

杰西墙事件之后

山本·凯西反思着杰西墙事件，说：“当涉及离线世界文化时，虚拟世界就像哈哈镜娱乐房。”山本就是那个用“左翼分子”的横幅把杰西墙装饰得无比壮观的人，她说是受到了20世纪60年代反文化中的易比派的启发。“不管是扭曲的还是怎样的，这个世界仅仅反映了我们的离线世界。我来这里时并没期望能躲避野蛮行径。”

第二人生将要对公众开放，我十分好奇是否会出现更多的类似冲突呢？

“我计划这样。”凯西说。

“希望，还是计划？”

“这样说吧，”她回答，“我相信文化变革是由冲突推动的……我想，正是冲突的理想最大程度上推动了变革的发展和进行。”

我问她林登实验室会有什么反应，这些波诡云谲的冲突和斗争是否会让人们产生厌恶和反感从而退出这个世界，如果真的发生这样的事情，那么林登实验室不可避免地就要失去一些用户。

“我对民主有信心，”凯西说，“如果他们面对这些冲突和斗争能够展现足够的勇气和魄力，同时又可以安然无恙，那么会有更多的人进入这里，填补那些因为战乱而退出的人的空缺。”

对于把第二人生变成在线的民主实验这个想法，另一些居民并不像凯西一样持有乐观态度。

“如果你对枪啊、旗呀、自由言论争辩以及诸如此类的其他事物很感兴趣，”麦克·比奇在第二人生的一个讨论版上写道，“那么你可以去跟你的国会议员交流看法，你也可以去参加那些罢工游行，也可以在各式各样的请愿书上签下你的大名。不过，请不要把这些乱七八糟的玩意儿带到第二人生来。因为把那些问题和第二人生搅和到一起根本就是胡闹，既不能解决现实世界中的问题和分歧，还会把属于我们大家的第二人生弄得乌烟瘴气。”

“如果我想打发时间，”凯萨琳·奥米伽告诉我，“当然，我可以逢人就说我是一个同性恋者，或者社会主义者，或者就生殖医学、基因实验、宗教等方面的见解表达我的看法。”她现在很后悔，当她遇到第一个WWⅡOLer的时候，她以在四周构筑高墙作为回应，她在思考像政治这样的话题在这里是否真的有位置可以存在。

“问题是有许许多多的人对此漠不关心，”她说，“或者是即使他们关心，他们也不情愿去那么麻烦地争论……第二人生给了我们自由，超越了国籍、出身和传统的资源财富观念的自由。”

她总结道：“现实世界的政治，在这里根本毫无意义可言。”

也许是这样。因为战争结束的几周后，高墙也因为被滥用或忽视而被半侵蚀了。和平活动家山本·凯西和 WWIIOLers 的头领在杰西上的一个塔楼开始了会面，在那里，美国国旗和支持布什的标语还在迎风飘荡。山本·凯西和 WWIIOLers 的领袖能够坐到一起，这是一件令人惊诧的事——山本·凯西这个年轻的日本女郎，穿得像伯克莱艺术家一样，她的身边环绕着一群壮汉，每个人都全副武装，身上所穿的摩托车夹克衫上就装饰着南部联盟海军旗。他们双方终于达成了一致，彼此都认为这场舆论之战没有继续下去的必要了。之后，他们就保持杰西远离政治并签订了休战协议。

"所谓协议，就像我说过的，"凯西最后表示，"你不打我，我也不打你，我们井水不犯河水，再也不到处乱贴那些海报，再也不说那些粗言暴语，再也不干卑鄙行径。可以说，尘埃落定了。"协议确实维持了较长一段时间。

直到，2004 年选举。

回想起来，让杰西战争如此激烈的原因，除了它与伊拉克战争时间上恰巧重合之外，还有两个主要的原因。第二人生作为一个印象社会，最重视创造性贡献。但是杰西墙之战暴露出人们对虚拟战争的态度是矛盾而复杂的：有些人持欢迎态度，而另外一些人则避之唯恐不及。同时，镜像繁荣原则的预期是，在第二人生里，那些表现优异的居民可以借助于某些途径在现实世界里得到好处，但这种"映射"和影响是从第二人生向外发散到现实世界的。然而杰西墙之战推翻了这一说法，那些发生在真实世界之中的痛苦折磨和动荡不安都被带到了三维世界。许多居民都憎恨现实世界中那些混乱的暴力和侵略，在线世界是他们心中的一方缓解冲突的乐土。

罗伯特·罗兹克是哈佛大学的一位富有影响力的哲学家，在他的著作《混乱、国家和乌托邦》(1974)中，他反对在他之前的思想家对理想社会的所有幻想。罗伯特·罗兹克认为，真正的乌托邦并没有统一的原则，而应该是一个自由的国度，可以兼容各种乌托邦幻想——当然其中的一些幻想难免会发生冲突。第二人生早期居民所享有的那种世外桃源般的安静祥和被持枪行凶的越境侵略者打破了，从而引发了一场关于第二人生应当是什么样的世界的史诗般壮观的争论。

不过在接下来的时间里，留下来的 WWⅡOLers 要么在人们的埋怨声中被接受了，要么就是被完全忽略掉了。如同他们最终的和平协定所声明的那样，化身相互理解、共享土地这种共识，有可能使得完全对立的人们可以抛弃关于政治分歧的成见而彼此都视对方为国民。

根据设计，林登实验室一直按照一定比例给新增居民增添土地。当世界发展成两个大陆的时候，杰西已经变成了逐渐为历史所淡漠的一小颗地理标记。这片战区失去它的中心地位，也就随之失去了其文化重要性。在它周围的海域里，到处是新冒出的私人岛屿，新生力量的不断涌现使得杰西的文化景观更加黯然失色。一些岛屿是一些亚文化的天堂，这些所谓的亚文化滋生着特殊的性倾向或奇怪角色。但居民们经常忽略杰西的存在，尽管如果没有管制他们可能正受到侵害。和平友好共存成为大家默认的准则。（这表明，人们在可以互动交流的美好虚拟生活里，只要有立足之地，冲突绝不会发生。）

战争继续着，但那只在少数允许冲突的指定区域内进行着。战斗成了那些忠诚的角色扮演者可以自愿选择参与或远离的活动。一些黑手党家族按照惯例上演混战，袭击敌对帮派的巢穴，枪林弹雨随之迸发，燃烧弹遍地开花，不过他们总体上算是识相守规矩的，因为他们一般会严守不报警的规矩，不会把这些违背反社区条例的暴力行为上报给林登实验室。拥有星际巡航舰队和作战直升机的太空军队在第二人生的上空展开了长时间的对峙，他们的战争陷入了僵持。而与此同时，在远离这些硝烟的下方，人们正悠闲自在地在派对里翩翩起舞，那些购物中心依旧人来人往，谁也不会去在意在自己头顶上空，星际大战正在上演。

但由杰西战争激发起的军备竞赛却持续不衰，而且不可避免地不断往战区外渗透。

“最后，”法恩·兰迪说，“基本没有什么方法能够减轻像我发明的大规模销毁性武器的威力，有人告诉我说如果这样做会严重束缚未来用户的创造力。”在随后几年时间里，法恩的瞬间转移手榴弹跟生意火暴的（通常是违法的）军火产业所制造的武器比起来，显得有些无力了。他们制造出的武器威力无穷，既有可以把所有居民扫地出境或者更有杀伤力的原子弹，还有灰雾炸弹，它能释放无限繁殖自我复制的物体，让服务器超负荷运转，从而使整个区域都陷入离线的瘫痪状态。（为了阻止灰雾的恶毒袭击，林登实验室先发制人地切断了在移动灰雾周围的一系列服务器的电源，从而制造出一片“虚无”区域作为防火墙，以防止灰雾继续传播。）

在这样的事件发生了几次之后，林登实验室开始把袭击者告上联邦调查局，理由是使虚拟世界瘫痪等同于黑客对因特网的蓄意破坏。（联邦调查局应当是抓破脑袋也搞不清楚,不过一个嫌疑犯还是被逮住了。)

至于凯萨琳·奥米伽所相信的政治和其他外界忧虑在虚拟世界中并不重要的这种想法,一定意义上来说,可以算是正确的。然而事与愿违,现实情况常常是,真实世界的问题总能千方百计地寻找到一些途径不断涌入虚拟世界。

第 8 章

烧毁房屋

——商业模式的民主

一眼望去，很难看出 18 世纪的哲学家和 21 世纪的网络发展会产生什么关系，但是当我采访一个和一群会跳舞的老鼠们喋喋不休的侏儒和一个自称为托马斯·佩恩、像一只巨大的猫一样的巨人的时候，“约翰·洛克”这个名字清晰地浮现在我的脑海之中。

第二人生于 2003 年 6 月开始了商业化运作，由于特点鲜明，所以得到了与之水平不相称的关注，不过还是有几千名免费的外测用户。林登的职员满怀希望地巴望着，巴望着这些免费用户有朝一日能转变成付费用户。

但付费用户的计数器没有任何闪烁的光彩。“第一天(只有)几百人，”亨特·沃克回忆道。而且那些升级到付费水平的人很快就表现出不满的情绪。

推出之初，居民按月付费(像传统的大型多人游戏一样)，并且每周领取林登美元津贴，他们照例会分得一定的土地，可以在自己的地盘上制造一定数量的物体。如果他们制造出来的物件数目超过了预定数，那么林登就会自动地从他们的账户上抽取一定数额的林登美元——实际上就是对超额建筑征税。如同以前提到过的其他的社会工程体制一样，税收系统的构建有着十分美好的意图——惩罚过度建筑能防止服务器变慢，能给低质量的内容以达尔文型的(择优劣汰的)惩罚。

然而，这导致了优美的灾难结局。

最先阐述社会契约论的人是洛克。契约有时是正式的，有时是政府与治下的人民达成的默契。在洛克的阐述中,契约主要包括对人民和财产的保护;在后来的理解中,契约内容逐渐变得宽泛并包括双方对美好社会的构想。在现代思想中,约翰·罗尔斯在他的书《正义论》中,为我们提供了一个颇能挑起争论的构想。罗尔斯认为,思考一个能产生优秀政府的社会契约的最好方法不是通过现实,而是通过假设。社会契约是假设当理性的双方在他们个人的优劣、长短没有预先了解的情况下所达成的协议。无论贫富、贤愚,人们都对此协议表示同意,只要他们预先不知道自己的命运是什么。

但当我们来到现实社会时,这些特征已经强加给我们了。罗尔斯所描述的只是理论状态,这种状态下,我们在出生之前可以假设性地思考我们想要生在哪一种社会里。这却正是在线世界的创造者和潜在的付费用户所处的状态。顾客有一系列的世界可供选择,而且常常已经为一个或更多的世界的成员资格付了费;开发者也必须提供很棒的社会以吸引观众。

为了每一个比较出名的在线新世界,成千上万的人会离开他们当下的虚拟居住地,去拜访考察一番。因为每一个重大的政策变动或费用上升,都会导致更多的人离开他们习惯的世界,继续去寻找能提供更美好的社会构想的地方。如果他们喜欢在这些免费的尝试中所看到的,并且认为他们的干事(比如,管理与客户支持)公平地管理着国家,这些拜访者会最终拥有两个居民资格——或者永久地迁徙到新的定居点,并鼓励他们的朋友也离开旧世界与他们会合。

如果基于这一点,那么我们就可以了解,要想成功地运营一个在线世界(当然,同样也适用于任何社会网络)需要公司与顾客双方认真地谈判、持续地对话,以保证公司和用户对美好社会的构想能够实现一致。不过,问题在于,公司常常很难确定一个政策何时何地会破坏双方的联盟,甚至很难客观地了解在顾客眼中的政策是什么样子的,直到公司碰壁为止。而在碰壁之前,对于来自顾客的意见,他们往往视而不见或者干脆漠然处之,直到用户们忍无可忍然后揭竿起义。

托马斯·杰斐逊在起草《独立宣言》的时候,谨记着洛克和他的社会契约理论,所以在起草过程中,托马斯·杰斐逊加进了这样的句子:"政府的成立乃是为了保障这些权力,政权则由人民授权而来。对于无法保障这些权力的政府,人民有权改变或废除,进而建立新政府,并以此原则为基础……寻求最有可能实现安全与幸福的方法。"温火慢炖一般发展缓慢的美国革命最后在一个数额不大的印花税问题上爆发了,相比之下,虚拟世界的革命却是由更基本的矛盾引爆的。

“美利坚的纳税人暴动”——2003 年夏天

第一次暴动发起于美利坚那，这是一个很不可思议的主题区域和建筑工程，是由一个名唤乔治·布希的居民开发的。一天深夜，当我来到美利坚那的时候，我被眼前的景象给弄晕了：华盛顿纪念像已经被一堆巨大无比的茶叶集装箱掩埋了；在芬威公园的中心，堆积如山的集装箱横七竖八地扔在棒球手的投手踏板之上，66 号加油站已经被造反情绪激昂的侏儒点着了火。侏儒穿着一双巨大的鞋子，从下午两点就开始站在那里了，兴高采烈地燃放着那些富有煽动力的焰火。与此同时，几只人造老鼠挥舞着旗帜在他们脚上蹦来跳去，唯恐天下不乱。

美利坚那一开始并不是这种模样。根据最初构想，美利坚那是第二人生商业区最早的几个用户自创公共合作工程之一。这个宽广的主题公园建设的就如同是美国的一个缩影，在这里有许多象征美国的具有伟大代表意义的建筑物，而且这些建筑物与现实中的实物大小体积都相当，例如密西西比航船、独立厅，甚至在岸边还不可思议地建起了一尊自由女神像的仿制品。

为了构建美利坚那，布希聚集了一批志同道合的建设者，一起组成了美利坚那团队，把他们手中的资源、分到的土地和林登美元集中到一起，以此来支付税费。几个月后，美利坚那的地平线冉冉崛起在人们的面前，人们满怀爱意地投身于它的建设之中去，把它当作献给日益成长的社区的礼物。

但不管市民多么疯狂，收税人来拜访他们了。这是一个野心勃勃的浩大工程，需要成千上万的物体单元去构建，每一个成员都必须忍受各种名目的税捐盘剥。随着工程日益扩大，税收也在与日俱增，系统每周会自动抽税。所以当帝国大厦快要与天相接的时候，税收的重负已经让这个团队喘不过气来了，他们不能再继续修建下去了。

整个世界里，标语和广告牌开始了它们的运动，填满了所有的家庭、草坪和街道角落，写着：“生而自由——死于税收！”有如小公寓般大小的茶叶集装箱浮在河面上，或者十分不合时宜地堆在购物中心和跳舞的地方。滑膛枪开火了，楼房着火了。

造反者甚至喊出了道德上的呼声。这个自称托马斯·佩恩的人，是一只身高六尺、长着黑白相间斑点的猫(在虚拟世界里很恰当),名叫费里尔拜特·比奇。我给比奇发了一连串消息,请他告诉我有关造反的事,得到了一篇堪比梭罗之文的战斗檄文。这篇批评文章反对疯国王林登,虽然比奇很快指出他不是一个化身,但这从一定程度上反映出林登实验室政策的疯狂。

你们团队名叫什么,由什么人构成,目的是什么?

我们是爱国者。当常识和良心受到蒙蔽的时候,国王却依旧居高临下地注视着自己的国度,无论男人、女人和猫都是国王的忠诚国民,直到他们心中对自由的渴望被人压抑,他们才被迫行动起来。林登国王的律法完全不能让一个人变得更正直,通常,因为他们对律法的尊敬,甚至初衷良好的律法都会日渐变为不公正的催化剂。

导致你们痛苦的原因是什么?

乔治·林登国王的国民为国王服务,他们并非以国民、纳税人或付费玩家的身份服务,而是像机器一样,没有属于自己的身体和灵魂。他们是顾问、建筑工人、写脚本的人、制作纹理的人、调解事件的人、巡回表演的人、引导居民的人……大多数情况下他们被当作牛马一般,必须去工作去服务,他们干活并非出于良心,而是遵循预先设定的方法,毫无道理地忠诚于一个发疯的国王。一个明智的人应该以人的身份被利用,不应该屈服于野兽般负荷沉重的统治。

你们想要“疯国王林登”给你们什么?

要他周到地构想一种方法,并实现其诺言,让所有的忠诚国民能为了更高的利益,为了社区、上帝和国家而工作,而与此同时他们自身的道德价值不会被贬低……如果他们不能被推荐为上帝的选民,那么在第二人生里没有别的——只有屏幕像元,他们作为像元的一部分,通过繁重的劳动去排列别的像元,只为国王的荣光和财富。

当国王没有达到你们的要求,你们会采取什么行动?

乔治国王作风冷酷而倨傲,习惯颐指气使,他对我们关于未来的呼声置若罔闻。既然这样,那么就让我们自己成为心灵的战士,拥护全民的自由和正义,反对那些有碍于所有的男人、女人和猫的正直与思想自由的粗野而又专制的律法。我们要对那个疯得发狂的乔治国王说："终有一天，你们这群人会悔恨不迭。我们要送给你，先生，波士顿海湾的茶叶集装箱。"

驱使比奇和他的干将这么做的最终动力，是他们坚信林登实验室没有实现所承诺的构想：有了税收体系，这里就不是一个自由想象的空间，而是一个给创造力强加了"紧箍咒"的世界。更可怕的是，公司所承诺的是一个即兴创作、共同合作、关注社区的世界，事实与承诺完全矛盾了。（社会标榜的价值与社会实际的状态之间的不可调和的矛盾，不正是阻碍社会进步的通常原因吗？）

所以抗议继续滚滚前进。它甚至激起了一些反对暴动人士的对抗，这些人自称林登忠诚者（造反者直接叫他们"红衣"）。抗税起义继续着，我进入一个半保密的造反头目会议（开会的成员包括猫、侏儒、一个长得像雕塑看起来像摔跤手的棕发女人），他们在美利坚那的一个摩天大楼的楼顶小屋里策划着革命。他们威胁说，要绑架我作为要挟，这之后又继续讨论。事实上，这些革命者所考虑的是他们如何才能平衡抗议的两方面：一方面是嘲讽式的娱乐；一方面是严肃的声明。

不管怎样，这次革命最终还是归于无声无息了。主要原因是沉浸于林登实验室的温柔乡之中，被他们友好的包容温柔地扼杀掉了（林登做出了一致的努力去赞美反对意见）。2003 年 9 月，它在一系列的主题活动里达到了高潮，活动从税收辩论到滑膛枪制造，还有风格类似伯尔对抗汉密尔顿的争论。但引发抗议的最核心的系统缺陷仍在那里：无穷无尽的创造力仍然受到了来自国家（例如林登实验室）的限制和束缚。

当起义队伍停滞不前的时候，林登实验室有他们自己的打算。自从 2003 年夏天首次进行商业亮相之后，愿意掏钱的付费用户人数始终不见增长。尽管说一件事直接导致了另一件事未免太过武断和简单，但是纳税人暴动确实从一方面清楚明白地反映出了公司的经营现状。我所撰写的有关纳税人暴动的博客文章在因特网上屡上专栏，这才让我第一次认识到，如此之多的严谨人士已经被在线世界所吸引：文章最初并不是被游戏网站转载的，而是被耶鲁大学法律学院的博客转载，用于讨论由玩家权利所引起的法律问题。接着，它被 Slashdot 这个富有影响力的技术博客提到，又通过网络连锁反应而被许多人浏览了。

从某种角度上说，这看起来像病毒式宣传。从另一个角度说，这也意味着，很多人知道了林登实验室在把有缺陷的服务提供给用户，并且导致了开枪纵火的公开反抗。因特网收费模式能如此直接地激起武装起义,也许还是第一次。

这直接导致了公司分成了几组一起找寻好的方法来促进基于团队的工程建设。对于林登的主要投资人米切·凯珀来说,暴动反映出用户对公司价值主张的自然回应。

“当你建造出了一个世界,在这个世界中的居民一定程度上觉得自己拥有某种特异功能,并且他们实际上也需要这种对特异功能的所有权的时候,”凯珀说,“你会发现有一些极端的人,他们认为自己真的有特异功能了。”相反,他警告说:“我们关心的是团队集体的智慧,而不是那些极端的……我昨天在‘亨利人’吃了午饭,点的菜是宫爆鸡丁,但是我拿出报纸放在身边,却根本没有动筷子。”他笑道:“你知道它在那里,有影响,但并不意味着你要吃它。”

不管怎样,公司正在探索一个可以完全避免税收的收入模式。

“我们开始重新审视商业模式,”林登副总裁罗宾·哈伯回忆说,“不再要付费用户模式了,那是我们所说的游戏的模式,我们开始把它当作一个世界来考虑。”一个三人磋商会议大大地促进了这个探索过程。这三个人是网络文化与游戏领域的思想领路者:劳伦斯·莱西格,是一名很有影响力的斯坦福教授,创作公用运动的发起者;朱利安·迪贝尔,技术方面的记者;爱德华·卡斯特罗诺娃,一个为在线世界学术研究带来革命的人。这次磋商像是一次合作的咨询会议;又像是一次经济发展方面的国会听证会;也像是一次老态龙钟的神明辅佐年少神明的会议,因为年少神明的臣民们顽固地拒绝笑纳神明所赐予的礼物。

哈伯记得,他们起初的话题更广泛,不仅仅关于在线世界的成功运营,而且涉及国家的财富:“是什么让一个国家成功并且能帮助第三世界发展中国家,比如帮助进步?是国民的创造能力。为了创造,他们需要得到土地,因为土地既是创造的基础,又是抵押品。”

由此,他们援引了赫南多·德索图的思想,他是秘鲁新自由主义经济学家,写了《资本的秘密》以及其他著作,从而获得了比尔·克林顿和罗兰德·瑞甘的赞赏。德索图认为,只要有了适当的经济结构,哪怕是最贫穷国家的落后经济,都可以转化为欣欣向荣的经济。因此,在相互影响的情况下,人们还是愿意“出生”在这个仅存在于因特网服务器上的地方,这个地方可能是最小的发展中国家。

哈伯说:“他们必须从自己的劳动中收获利润,这意味着他们需要所有权和经济回报。”

这些讨论得出了一个新的收入模式，比从前任何尝试都要彻底、激进。林登实验室不再实行按月收费的模式，而是通过出售虚拟土地并收取使用费以保证常规维护。他们也允许林登美元买卖或者在公开市场上兑换成美元（这种活动几乎所有大型多人游戏都明令禁止）。更加史无前例的是，他们允许居民对自己制作的设计、三维物体描述和脚本享有知识产权。

针对这一点，莱西格对林登的总裁反复强烈地施压。他曾经在最高法院争辩过解放版权。

“我问他们谁拥有这些权力，”莱西格回忆说，“我感觉谁都未曾真正想过这个问题，所以（人们）只是按照律师的常规法则来办事。”尽管公司的口号是“你的世界，你的幻想”。现在莱西格建议他们要做到名副其实。“当我提出相反的建议——把权利给撰写者并且鼓励权利共享的时候，每个人对这个想法都很开明。”这也是一个很有竞争力的方法，别的虚拟世界都没有尝试过。“每个人都认为（变革）能让第二人生变得与众不同，并且鼓励更广泛的创造活动。”

由于独到敏锐的洞察力，莱西格实际上成了第二人生的托马斯·杰弗逊。尽管林登的上层管理人员接受了他的想法，但林登的律师并没有。（莱西格可能已经预料到了。）

“我们同我们的律师经历了一场艰辛的唇枪舌剑，”林登的技术总经理科尔·奥最卡说，“他们不明白为什么要这样做，他们也不明白这样做的长远意义何在。”

任何其他公司的大型多人游戏或在线世界都没有在合约条件里加上这样的话。传统的合约条件都希望用户放弃所有权利。

显然这个变化也意味着税收政策的结束。尽管林登实验室的工作人员并不承认是因为茶叶集装箱起义促使他们改变了经营模式，但是造反者都很高兴地宣称，是那个类人的猫、难对付的侏儒矮子和他的宠物老鼠最终使得林登实验室爆发了变革。

广义来说，造反是对变革的强烈刺激。林登人在解释政策变革时总是一遍又一遍不厌其烦地提到付费用户模式的无效，而它最明显的表露就是纳税人暴动。如果没有这次暴动，那么政策的改弦更张可能要晚来些时日；如果没有如此鲜活的反面实证，那么人们对变革的渴望可能还要继续受到压制；如果根本矛盾没有如此大规模激烈地爆发出来，那么把改革归因于缺少付费用户恐怕就难以让人信服。

当2003年和纳税人暴动都接近尾声时，林登管理阶层为了拯救公司，决定采取一个严酷的措施。

“助跑道……不够长，我们担心在没有赚到更多钱之前就已经耗尽资金了，”罗宾·哈伯说，“所以我们决定减小规模。”就这样，仅仅一天之内，有三分之一的31岁以上的职员被裁，仅留下了11个。对于这些被迫离职的人来说，暴动来得太晚了。

但所有革命都唤醒了矛盾，第二人生也不例外。大约三年之后，另一起起义又不期而至。关于知识产权、虚拟土地和可交易货币的新政策，将极大地促进经济发展，给虚拟和现实中的公司和企业家带来节节攀升的利益。尤其是，承认内容撰写者享有知识产权的条款，极大地促进了服装设计、工程设计、建筑、娱乐等内部经济的繁荣。这个话题我们以后再谈，要理解2006年的第二次起义，关键在于：许多人不仅把这看成一种政策，更看做道德誓言。在他们看来，这是公司能够严格遵循的承诺，是另一个版本的美好社会——但他们突然明白，承诺不会总是被牢记在心的。

“复制之争”——2006年秋天

如果说第二人生初期就像美国历史的第一个世纪，那么现实世界最近几年就像是复制了网络的最近二十几年，当然是微缩版。

整个2004年，第二人生都是玩家、技术人员和各种各样的早期免费尝试者——(不像20世纪80年代和20世纪90年代早期的世界性新闻组网络系统用户组)接着在2005年中期，它开始引起现实世界中的公司和主流媒体的浓厚兴趣。这和网景在1995年的首次公开招股很类似，它导致了小型网络公司的繁荣，许多大型的传统实体公司都带着一股狂热的冲动向在线世界大把砸钱。

在20世纪90年代后期，点对点开放源(代码)运动主导着因特网，它在2006年年末登录第二人生。它以能开发很酷的工具的天才黑客的理想主义者开始，但很快发展成了对IP剽窃的广泛的抗议和经济混乱。

欢迎来到第二人生的Napster音乐分享时代，在这个时代，内容撰写者和分享者之间的矛盾到了火烧眉头的地步。在这里，Napster的创始人肖恩·范宁的角色由一个粉红小猫扮演，而在线世界的其他人的角色则是扮演 Metallica 乐队。但如果我没记错，鼓手拉斯·阿瑞奇从来没有试图拿块大石头把范宁打扁。

首先到来的是黑客攻击，始于名为“林登第二人生”的开源组织，这个团队中的居民(得到了林登实验室的明确认同)试图以逆向工程的原理创造一个第二人生程序的修改版。他们的最终目标是让千万个独立服务器各自承载客户，以使第二人生扩散到整个网络。当这个团队工作了几个月后，即在 2006 年 10 月，他们骄傲地展示出他们客户群的庞大，但这随之让这个社区变得乱哄哄一团糟。这个团队发明了一种可以自动生成化身的技术。

“在服务器看来，自动生成的化身就像正常用户登录到在线世界一样，”艾迪·斯泰克充满激情地向我演示这个技术。(他很像矩阵电影里的埃森特·斯密斯)准备充分后，他继续演示，这种方法终于把人工智能和非玩家的角色带到了在线世界，给游戏发展、模拟技术等带来了无限的可能。

但那不是最酷的部分。因为他们不仅发明了创造人工虚拟角色的方法，而且还想出了一个克隆已经存在的虚拟化身的办法。不是克隆一个两个，而是好几打，然后如同雨点般从天上掉下来散落在我四周。

斯泰克告诉我：“(这个程序)登录第二人生，读出离它最近的化身的相貌，并且把自己的相貌设置得与那个化身一模一样。”话说此时我正尴尬地站在一群复制的“我”中间，这些“我”看上去就像突然冒出来的森林一样密密麻麻：差不多有 50 几个留着山羊胡子的白衣人在斯泰克的屏幕桌面上扎了堆儿。这是第一次公开演示，但克隆化身已经释放到了世界里，他又说：“他们悄悄地从一个模拟区转移到另一个模拟区，收集数据或者在私人土地上做实验。”

“这个东西的坏处之一就在于那些服装设计人员会抱怨不休。”一个名叫塔丽拉·刘的女人如是说道。塔丽拉·刘是一个棕发老外，长得如同吸血鬼一般，她使用过克隆程序。这也就是说知识产权剽窃问题，有了一个进入虚拟世界的突破点。

林登第二人生团队的克隆程序不会保存它所复制的化身的基本信息，但另一个同类应用程序，名为“复制程序”(CopyBot)却会那样做。它本是这个团队设计出的公众可以进入的离线纠错程序，存在于他们网站的文件目录里。一些人就利用这一点编程出一个版本——并开始出售。接着更多的人开始了

CopyBot 的销售买卖。

在短短几天内，如同刘预言的那样，CopyBot 粗暴地侵犯了第二人生社区的内容撰写者。他们不仅仅是抱怨。难道 CopyBot 能随便复制他们所有的产品吗？

许多人把他们的担忧报告给了林登实验室。罗宾·哈伯在林登的官方博客上发表声明，表达了他们的担忧，但没有完全解决问题，因为声明是这样开始的："复制并不总是剽窃。复制可以被合法使用，就像在因特网上一样。"这是个完全能让人信服的论点，但这种论调听上去表明了林登实验室对"复制程序"问题持中立态度，告诉内容撰写者以诉讼的方式解决问题。

因此最初的担忧就发展成了恐慌和愤怒。为了表达愤慨和抗议，许多土地所有者关闭了商店、夜总会。一天之内，超过 100 个地方迅速地关门大吉，这些主动关张的店铺还包括了第二人生里一些最受欢迎的地方。这很可能是自 2003 年纳税人抗税起义之后所爆发的对林登政策的最大最有力的集体抗议；如同"茶叶集装箱造反事件"一样，这是对公司对社会核心原则所做承诺的不信任的公开表示。纳税人暴动的导火索，是惩罚撰写过多内容的政策；而 2006 年的"复制程序"联合抵制运动的导火索，则出于对林登实验室不积极保护用户知识产权的担心。

抗议并不单单停留在抵抗阶段，那些销售 CopyBot 的居民很快就发现他们惹火上身了：一群挥舞着标语、高喊着口号的居民把他们包围了。

在销售 CopyBot 的居民之中，有一只粉红小猫，它把出售 CopyBot 当成赚钱的绝好机会，也当作给居民捣乱的方法。在一次信口谈来的采访中，这只猫告诉我说，它已经卖了 100 多件 CopyBot 了，它说它有权力这样做，因为林登实验室"说可以用它，只要你不侵犯版权"。当我来到这只猫的领地的时候，它正站在自动售货机旁边清除里面的障碍物。抗议者并不满足于标语和呼喊，他们不断地制造出很大的木栏，然后把这只猫的货摊子挡了个严严实实——可是这只猫也不甘心就这样断了财路，所以就不断地把木栏清除干净。

这只靠卖 CopyBot 赚钱的猫咪，是一个只有足球般大小的坏蛋。当数十名义愤填膺的居民站在它面前骂它的时候，它仅仅是面无表情地听听罢了。这样一来，居民们似乎更加愤慨难耐了。一个居民制造了一块巨石摆在它的货摊子面前，它直径长到了 100 多米，旁边的猫和抗议者还有记者，都被抛向天空，四面八方地飞去。

几小时之内，林登实验室又重振了权威，对社区表示了歉意，对程序开发者表示气愤。随后，高级开发员科里·昂德里卡卡宣布，CopyBot和同类技术的使用违反了在线世界服务条件协议，任何滥用者都会被永远驱逐出去。

就这样，在几天的时间内，复制之争——至少在激烈抗议的意义上——落下了帷幕。

而其影响还在继续。CopyBot表明第二人生终于与网络不分上下了，网络上现在还有对数字权利管理和文件交易等问题的争论。在更大的因特网，这些争论普遍地让大公司、电影工作室和唱片公司与消费者暗中较量——美国唱片工业协会和美国电影协会对抗，嗯，其他所有人。但在一个用户自创的虚拟世界里，“所有人”都可以成为内容撰写企业家，只需轻松点击鼠标。所以争论变得十分平等，是撰写者之间的较量，每一个撰写者都有自己的观点去衡量什么是合理使用、什么构成剽窃，以及对在第二人生中保持知识产权神圣不受侵犯到底有多少信心。

“我发现，当人们下载MP3、应用程序和游戏的时候真的是太随心所欲了，他们从来不会多想想他们实际上正在侵犯别人的版权，对我来说这很有趣也很有教育意义，”一个长腿红发的虚拟人物沃伊勒斯·勒韦恩如是说，“但在第二人生(这些人)突然完全明白了什么叫‘内容隐私’!”

为了安抚愤怒的居民，林登实验室承诺实施解决方案：创作公用许可，创作日期水印，以及其他能使居民说明其产品、创作日期及期望的使用费的工具。(在我写作时，几乎是一年之后了，没有真正有过一个措施。)也许这些就已经足够让那些感觉受到CopyBot威胁的人重建信心了。从那以后，在线世界一如既往地稳健发展着，因此人们也就不介意什么了。

至于林登第二人生团队，他们因其黑客技术而被广泛称誉，但如今却成了那些靠第二人生时尚和其他内容谋生的人们的诅咒对象。

“一些人仅仅是吓着了，”成员山本波奈告诉我，“一些人恨我们……我们让一些人离开了团队，因为他们的朋友有些情绪……我们被挡在了似乎是第二人生另一半的外面，如果你把论坛看成它的一部分的话。”

尽管抗议激烈，但CopyBot带来的实际损害却不那么清楚。我曾经试图联系到一些直接受害的居民，但是没有人回应我的采访请求。我对居民所作的一个调查表明了居民对林登实验室处理CopyBot事件的做法十分挑剔或感到不满，但公司却说，记录在案的有不到100个投诉。回想起来，可能第二人生社区经历的是信息洪流，由于存在不完全信息和富有影响力的个别人行为，带来了多米诺骨牌似的连锁反应，导致了一阵联合抵抗、抗议和商店关门，当然还有巨大的石头。

在 CopyBot 起义后的几周，许多俱乐部和商店老板都制作并安装了自动运行的反 CopyBot 防御装置，这个程序在聊天室会喷吐出非英语的文本，这可以防止 CopyBot 剽窃图像纹理，但是它的工作原理一直都不太清楚。所以在恐慌消弭之前，那些去这些装有防御装置的地方游览的人们都十分费劲，因为桌面上总是飞涌出连珠炮似的元音变化、波形号、重音变化等符号。

CopyBot 带来伤害的唯一明显证据，换个说法，就是为了反抗伤害而制造的反抗。

但林登第二人生团队的山本·波奈仍然可以在混乱中看到乐观的结果。

“我尽力去解释 CopyBot 到底是什么，为什么它的出现是不可避免的，”他说，团队很后悔让人们可以免费接近这个技术，但他坚持认为，出现这个问题并不后悔，“因为 CopyBot 并不比一个开放源用户能做得更多。它所处理的都是用户们发出的。”也就是说，尽管 CopyBot 可能会从世界上消失，但有一个事实仍然存在，那就是：电脑图像可以通过因特网访问，因此很自然地，它们可以被复制。这一点，至少在表面上，是第二人生中的关键问题。

“在这以前人们感到安全一点吧，”山本说，“他们认为内容已经在保护之下了。”

虽然很少有人会去感谢，但确实是 CopyBot 把他们从那种不切实际的想法中解放出来。

在 2004 年 5 月，林登实验室制定出新的土地和知识产权政策不久之后，菲利普·罗斯代尔告诉一个名叫丹尼尔·特迪曼的技术记者了一件不寻常的事：“我不是在创造一个游戏，我在建设一个新国家。”这个想法从此缠住了他，这如果不是一个毫无依据的夸张，就是一个十分天才的重要目标，或者两者兼有。罗斯代尔和他的团队让这个世界的用户感觉到，用户对自己在第二人生创造的东西有了法律意义上的所有权，通过这样，他们发动了一场关于内容撰写和投资的运动，其规模水平高得吓人，如果不是有前面的措施就根本想都不敢想。(到 2006 年年末，林登估计：在线世界现存的内容，需要让 7 700 个开发专家花一年时间，耗费 8 亿美元来撰写。)这个政策给了镜像繁荣原则一个强有力的法律支持：在第二人生上撰写高质量的内容，不仅可以带给他们在在线世界里的名声和美誉，也会让他们在现实世界中紧紧握住一张版权证明。在2007年(独立纪念日的前一周)，一个名叫斯托克·塞比泰恩的著名企业家使用了这一权利，投诉另一名化身对他的性爱床有侵犯版权行为。

通过把这一政策置于国家发展的范畴之内，林登实验室创造出一种爱国主义和集体命运的感觉，若非这样，是绝对不可能的。(我数不清到底有多少次碰到这样的情况：在修建复杂精妙的高楼，或制作战略游戏，或完成同样宏伟的工程的时候，一些人中途停住，解释说他们这样努力劳动的动机并非为了名利，而是“想为第二人生做点力所能及的贡献”。)我曾提到为什么第二人生社区是一个印象社会，因为这里的文化价值的标准是持续的创造力；罗斯代尔关于新国家的言辞是对这种标准作了一首全国性的赞美诗。

这很值得强调，因为因特网社区和社会网络是出了名的变化无常，很容易就毫无预兆地瓦解或消失，其导火索可以是不好的政策或服务，也可以是多种变量共同作用下的格拉德威尔式引爆流行。而与之相反的是，任何初来乍到的居民，只要能坚持扛过新人所必经的痛苦，那么基本上就会成为常规用户。罗斯代尔有一次看了看保留率，说：“如果他们多待四个小时，他们就会永远待下去。”

这一切并不能归功于罗斯代尔的软件，因为在最初的几年内，第二生命的用户界面因为麻烦烦琐而备受抨击。许多人甚至在离开“序幕”之前就十分懊恼地放弃了努力，“序幕”是所有新化身必经的定位小岛。

这个问题的解决最后依赖了居民的自发努力。几千名志愿居民贡献出了他们的时间和资源，来帮助新用户走出困境，而这常常没有林登实验室的参与。他们的活动支持是居民自有的新居民公司，公司里的志愿者有几百人不等，其创立者是一个名叫贝斯·科沃尔德的黑人化身，她富有魅力，行为大大咧咧。当序幕让新人觉得迷惑不解时，这些志愿者就成了向导和解说，在他们自己设计的埃利斯岛上帮助移民者熟悉界面，这个界面出乎意料地成为加入第二人生国籍的高难度考试。如果不是有了关于一个新的国家的话题，以及足够的配套措施去证明它的真实，那么这些志愿行为是不可能存在的。

同时，这也意味接受现实国家所面对的一个事实：人们感觉到一个国家的核心理想被背叛，正是这种感觉引发了纳税人暴动和反“复制程序”起义。从那时起，这种“拥有感”在每一个分歧上打上了烙印。最糟糕的是，在线社区的愤怒不像是顾客对公司服务质量差的那种恼怒，而是对失败的国家总统的抗议。

但虚拟世界到底不是国家——至少现在还不是。与现实世界不同的是，虚拟世界的居民只需把电源关掉就能离开虚拟世界。而真实国家主要的问题是短缺的资源（自然的或经济的）以及为保护国民而设定的律法。相反，在第二人生中唯一的短缺是虚拟世界所在的服务器的容量。

纽约大学教授克雷·沙克伊曾申诉第二人生，其言辞广为引用，他说理想与现实的差距从根本上破坏了第二人生的承诺。“CopyBot 能够不费吹灰之力就掀起如此大的滔天大浪，是因为它的工作基础建立在真实的实体之上，而非比喻意义上的。”有一种想法认为：所有的车船、时髦品和别的虚拟商业产品不是看得见摸得着的实体，而仅仅是和别的数字图像一样可以随意复制的三维图像。如果打破了这种想法，那么经济就将爆炸崩溃。

但有诸多证据可以证明这个论点是错的，主要的论据是国家本体认同感。DMCA（《数字千年著作权法》）规定居民可以诉讼知识产权侵犯行为，但最严厉的惩罚并非来自此法，（写此书时，斯托克·塞比泰恩的案件还埋没在千百个真实的法律案件之中。）而是来自内容撰写者集体的约束。他们互相监督，报告发现的剽窃（或模糊地称之为“复制”），尤其是在时尚行业和化身美容的行业（可能这是第二人生中最强劲的行业）。如果一个人被怀疑抄袭或模仿了领衔设计者的作品，那他就难逃千夫所指的结局——因为他肯定会被时尚达人联合起来共同抵制排斥。这种实施惩罚的方法比 DMCA 还要严酷呢，因为它有时掺杂着个人仇怨和过激反应。

但是 CopyBot 暴行也揭示了一些希望，这存在于媒体公司及其顾客间的冲突之中，如同伊勒斯·勒韦恩所说的，像 CopyBot 这样的黑客突然把业余的内容撰写者推向了与大公司同等的地位，比如索尼、维旺迪、新闻集团/哈珀—柯林斯公司（这本书的出版商）。在后面的章节里同样可以看到，虽然林登的知识产权政策激励了一大批现实世界的公司到第二人生上来开设网络公司，但它们只吸引了很少的顾客。这个社区大体上偏好“本地”公司和“原产”虚拟产品。虽然有些居民制造出现实世界品牌的翻版，但它们的市场很小，顾客更喜欢居民自己制造的产品。

这是纳税人暴动所带来的最终状态：知识产权平等的国度。

第9章

作为企业家的虚拟化身

——从内容创造者到收入创造者

2003年的秋天，菲利普·罗斯代尔让所有员工集合到林登实验室新办公楼的门厅里。领导和员工们在此进行了一次意义重大的会议。因为大家都知道，他们遇到麻烦了。

林登实验室的新办公室设立在圣弗朗西斯科市场街以南地区的第二大街上。自从90年代中期以来，数不清的互联网和多媒体公司纷纷在这个准工业区附近设立公司。这其中的大部分公司，都因受到《连线》杂志所宣扬的网络乌托邦主义的刺激而建立起来，而这本杂志的大楼恰巧就矗立在第三大街上。不过在当时，这些公司差不多都因为陷入资金短缺的泥潭或者市场不振等问题而关门大吉了。唉，令人不安的是，壮志凌云的林登团队也挣扎在经营不善的困境之中，似乎它的未来没有实现之前就面临着变成历史的危险。

经过再三的深思熟虑之后，罗斯代尔和他的管理团队做出了一项决定：解雇掉三分之二的员工。罗斯代尔及其管理团队希望通过大举裁员这种极端举措，试图去逆转公司目前不利的经营局面。经历了这次大裁员之后，有幸被留下来的员工拥有了更多更大的空间，他们可以随意徜徉于阳光普照的地毯之上，聆听罗斯代尔描述董事会的最新经营计划。

罗斯代尔解释道，目前的艰难局势让公司明白，再也不能把包月收费当作公司的收入命脉了，这些早已出现并且正在使用的收入模式已经不适应公司的发展了。与之相对的，他们的目标是要创造一个以商品生产和服务提供为基础的、兼顾灵活性和稳固性的经济系统。尽管从严格意义上来说,这种系统是前无古人的尝试。公司采取让顾客付钱购买虚拟生存空间和财产的方式,来替代之前采取的包月收费模式。同样的,严格意义上讲,这里提到的所谓的财产,也是之前所不曾出现的。

乍看上去,让用户掏钱来获得虚拟土地的想法似乎有些异想天开,但是正是这个不可思议的概念却让第二人生不再只是一款单纯的网络游戏,而把它和互联网托管服务更紧密地联系了起来。例如,如果你希望申请开通一个博客或者电子邮件账号,那么这个过程实质上就是授权给一家公司,让这家公司利用自身的服务去为你保存和管理这些数据。在林登实验室的模式里,第二人生就具有与之类似的目的和用途。用户们一手掏钱,一手获益,让他们甘愿花费的动力就是林登实验室可以帮助他们保存他们的数据而已,只不过这些数据是以三维形式存在的。

罗宾·哈珀尔非常欢迎这种转变,他说:"与其他方法相比,专注于缔造一个强大的经济结构从而使第二人生得到更好的发展,这才抓住了问题的要害,才会解决现实问题。"他还表示:"为了实现这个目标,我们需要在现实中制定一套准则和依据。而且人们必须拥有这样一种权利——对他们自己所创制的东西具有所有权。"我们可以这样理解罗宾·哈珀尔的话语:内容创造者所拥有的属于他们的那个世界,不仅仅是一个像馈赠那样可以随意发挥创造力的经济模型,更是一个商业交易的平台。

许多互联网公司为了达到所谓的目标收益率,而盲目推行了一些欠缺火候或欠缺考虑的战略战术。没有把握和欠缺财务考虑是互联网盈利战略实施中的两大风险。然而林登实验室所筹划的战略还涉及了另外一个巨大的风险:他们在赌博,他们把公司的命运当作赌注,押在了关系到各国财富的最基本的准则之上(至少理论上是这样)。

在第二人生运行的初期,很容易会发现它和美国早年情况所相似的方面,而且还能轻易把美国世纪初的发展状况压缩在这一年的时空里。第二人生运行的最初几个月里,这个世界是一个杂乱无章的国度,里面的居民和社区有的时候就像逐水草而居的互不打扰的游牧部落,有的时候又会发生紧密的你来我往的联系。当这个世界逐渐为公众所知晓的时候,这个世界的土著居民和一波又一波的拓荒者展开了冲突。因为这些拓荒的移民往往带着不怀好意的侵略意图或割占意图。在这一系列的冲突和斗争中,集体自治的乌托邦社会被迫让位于以财产为中心的自由主义社会。当社会被如此定型之后，一些人意识到了下述问题的存在，关于在广义上缺乏物主身份所有权和在特殊方面需要施行征税，而对这些问题的觉悟导致了抗议和改革。这也促使公司重新设置这个虚拟社会的契约，包括有关知识财产独立方面的宣言，以及创造一种具有普遍市场价值、能在领域内外流通的官方货币。如此，他们就建立起与家庭农场法案相似的一个虚拟世界。在这个世界里，居民被赋予了开发土地的权利，并且可以将部分土地收归已有。这样一来，也就意味着重新洗牌、贸易扩张、商业阶层的崛起。

如果我们按照这一思路继续推演：许多早期在第二人生中取得成功的企业家们，一般都来自于其他失败的经济体之中。这些经济体既有虚拟的也有现实的。但是，第二人生却是在现实经济一派繁荣的时候进入市场的。如果考虑到上述的那种思路，那么难以置信的是：怎么会有如此之多的专门人才心甘情愿地在第二人生之中投入如此之多的时间和心血去进行开发和创新。对于这些成为第二人生时尚设计者和缔造者的三维建筑师和艺术家，以及熟练的林登脚本语言编写者的赋闲程序员而言，他们完全有本事可以在现实世界中的高科技行业找到满意的工作。

然而，当经济出现衰退的时候(可能大范围的经济下滑不太明显，但是战争的硝烟正在弥漫)，就会有数不胜数的人们愿意通过虚拟的形式去实现他们在真实社会中难以为继的美国梦。

“战后重建”——2004年春天

在加入到虚拟实境的前一年，贾森·弗还在光荣地服兵役。在一次意外的时间和地点，他突然发现自己面前站着一名阿拉伯游击队队员。虽然这名男子手中所持的不过是一把失灵的AK-47步枪，但是要知道，他可是乌代·侯赛因的自杀突击队中的骨干成员哪！狡猾凶悍和杀人不眨眼这两个词用在他们身上绝对够格。这个阿拉伯游击队队员用枪上的刺刀指着贾森·弗，然后恶狠狠地随时准备刺过来。

不过，在知道上述故事结局之前，请先把思维拉回来。

然而，当我第一次在第二人生中和贾森·弗见面的时候，情况已经不再那么危险了。那是2004年的2月末，他的虚拟化身正站在一个露天的迪斯科舞厅里，全场灯光闪烁，回响着重节奏的电子音乐。这家夜总会正是贾森·弗用自己快速积攒的财富来建立的。

“在这里，我成为一名房地产经纪人，”他很自豪地告诉我说。“我今天只不过卖了一些土地，就赚到了7 000林登美元。在两天前，这些在地图上呈现灰色的地域还处于未被开发未被占领的状态，所以我掏钱把它买了下来，之后以1 800林登美元的价格出售了512平方米土地。”透过电脑屏幕上的聊天窗口，我似乎就能感受到他难以言语的兴奋和热情。根据他虚拟化身的诞生日期，我发现他成为第二人生居民的时间还不到三个星期呢。

“我在一场斯汀森的土地抢购中，获得了个人的第一块小土地，”弗解释道。“那一块土地有248平方米。当天晚上我就以1 000林登美元的价格把它卖了出去……后来，我发现有5块本来呈绿色的土地变成了公共状态。于是我又不失时机地以每平方米1林登美元的价格把它们通通买入囊中，然后把它们切成每块512平方米，再以每块1 800林登美元的价格转售出去。”经过短短几个回合之后，贾森·弗便成为第二人生中新兴的高速增长的事业——虚拟土地投机买卖的巨头。

在聊天过程中，我注意到了弗的个人居民简历。在简历中，弗使用了一张自己身穿全套军服的照片。所以我就随口问他，是不是曾经在海军陆战队里服兵役。

他回答说：“上个星期刚退役了。现在我正为找工作发愁呢。我这个人吧，长久以来积累了计算机操作方面的经验，不过老天不遂人愿，偏偏我的住处那里却没有什么和计算机相关的工作。我也会使用UNIX操作系统，还会计算机网络的连线作业，还有各种各样的其他相关的事情。”

我问：“那你应该去过伊拉克吧？”

“去过。”他说。“我是去年去的伊拉克。其实除了伊拉克之外，我还曾经去过阿富汗跟菲律宾这两个国家。”

我连忙问道：“那岂不是说你亲历亲闻了三场战争？”

“对啊。一年之内，打了三场。其实所有战争的持续时间都不会超过八个月。这就是现代战争，朋友。”他略带调侃意味地回答。

我们继续聊天，我陆陆续续地知道了他以后发生的事情。后来，他在阿富汗结束了他的戎马生涯。当谈到告别枪林弹雨的时候，他说：“战争是结束了，可是倒霉的是，我竟然踩到了地雷。然后我的膝盖骨被炸掉了四分之一，脚也永远残废了。我最好的朋友也踩到了地雷，当场就牺牲了。所以相比起他来，我算是幸运儿了，因为我只不过是受了伤挂了彩而已，起码没有丢掉性命。”

知道这种经历之后，我赶紧向他表示遗憾和难过，安慰他不必多想。不过弗看起来却出奇的平静。

“其实无所谓了。这就是战争。”他平静地说，“有战争就会有伤亡，这是残酷但是难免的现实。那些殒身舍命的英雄们都是为了实现一个共同的目标而壮烈牺牲的，死得其所。何况，比起其他战争，这点伤亡算不了什么。这场战争的伤亡总数，还不及越南战争时一天之内伤亡总数的一个零头呢。所以，我们已经非常走运了，上帝已经很眷顾我们了。”

好在他人生中的那段经历已经结束了。弗说：“我已经为我的祖国和我的时代尽到了我应尽的义务。现在，我要为第二人生社区而服务。那里有很多有意思的人，还有诸多天赋异禀的天才。”多亏了像贾森·弗这样的人，否则这么多土地和金钱就会因为长期的堆积储存而发霉、发臭，成为吝啬鬼老头仓库里的破铜烂铁。

“这都归功于这个社区，”他告诉我，“我总是努力去帮助别人。回想起来，为了获得第一块土地，我吃了很多苦头。所以，我希望能为解决这个问题贡献一点力量，提供可替换的选择让更多人拥有土地。我们正准备建设一些公寓和楼房。我的构想是，在第二人生中成立一家最大的不动产公司，为每一个需要寻求帮助、买卖土地和解决租赁问题的人提供服务，同时，我还打算把这里建设成为一个人们可以自由展示才能、分享创意的地方。”

谈到这里的时候，我因为有事所以需要暂时从第二人生下线，所以就和贾森·弗约好下次再谈，他欣然同意了。

“我仍然处于失业的状况，”弗说，“所以我会常常在这里的。”

当我们再次见面的时候，弗带领我参观了负责地域发展的总部大楼。大楼仍处于在建阶段，但是在一栋矗立在海边的多层玻璃钢铁建筑物的地下层里，已经有一家迪斯科舞厅了。到那里参观的时候，我问他那被地雷弄伤的膝盖现在感觉怎么样。

弗回答说：“每当上楼梯的时候，伤处仍然如针扎刀刺一般疼痛，不过幸好我还活着。只要活着，疼痛不算什么，只不过需要一根拐杖而已。”我又问他，他还需要拄多久的拐杖。他笑着回答道：“余下的人生都需要。”

“从退伍军人管理局所获得的救济金津贴不够支付你所有的开支吗？”

“不够，因为严格来说，我仍然有出外工作的能力。”

“所以，他们只会给你发一部分的津贴？”

“是的，不过无所谓了，”他还是那样说道，“我准备自力更生，我打算自己办一家公司。办一家健身中心，和我妈妈一起经营。”

这是他在现实世界中所做的事情。同时，我也在这里看着他第二人生中的事业发展的情况。

“这是我们新的俱乐部，”弗一边和我说话，一边把我带到了露天的平台上，“我出售财产的速度太快了，无法以同样的速度把它买进来。我们的日均收入约是10 000林登美元。”(以当时的兑换比率来计算，大概等值于40美元。)“我们希望保证每个新手都能拥有一块便宜的土地。”弗补充说道。

像贾森·弗这样赚取收益的人，是这个虚拟世界日益扩大的趋势中的一部分。林登的土地销售实验不过才经过了几个月的历程，像贾森·弗这样的居民便已经能够攫取到大量的不动产，而且远远超过他们自己个人使用的数量。在接下来的几年里，这些不动产会成为一个大型岛屿，岛屿聚集成为一个大陆并由集团和个人所拥有，规模社区或者迷你国家会入驻这里，并通过他们所雇佣的大量居民来充实这块大陆。

贾森·弗在讲述他以虚拟化身为基础的事业计划时，还告诉了我有关他的海外生涯的故事。

贾森·弗在海军陆战队服役的时候，所担负的是通信方面的专门工作，主要是在部队奔赴前线之前，把先头侦察所得的信息进行分析和报告。“我想最大程度地考验自己的能力，”他就这样给我解释他自愿服役的原因。“这是最大的荣誉。和其他专门人员在一起的时候，我们可以把一台计算机摔成碎片，然后用泡泡糖、线和木棒把它重新拼合起来使它可以运行……就像利用一棵树去和卫星展开通信一样，我们用大树拼凑出一个人造卫星通信系统，并把它和扬声器连接起来。”

我问他什么时候敌人不会打扰到他们。他回答说：“只要我们足迹所至，敌人们都会尾随而来。”

“从多远的地方发起攻击呢？”

“我有一把伊拉克的刺刀。”弗如此回答，好像有些答非所问，不过听完了他讲述的故事，就能明白个中含义了。

这个回答让我们的思路离开了第二人生，将我们的话题带回到了在开头所提到的那一幕场景：那个想一枪干掉贾森·弗的阿拉伯游击队队员就凶恶无比地站在弗的面前。这个游击队员的突击步枪上装有一把刺刀，此时他正用这把刀来对付贾森·弗。这可不是游戏或者电影，这是必须你死我活的战争。

"当时他的枪坏掉了，所以他端着刺刀，杀气腾腾地朝我奔来，"弗若无其事地讲述着令听者动容的故事。"幸亏我反应敏捷，我一伸手一把抓住了他的枪，夺下了那把刀，然后反手挥刀砍断了他的喉咙。"

2004年3月和4月，我都没有和贾森·弗有太多的交流。当伊拉克的战事开始倾向于争论边缘的时候，弗的不动产总部建设已经竣工了。其中，这座建筑内包括了在主楼层的一个赌场和在大厅的一个艺术走廊。他带领我参观了一下这个地方，我看到许多顾客正在赌桌和角子老虎机前徘徊、停留，现场DJ敲打的音乐响彻整个厅堂。

"我已经有15位雇员了，"弗告诉我，"工作职位还很充足呢。"这些雇员当中，一部分负责销售不动产，而另外一些则在赌场做服务生。同时，为了发展他未来计划中的项目，他还在努力地寻求招聘更多的员工。

即使贾森·弗在第二人生取得了巨大成功，但是他在退伍回家后很长一段时间，始终没有办法在自己生活的地方找到一份可以养家糊口的工作，他的计算机技能没有可以施展的空间。弗说："在我生活的地方，当地缺乏与计算机密切关联的公司，这就使得我很难找到赖以谋生的工作。正是因为找不到工作，所以我也只好把在第二人生上创业当作我的日常功课。"

弗的初衷本来是成为一个以最优价格向新手提供土地的颇具慈善心肠的商人，然而自己失业缺钱的窘境，又使得他不得不修正了原先的目标。现实世界中，他的家乡经济仍然萧条低迷，找到工作的希望渺茫，而退伍军人的津贴又难以支撑他的生活。

"说实话，我真的不想利用这个游戏去赚钱，"他说，"可是我真的别无选择，我总要活下去吧。"

所以现在，他向其他居民出售一些自己的林登美元来获得真正的美元现金，然后再把这些真实的美元用于维持自己的生活起居。

"伤痕累累地离开战场，重新回归到平民生活，又找不到工作，这真的令我非常沮丧。"弗在随后给我的一长段信息里提道。"我曾经多次萌生重新回到军营的想法……我想回去服役总要比找工作容易一些吧。然而每当我想到自己的腿伤的时候，我知道我不可能再回去了……我注定要在现实的平民世界度过自己的下半辈子，我必须忘记以前的一切。当我和那些仍然在海军陆战队服役的好友联系的时候，我常常会感到莫名的伤感和沮丧。我多么希望能够重回战场，和他们一起并肩战斗……我甚至不敢相信，那些曾经和我一起冲锋陷阵的战友们已经永远作古于地下。"他最后激动地写完了这些话。

弗和我一边参观，一边向他的客人打招呼，向他们挥手，告诉他们新推出的优惠和赠品等等。我跟着他来到了顶层的平台，在那里我们可以继续进行相对隐蔽的谈话。

"我只是想拥有快乐，只是想帮助别人，"弗说，"可是我需要一直保持每周从赌场赚取 100 000 林登美元来兑换 450 元的现实美钞。这个市场不断地在变化，所以我不能预料下一周我能否从出售游戏货币中获取足够的现钞。"

除此之外，他还强调，"我不会让谋利的动机妨碍我向人们提供一个更好的外出和见面环境的意愿，甚至我也不会迫使人们去花钱消费。我不是一个贪得无厌的人，以后也不会是这种人。我只不过是努力让自己挣够能够维持日常花销的钱而已。"

不过他担心的是，他赚的钱仍不足以维持他的日常生活。"也许我必须离开这个偏僻到连地图上都找不到的家乡，去另外一个地方找工作。也可能需要再次离开家人，就像以前奔赴战场时一样。我已经离开过一次了，真的不想有第二次。"

到目前为止，他还是待在家乡。在他那只有一张床的公寓里，通过计算机经营着他的在线王国，借此来维持生计。"第二人生让我的双腿得以休息，"弗这样和我说，"这不但有利于伤处的痊愈，还可以缓和我精神上的紧张情绪……我在第二人生里的工作磨炼了我的程序技能，为我的创造才能提供了一个发挥的平台。"这就是镜像繁荣的最残忍之处，在第二人生的活动虽然丰富了其现实生活的选择，可是考虑到他当前的境况，还有那些似乎抛弃了他的国家政策，只会让人心寒，如此不公。

与他结束对话之前，弗告诉我关于筹款箱的事情。他在赌场内设立了筹款箱，并计划推广到第二人生的其他场所。设立筹款箱的目的是将筹得款项用于帮助残疾退伍军人和战俘。"每募捐到 5 000 林登美元，就会兑换成 20 美元去捐献给慈善事业。"弗解释道。为了起到宣传效果，他还专门创作了一个虚拟化身：一个头发斑白但仍迈着挺拔步伐的男人。

"只是想让这个虚拟化身看起来像一个退伍老军人。"他解释道。与此相应，他所关注的不仅仅是去帮助一个伤残退伍军人，而是所有的退役军人。这些退役军人虽然身陷贫穷但却永不言弃，他们仍然以力所能及的方式来履行他们心中的职责。

截至2005年年末2006年年初，第二人生里的居民人数已经实现了大幅度的增长，以致可以很容易就辨别出许多相对独立的亚群体。通常，这些亚群体都能大致通过他们在线世界中所主导的活动来定义。我粗略地估计了一下，大约有40%的当前用户可以被定性为社会游戏者，他们会时常出入夜总会、各种派对、休闲娱乐场所和其他以社交休闲娱乐为主的地区。约20%的用户则可以成为时尚达人，第二人生早期的时候，虚拟化身的形象常常就是用户自己本身，多亏了这些时尚达人，使虚拟化身形象从一种大众文化变为拥有独立的社会圈子，不仅仅包括设计者和消费者，还有以虚拟化身为基础的模特行业和时尚天桥秀的轮番上演。另外还有约20%的人非常适合被惯称为角色扮演者，他们有的是热衷于第二人生中奇妙的基于用户自我创造的角色扮演，有的则全身心地投入到像动物虚拟化身或科幻小说人物化身的亚群体中。约10%的使用者属于这个世界的创新先驱，他们的身份是建设者，脚本编写者或者代码黑客；在第二人生试用版测试的时间中，这部分用户的数目显然更多，大部分时间里，他们就像一群隐身的巫师，我行我素、冷淡刻薄，但却各怀绝技，拥有不可多得的技能。

凭我肉眼估算的最后10%的用户，显然就是资本家了，他们通过经营一项事业来主导第二人生的活动。到2007年8月为止，超过42 000位居民和一条活跃的现金流构成了这个群体。他们从开展的事业中所获得的林登美元收入，已经远远超过了他们为了虚拟土地和其他服务所付给林登实验室的费用。

当边疆定居者能成为土地贵族的时候，那位能在这镀金时代拥有非凡能力的精英，就会从众多创业者中脱颖而出。那些最成功的富翁，往往都是能非常熟练地满足第二人生居民的最基本需求的人。这些最基本需求可以分为两大类：虚拟化身身份个性化定制和即时需求。

前者不单单涉及时尚品和潮流品，也包括其他用于区别个体的私人附属品，例如发型、珠宝、独特的皮肤甚至是武器和其他常用的符号标志。后者就更复杂了，不过最基本的就是指那些对于新手来说，林登实验室不愿意提供的但却是最容易使他们满足的乐趣。新手们常常会对着官方欢迎界面感到茫然不知所措。他们中的大部分，原本都期待这只是一个传统的角色扮演游戏，只需完成具体的任务就能赢取奖品。然而当他们面对着欢迎界面的时候，却发现必须要自力更生地做很多事情，这样一来，或多或少地，他们就会感觉到有点无助。具体而言，对新手来说，那些易懂的享受型活动，如休闲娱乐中心、夜总会和各种成人娱乐项目都能唤回他们的熟悉感。（我通常把这些认为是“唐纳德·特朗普或唐娜·凯伦的事业原型”。）

这也意味着提供了一条可以获得虚拟土地的捷径。在开始的几年里，林登实验室的出售和分配土地的系统常使人感到困惑，而且也常难以施行。（例如，最初买土地时要求提供信用卡，而这是欧洲人很少使用的。）除了这种障碍之外，登录的过程包含诸多步骤，从在线世界中找到一块可利用的土地，到网页上键入使用者账号，步骤更加复杂。（当我还是公司的一位签约雇员的时候，我清楚地记得，有一次我在林登办公室里看到了一块白板。白板上画着购买土地的流程：竟然需要按部就班地走完 12 个步骤，人们才能买到一块土地。白板周围有些人在窃窃私语说：“简直无法相信啊，这种复杂麻烦的购买流程就是我们赖以生存的收入模式。”）

这种琐碎麻烦的手续告诉了我们：是公司本身造就了所谓土地大亨的诞生。这些实力雄厚的地产大亨们非常审慎而明智地买进了大片宽广的土地，然后提供给那些需要地方生活和娱乐的居民，并向这些居民收取租金。换言之，正是这些地产大亨为居民提供了即时满意的服务：对于广大居民而言，与其忍受自己购买土地时要经过的烦琐的官方程序，不如直接付钱给那些可以为自己提供土地的人。最成功的典型就是从林登实验室购买进一个划归私有的岛屿，建成一个类似日本景观的虚拟城市或者一个未来城市。在主要的大陆上，小型土地拥有者数目的剧增，导致了不同类型的混乱无序和城市萎缩。譬如，一家色情俱乐部竟然与教堂相邻，附近是一个火箭升空发射台和一个栽种迷幻蘑菇的花园。还有，随处可见的都是广告牌、旋转的标志和第二人生产品的广告，仿佛这些都在证明虚拟世界内部经济正在运行得太好了。作为一种替代的选择，土地大亨能够给他们提供一个更井然有序、有规范准入条件设置的虚拟城市。

早期这些巨头中成就最显著的一位，是众所周知的身穿旗袍模样的虚拟化身安西·钟。在现实世界中，这位德籍华裔女士和她的丈夫一起工作，她把这种称为大亨的程度提升到了一个更高的高度。她不只提供大量的主题区域，而且从根本上来说成为林登实验室在欧洲的非正式对外推广总监。当林登公司在加利福尼亚的员工还在酣睡的时候，安西·钟却正在给欧洲的居民提供着可供选择的付费计划，还有在欧洲时间也可以马上联系到的、掌握多种语言的工作人员。2006年底，她个人拥有的虚拟土地价值已经超过了100万美元。她的岛屿已经扩展成为一片大洲，因此在维护和发展方面的需求上涨，最终使她回到了自己的家乡中国去建立一个虚拟世界的实体公司。换句话说，就是把虚拟实境外包出去了。

在林登实验室关于知识产权的政策付诸实行之后不久，员工们兴奋无比地猜想，很快就会有新的事业和项目浮现出来。他们推测，居民将会创造第二人生的游戏电影，利用浏览器的视频截取功能来制作动画电影，另外，这些将会成为有限电视节目和电影的前期试点，等等。居民中的时尚达人所设计的虚拟化身风格也将成为一股潮流，甚至能从现实世界的时装公司里取得对他们设计品的认证。

不过，不同于以往的那些大受欢迎的决定，公司的这个意图没有得到虚拟社区的大力支持。最初的几年里，仅出现了一个关于“虚拟世界内生”概念的明显例子，这使得第二人生获得飞越，并在其范围之外盛行。

“《特林戈》的悲剧”——2004年春

20世纪的90年代，一款名为《半条命》的第一人生电脑游戏盛行于世。有一位来自加拿大的年轻人，在自家地下室里，利用这款游戏里的简易编辑工具，开发出了另一款迷你游戏，并给它起名为《反恐精英》。这款迷你游戏受到了狂热欢迎，但是玩这款游戏之前必须先安装《半条命》的系统，这使得很多人蜂拥而上去购买《半条命》的原版系统。事实上，《反恐精英》的狂热流行，对多人联机游戏模式产生了极其广泛而深远的影响，同时也大大改变了游戏行业对由用户创作游戏内容的态度。

我也曾经预言，也许有一天上述景象会在第二人生中再度上演：一位第二人生里的居民开发出了一款非常流行且让人欲罢不能的游戏，那么人们就会沉迷于这款游戏当中，而不再登录第二人生了。这种情况将会是第二人生群体的转折点，也会成为外界公众感知它的一种方式。但是如果真的如此发展，那么第二人生版的《反恐精英》只不过是一款简单的、看似无伤大雅的休闲游戏，也就是一大群人在二维显示板上闲逛而已。

《特林戈》第一次上市销售就引起了我的关注。只不过当我意识到它的重要性的时候，无论是在线世界还是现实世界里，它早已跨越了那个转折点了。

所以，当我和这款游戏的制作者柯米特·魁尔克见面时，已经有点稍晚了。除了他那头绿发之外，这位绅士真是难以用语言去形容（虽然他的虚拟化身是一只类人的蜥蜴）。魁尔克住在澳大利亚（他是新西兰人），尽管隔山隔海，但是我们之间的连线质量还是挺不错的，他还为此特意买了一个高级显卡呢。

"我昨天刚买了一个新的图像显示卡，"他告诉我。"因此，第二人生现在运行显示得特别顺畅。"

"是用你从《特林戈》里所赚得的钱购买的吗？"我问这只蜥蜴。

"对，差不多可以这么说。"他回答。"尽管不是用第二人生的林登美元来直接兑付，目前为止我还没这么干过呢。因为我想把这些所得作为储备金留存在那里。"

《特林戈》游戏的设置十分通俗易懂，易于操作。它包括一个跟踪记录分数和游戏碎片的显示屏，还包括了为单机版配备的游戏卡。当他们按照"赢者通吃"的规则把自己的赌注押上之后，他们就要较量看谁能利用自己的卡把游戏碎片成功地组合到一起。从功能上说，这好比是在二维空间里玩俄罗斯方块游戏，只不过速度放慢了许多而已。

现实生活中，魁尔克是一名商业程序员，他和另一位居民一道发明了一种新方法：这种新方法无须占用过量的服务资源，就能计算找出游戏碎片的位置。这也是《特林戈》之所以能在第二人生如此拥挤的区域内仍然运行自如的原因。

这款游戏非常容易上手，而且附带的赌博功能也提高了游戏的兴奋度和竞争度。尽管如此，它仍可能只能维持着有限的进展。然而，柯米特·魁尔克还有更多的想法，例如，他将特许经营的方式引入到《特林戈》的管理中来。他把特许经营权出售给土地所有者，当这些土地所有者们利用自己的所有权举办《特林戈》比赛的时候，他们可以从赌资中获得一部分利润。这种方式可谓一举两得：一方面，土地所有者可以借此获得稳定的收益；另一方面，这也保证了这款游戏能够在网络里迅速传播和流行。到 2006 年中期为止，魁尔克已经从售出的数百份特许经营中，获得了 15 000 林登美元的总收入（按照当时市场汇率来算，每份特殊经营的现实价值约为 60 美元）。

"在推广之初，这款游戏很长一段时间停留在试用版的阶段，"魁尔克说，

“然而尽管如此，人们对它的好评还是迅速扩散开来。当我把它正式推出上市的时候，头两周简直卖疯了……就在几天之前，我突破了100万林登美元的利润大关。”

这款游戏取得成功的表现不仅仅体现在第二人生中涌现的大量与之相关的事件上（有时候事件汇总表中有超过25%的事件都与《特林戈》相关），还体现在居民成立了许多名副其实的“特林戈亚文化”群体组织。尤其引人注目的是，有二十多个这样的群体组织干脆就以“特林戈大爆破”、“特林戈娼妓”、“特林戈僵尸”之类的名字命名。

在这里为大家举一个颇具代表性的例证。吉里·弗朗阿里是一名专攻哲学神学的英国学生，同时也是管理第二人生中一个名为“思想者”的团体的居民。这个团体的参与者的讨论话题主要是以政治和形而上学为主，同时也开设了诸如“社会中的特林戈组织”这一类的辩论。“在《特林戈》和无意义的竞争之间，”弗朗阿里告诉我，“我知道有很多人感觉他们在第二人生的体验发生了巨大的贬值。”所以举办了这么一场关于游戏文化的辩论，以探讨迷你游戏对大型游戏群体所产生的影响。

不过，魁尔克的特许经营只是一个开端。在随后的几个月里，一家名为“当纳森林”的线下传媒公司购买了《特林戈》在非第二人生范围内经营的版权，并且专门开发了网络版本和适用任天堂掌上游戏机升级系统的版本。甚至还有人谈论推出一个和《特林戈》有关的英国电视游戏节目。

无论何时，你都能在第二人生里面找到关于《特林戈》的竞赛。一天，已经是凌晨3点钟，我仍然在线上世界最繁华的地区——冰龙度假村里面，发现了《特林戈》大赛正在火热上演。以往满是积雪的丘陵上，如今屹立着一座喧闹的迷你购物中心，到处是浮动的立体广告牌，流行音乐不断地冲击着你的耳膜——不过这一切却都簇拥着一个中心，那就是那座合金制作的流光溢彩的《特林戈》游戏大厅。

当我踏进这间大厅的时候，看到一名浅黑色皮肤的长腿超级女模特，一只人型的龙和一位朋克摇滚的高手正在职员伊瑞·马丁的主持下，作巡回表演。这真的是一场大型的国际游戏者的聚会，有一些人来自澳洲，至少还有一位来自法国。当时，我觉得这既不是一个单纯的邻居间聚在一起打扑克的夜晚，也不仅是为了酒吧琐事而竞争的夜晚，而是一个谈天说地与竞争比赛相结合的聚会之夜。这也让我意识到，魁尔克的《特林戈》不仅仅改变了第二人生，还把一个公共自治的第三空间变得更加国际化，甚至有点超越了现实。

“这是午夜国际悲剧！”马简达·艾尔瑞琪在露天看台的座位上说道。

“哈姆雷特，你在那儿出现真的可以算是头条新闻啊。”马丁大声嚷道。“在澳大利亚，”她继续说，“当一个人沉迷于一项体育运动或消遣娱乐时，人们通常把他称为一个‘悲剧’。譬如，一个板球的悲剧，一个美式足球的悲剧。”

“而现在，是一个《特林戈》的悲剧！”

如果准许签约者拥有个人知识产权，而没有立刻引发一场经济活动从虚拟世界到实体世界的急剧转移的话，那么也许可以激发内部的商业和革新。魁尔克就是通过《特林戈》创造了一个虚拟的内容模型，并使它迅速风靡网络，最后引起实体经济对它的垂青，由此来实现其第二人生之梦。然而，正如这里所描述的，没有几个创作者能够通过这种相似的途径来实现他们的第二人生之梦。尽管如此，至少还可以打造自己的事业，并相信林登实验室不会突然将其据为已有。

（这里，我必须做出修正性的说明：对内容创造者来说，这项措施迅速成为他们结束与公司竞争的凭据，以至于这个群体为此撰拟了一个专门的词：游戏开放市场的终结，这是模仿“游戏开放市场”而起的。曾经，有一个属于居民自行经营的商铺网站开展着林登美元的货币兑换业务，直到 2005 年，当林登实验室在自己的网页上推出了林登美元交易服务时，用户顿时产生“游戏开放市场已经过时”的感觉。因此，当他们的权利仍然得到保证的时候，改革者依然要冒着这样的风险：那就是他们事业所依靠的一个基点甚至一个系统的缺陷，将会在未来的更新中被增加或修正。）

所以，在第二人生出现的头几个年头里，因林登尊重知识产权政策而意外受益的群体，都是现实世界中的大企业以及基于第二人生的内容不涉及这方面保护的组织机构。因为根据这个政策，他们所需做的只是保护他们在现实世界中所拥有的知识产权，而不必要从林登实验室获得许可执照来开展营销活动。无论这种说辞多么情深意切，虚拟世界中的居民向早已等不及的外部市场自由出售个人创作成果的意愿，仍然没能成为现实（最起码在开始的几年里没能实现）。相反地，主要利益却朝另一方向转移：MTV、美国服饰公司、华纳兄弟，还有其他实体世界商业的替身——不是虚拟化身，而是那些仍然与个人享受许多相同权利的并不存在的实体。

不过这也是常见的状况，就是林登政策以意料之外的途径所取得的成功：

它创造了一种全新类型的企业家。

“追寻艾美”——2006年秋

2004年，在一个模仿真实的曼哈顿小酒馆的虚拟酒吧里，我第一次遇见了艾美·韦伯这个虚拟化身。艾美(就和她现在一样)有一头轻盈的深褐色头发，戴着一副性感的图书管理员样式的眼镜，整体时尚感觉倾向于朋克摇滚的芭蕾舞女演员造型(下身穿着一条芭蕾舞的短裙，腿上是一双短筒的皮靴，还有像撕破的丝袜和闪亮的头饰，身上都是此类的东西)，她后背还延伸出来一对紫蓝色的蝴蝶翅膀，在随意地打开闭合，仿佛她在和这个世界互动。这对与她形影不离的翅膀，是她成为第二人生光荣一员之后不久，一个偶然邂逅的陌生人赠送给她的礼物。

这个虚拟酒吧的原型——贝尔维尔龙酒吧，是在“地狱厨房”里的一家有点臭名昭著的小酒馆。正如《纽约杂志》所提及的，肮脏下流的音乐、破旧的沙发和一群上了年纪的当地泡吧狂在维系着这家小酒馆。艾美之所以在线上以它为建筑模板，是因为她自己就是那个真实小酒馆的常客。本着与现实一致的原则，她将虚拟酒吧设计成破烂不堪的模样，她甚至还仿制了厕所里的涂鸦。回想一下，这确实让人觉得不解，当这个世界到处都是些田园式的幻想主题的时候，有这样一群人，他们没有去建造一座雄伟的城堡或者生机勃勃的未来城市，而是选择去建设一家灯光昏暗、设施简陋的酒吧：酒吧外面的墙壁上粘贴着早已过时的破烂电影海报，地板的犄角旮旯里还可能横七竖八地扔着用过的毒品注射器。

在接下来的几个月里，我和艾美一直保持着联系，我亲眼目睹了她如同一颗闪耀明星一般迅速地成为一位在线世界的明星。她的名声始于其创立的“装扮”系列，这是按照化身外形特征来打造服饰的时尚系列：一个长着蓝色蝴蝶翅膀(化身品牌)的蛮横傲慢、轻浮微醉的芭蕾舞女形象。因此，艾美·韦伯顺理成章地成为开创这种网络驱动的新型企业家精神的先驱之一。

按照艾美·韦伯的个性，她赋予自己的设计两种独特的东西：一种文化情感和基于第二人生活动的一系列体验。穿着她设计的服装参加她举办的舞会，和她及其他在线世界的精英一起谈天说地。在现实世界中，时装公司经常在广告里把自己的产品描述为一张通往年轻美丽和异国情调的梦想生活的入场券；

在第二人生里，“装扮”系列能比现实世界更充分地提供并实现这些承诺。“装扮”系列的广告既有一点轻率的性感，又触及第三波女性主义的边缘，通过合成显示镜头来描绘出一个可爱的“装扮”系列化身正在做一些不体面的事情。

“装扮”系列的成功足以让艾美晋升到第二人生中最顶级的内容创造者阶层；同样，也足以让她获得实际收入。艾美告诉我，在销售巅峰时期，每个月从中赚取的林登美元约等值为 3 000 到 4 000 的现实美元。

她创作工具的才能使她从时尚设计转向了三维道具的开发。她建立了一个名为“午夜城市”的小岛，就如一个花里胡哨的虚拟纽约城市，足可媲美当代最优秀的电子游戏设计。利用小岛的各种创意作品，艾美开始接手现实世界的顾客业务。

因为约在 2005 年年末和 2006 年年初的那段时间里，现实世界的公司开始对自己的产品在第二人生里采取“沉浸式广告”的策略产生兴趣。就这样，凭借着自己的才能和热情，艾美从华纳兄弟获得了一项开发“聆听箱”的委托，它类似纽约城的一个阁楼，化身朋友们可以在那里一边闲逛，一边听着华纳歌手瑞佳那·斯贝克特的最新专辑。美国服饰公司的首席执行官从各种渠道了解到了关于艾美·韦伯的很多传言，因此他找到了她并委托其开发实体零售连锁店的第一家虚拟分店。

艾美的各种项目都是在第二人生中去组织安排和谈判交涉的。她既不和客户们通电话，也不会与他们私下单独见面。因此，那些打算和她合作的公司的管理者不得不创造一个虚拟化身，前往“深夜城市”里和她会面。原本作为标志的虚拟化身，现在成为企业家的虚拟化身。

不过，第二人生里所有认识艾美·韦伯的人当中，竟然没有一个曾经在私下里、在现实中一睹她的庐山真面目。所以，人们对她的猜测丛生。有的人认为她实际上是一个男人，只不过在第二人生中男扮女装（他们觉得由此可以解释她充满挑衅的性风格）。还有一种疑问，认为艾美不是一个独立的人，而是一个团体或组织。人们这样推测：如果艾美·韦伯是单独的一个人的话，怎么可能胜任如此繁杂的三维建筑和时尚设计，并同时坚持在三个不同的博客上保持数量惊人的写作呢？

经过我一番口舌之后，艾美·韦伯终于答应和我见面了，这使我感到些许宽心，但一点也不意外。

那是 2006 年的夏末，暑天的湿气还笼罩着曼哈顿的街头。见面的地点由艾美决定，为了说清楚事情的来龙去脉，她选择了在“地狱厨房”里的现实贝尔维尔龙酒吧。这个酒吧以颓废堕落和破旧摆设为标志的全盛期已经过去了，所以我也费了好大劲才找到了它。如今，它已经整修一新并重新改名，成为附近设计工作室管理层和合作客户洽谈业务、喝酒聊天的地方。

在那里，我终于看到了艾美·韦伯的真容。她现实中的名字是阿莱萨·拉罗绮，我花了相当一段时间来习惯称呼这个名字。（实际上，我们都是通过虚拟化身的名字来称呼对方的，这在居民当中非常普遍。）她大约20多岁，长得特别像娜塔莉·波特曼，一头浅黑色的头发衬着如同奶油般细腻的肤色，还有一双大大的棕色眼睛。她没有穿短裙和短筒皮靴，而是把它们放在家里了（她坚持说它们就在她的衣橱里）；反倒是穿上了一件端庄的白上衣和蓝色的牛仔裤。小啜了一口水后，她用那阳光少女的声音，告诉了我“艾美”的由来。

拉罗绮解释说，她的化身或多或少和她本人有点相像。20世纪90年代末，她从哥伦比亚大学巴纳德学院获得了计算机科学专业和英语专业的双学位，那时正是网络公司热潮的高峰。之后她就职于毕马威公司属下的财务服务子公司——毕博管理咨询公司，职位是咨询师。那时，她经常向财富100强企业客户解释她关于网络经济的分析。她沉思一番后说道：“常春藤学校所训练你掌握的最主要的能力，就是在你没有理由去论证的时候，应该如何获取自信。”下班后的晚上，她常常装扮成当时风靡的朋克风格的芭蕾舞女演员（有时还会带上背上那对蝴蝶翅膀），和曼哈顿的俱乐部爱好者一起，在密派金区的俱乐部里疯狂地通宵狂欢。

这样的生活一直持续到她遇上了一个严重的困境，具体细节她在交谈中也一直不愿意提及。这个如噩梦般的事件使她不得不待在家里如隐居一般，当然那时也恰是网络热潮不断破裂的泡沫使然。“在大型公司里，我开始感到有点崩溃了。”她告诉我。因此，艾美·韦伯就作为她当时乡村宁静生活的一个可靠化身而诞生了。

到我们见面的时间为止，她已经拥有了多项事业，不过放弃了“装扮”时尚系列。因为她已经转型为全职的虚拟实境开发者来满足不同客户的个性化需求，她的客户中既有公司也有非盈利组织和教育机构。然而，她仍然很怀念作为艾美·韦伯时的明星时光。她说，“越来越多的商业活动把我的时间占用光了。”不可避免时，比如客户一直坚持要求个人亲自见面的时候，她也只好坚强地前去会面。“我知道迟早会有这么一天。”她不断地反复强调。（果然如她所料。在我们见面的几个月以后,看似极没可能的一位客户——联合国的一个部门要求与她在现实世界中面对面地会谈。因此,拉罗绮亲自去了联合国总部,从而启动了一个在第二人生中开展贫困宣传活动的委员会。)

她的心理治疗师因她作为艾美的生活而被深深吸引。"治疗师曾经认为这种生活是消极的,因为它打断了我的许多'真实'生活。"拉罗绮告诉我。虽然仍旧感到困惑,但这位治疗师如今觉得第二人生对于她自己来说会是一个好地方,这里能够有效配合她自身的心理咨询,她可以创建一个安全的环境,有助于其情感和经济上的发展(镜像繁荣终于得到了一个经过认证的心理学家的认可)。目前的这份职业,让拉罗绮利用自己的能力成为三维图像艺术家,也给她作为英语专业学生所具有的文学天赋提供了充满创意的发挥途径,她肯定:"在众多的方式里,再也找不到比现在这份工作更完美,更能发挥我的才能的了。"

不过,她也首先意识到了自己的社交焦虑。因为这点和她过往的历史有关,当她一直在家处于失业状态的时候,她的背景和工作经验也一直处于静止停滞的状态。而背景和经验也只有在环境变化时才会得以改变。在这一方面,拉罗绮和那些数以千计的第二人生内容创造者并没有两样。那些创造者们要么是因为精神或身体的障碍而与事业隔绝,要么就是与现实世界的贸易中心仅有几步之遥。(第二人生中的许多顶级时尚设计师都居住在南部或者中西部。创造戈林风格时尚的雷菲雷恩·普罗塔格尼斯特,可能是他们中间最成功的一位,却没有在东村或者教会区,而选择在佐治亚州的一个牧场里。)在早些年里,易趣创造了在收集和出售收藏品及其他罕见物品方面的企业家精神。而如今,第二人生已经并正在创造着一种充满想象力的企业家精神。

所以最终,这个拥有蝴蝶翅膀的女孩成立了一家在新泽西州注册登记的商业公司,这家公司属于她自己——艾美·韦伯工作室。

第 10 章

投资乌托邦

——一份粗略的企业和组织探险者指南

2004 年 1 月，经过一场激烈的竞价战争之后，林登实验室以 1 200 林登美元的价格出售了他们的第一个私人岛屿。这场竞价中的输家是一只身穿皮衣的吸血鬼化身，他原本打算买下这个小岛之后，和朋友们一起在岛屿上建立一座城堡。而这场竞拍活动的赢家是一个名为费瑞克·巴斯克维尔的虚拟化身。在拍得这个岛屿后，他在社区论坛上宣告了他的意图："我们是一家以伦敦地区和芝加哥地区为主的创新和品牌代理机构。"

这家公司的名字有些怪异，叫做"流红之河"，而且还使用了一些类似"收入流"和"真实世界的抛锚点"等流行语。巴斯克维尔这样描述他和他的团队心目中的蓝图："虽然我们是一家以贸易为主的公司，但是我们也是第二人生的爱好者和积极参与者。我们将始终不渝地支持慈善事业，并推进它的良好发展。真诚期待能与大家互帮互助，共同进步。"

然而，隔天之后，整个岛屿到处都是挥动着写满"联合起来！抵制岛屿！"标语的反对者。就这样，对虚拟土地的第一起商业竞购行为，成为引发第二人生中第一次虚拟全球化抗议的导火索。随后的数年内，这场突发的反对明确提出了争论的焦点和社区居民对真实世界的公司进入第二人生的看法。普遍的观点认为，现实公司是不受欢迎的不速之客，他们来第二人生就是为了利用资源来赚钱；因此，一旦这些以盈利为目的的企业闯入了虚拟世界，然后这个世界就会熙熙攘攘一团糟，到处都是那些真实的品牌的广告,并通过提供服装、汽车等方面更专业完善的版本,迫使草根内容开发者离开相关的事业。

最初几年,对于现实公司出现在虚拟世界这一现象,林登实验室所持有的态度一直是非常矛盾、犹豫不决。例如,在2005年1月对菲利普·罗斯代尔的一次访问中,当谈及在用户界面出售“赞助商链接”的时候,菲利普·罗斯代尔立即彻底否决了现实公司的参与。林登的计划是通过拍卖的形式,出售给那些有意愿利用其为自己虚拟世界事业宣传的居民。

不过,我也问过他,为什么不让诸如盖普之类的公司进入到第二人生成为赞助商?

罗斯代尔这样回答我:“我们绝对不允许来自真实世界的广告出现在这里。试想一下,在这些地方卖牛仔裤之类的东西能帮到第二人生什么忙?我们保有第二人生服务条款最终解释权,这样一来就可以避免出现那些来自现实世界的广告。而且,我确实会行使这些权利去维护相关条款,促使第二人生居民的相关内容可直接从中受益。”

然而,到2006年年底,对现实世界公司的看法有了一个明显的转变。科里·昂德里卡记得,部分改变是来自董事会的决策,他们抱着“用户的不可知性”的态度尝试着让这个群体自己去评定现实世界公司的价值。现在谈论到这个话题的时候,罗斯代尔虽然没有赞同企业完全出现,可是也决定接受这种情况。而对于企业会利用自身的资产和品牌来淹没虚拟世界并把草根内容创造者驱赶出去的关注被提及时,出人意料地,他的想法也没有因此而有所动摇。

“那种来自现实世界的担忧,不太可能在第二人生里面出现。”2006年9月,《经济学家》杂志采访他的时候,他如此告诉采访人。他的推论显然是典型的存在论。他认为,在一个什么都不稀缺的世界中,现实世界中的公司很难建立起独特的竞争优势。不管内容创造者在线下的资源多么的稀缺,他们依然能够创造高质量的物品,不需要一个工厂,只需点击界面上的那颗“允许复制”的按钮,就能开始大量生产了。按照这种思路,他总结道,林登实验室不需要对一家国际汽车公司和一名80岁的印度老妪进行差别对待,没有厚此薄彼的必要。这种想法看起来好像挺荒谬的,一个势单力薄的单独的个人怎么能与拥有丰富的人力、财力等资源的大公司来相提并论呢?不过,他从一开始就坚信这种推论可以实现。

因此,随着协同阻力的不断减弱,在2006年间,现实世界的公司开始向虚拟世界渗透进来——MTV拍摄了一段时尚视频，可口可乐宣传了一场现场音乐会（这极有可能将互联网音频引进第二人生），紧接着，美国服饰公司在线上开了一家零售店，华纳兄弟旗下的歌手瑞佳那·斯贝克特通过一个虚拟听展台来宣传自己的音乐，等等。趁着林登实验室缺乏相关的设备、甚至没有兴趣为这些客户提供相关内容时，另一些不错的Web2.0时代的公司开始站出来满足这种需求，这些公司被称为虚拟实境开发商。这些公司之于第二人生世界就如Web开发商之于网络热潮，只不过不是设计Web页面，而是创造三维的。（早期加入第二人生用户群的人，大部分是失业的学生和家庭主妇，他们往往具备了多年使用建筑和脚本编写工具的经验积累。和因第一次网络泡沫而使艺术爱好者被提升为高收入的Web开发者的情况非常相似，如今这群人也因给财富500强客户提供服务而获得了丰厚报酬。）

在第一批自立门户给大型企业客户提供服务的企业中，浮现了“虚拟实境开发商三巨头”，它们分别是：“流红之河”——一家英国品牌代理机构，默默忍受着人们对它最初竞买岛屿的行为的讽刺和奚落；“电子绵羊公司”——由一群长期沉浸在第二人生里的未来主义者和技术人员所主导；还有“数百万个我们”——由几个林登实验室的前工作人员所创立，因为他们从前雇主平台的“私人部门”里面看到了更多的机会和潜力。（信息补充：我的第二人生博客只在2006年曾短暂地与“流红之河”公司有过赞助商合作关系，而长期保持着与“数百万个我们”公司的长期合作关系。）就在当年年末，《商业周刊》实施了一项数据调查，关于诸如路透社、戴尔和思科这类公司进入第二人生提供收费服务的公司数量。调查结果果然是相当让人吃惊：提供收费服务的公司数量从之前的一万左右，到现在已经逼近百万数。总体来算的话，有数百万的资金花在了早期暴涨的繁荣时代。

然而，截至编写这本书的2007年，所有这种投入对第二人生这个群体和文化所产生的影响是：

几乎不存在。

随便一个夜晚，人们只要简单地一瞥第二人生界面里最受欢迎地点的列表，就能知道哪里是居民光临最多的地方，或者哪里聚集了最多的居民而且停留时间最长。尽管现实世界中财力雄厚的公司和组织不断涌入到第二人生之中，但几乎每个最受欢迎的地点都是由一般居民自己运作的。那些进入到虚拟世界中的现实企业，它们的所在地冷冷清清，门可罗雀，（因为这是你想了解的)，尽管这些企业无不展现着漂亮的店面，华美的高楼，还有各种广告牌，但是却仍然鲜有人问津。

通过互联网网格，在线世界涌现出了大量的游戏美容院和夜总会，然而仍有许多滞后的人们正在鼓噪着要进入；抱着"一步登天"的雄心壮志去建设所有的城市，数千居民如此的行为把沙盘系统也给搅乱了。可幸的是，内在经济依然坚固，每天都有数以亿计的林登美元不断地在买家卖家之间流动，居民为各种只在虚拟世界存在的物品和服务进行买卖活动。2007 年初，在金融巨头汇丰银行担任程序员的崔司坦·路易斯分析了由林登出版的线上世界经济数据，得出了如此一个惊人的结果：每周平均下来，居民所消费的林登美元等值于 50～60 美元。

尽管如此，多数夜晚那些由公司赞助的地点仍然冷清萧条，仿佛是企业在一厢情愿地等待顾客的光临。

如此的一个结果是许多人都没有预料到的。用户群体既没有对企业进行公开的抵制，也没有因此厌恶地离开虚拟世界。大部分居民只不过对这些公司采取了不理不睬的漠视态度而已。(颇具讽刺意味的是，一些媒体报道就此进行暗示，这些营销的空白区域证明林登实验室正在走下坡路。这可是严重的误解：据我统计，2007 年中，作为林登主要收入来源的第二人生虚拟土地拥有者中，现实世界的公司所占比例还不到总数的 5%。)

罗斯代尔被证明是正确的：每位使用者都在一视同仁的公平基础之上进行竞争，失去了规模经济优势的企业千方百计地去努力，但仍然败给了那些零零散散的个体，虽然这些个体居民全部的资本只有三样：一台可以宽带通信的个人电脑、创造力、源源不断迸发出来的激情。在此，第二人生看来好像把自己编入到了另一条互联网的轨道里面去了。Mp3 的出现，预示着音乐的同等化，乐队不再需要唱片公司来发布他们的创造内容；像你的电视那样的视频分享网站的出现，也预示着电视和电影的同等化，才华横溢的电影制作者和摄影师也不再需要工作室和有限网络去散发他们的作品。正如这类似的原因和类似的方式，第二人生的内容创造方式，就预示着每样东西都能以三维方式表现出来：工业设计，时尚潮流，建筑学，工程学等等。

虚拟实境的市场营销：三点要领

一家总部在德国汉堡的调研公司，以第二人生的居民对在虚拟世界里开展现实世界的营销活动所持的态度为主题，进行了大规模的调查，并在2007年的3月首次对外公布了调研结果。这个调查主题是经过了相当长的时间才被提出来的；2004年初，英国品牌代理机构“流红之河”就已经在第二人生建立了管理基地，在以后连续的几年里，一场小规模的网络热潮吸引了一系列声名显赫的公司和著名品牌的相继加入。直到2006年末，几乎没有人一针见血地问过这个问题：这些公司在虚拟世界中费尽心思，大把花钱，到底得到了什么？（除了在公告栏上对宣传内容的点击率以外）

从Komjuniti这项调查中得到的早期数据并不怎么鼓舞人心：在200名受访人士中，有75%表示他们对现实世界的公司在第二人生进行的活动感到失望；仅有约超40%的人认为这些活动只产生了一次性的效应而难以持续下去；竟然足有三分之一的人甚至没有注意到这些公司正要开始活动。

这些数据所反映的状况看上去好像挺严峻的，不过值得关注的是，其实这和公众对待传统互联网广告的态度没有太大的差别。举例来说，在基于互联网的广告发展达到顶峰的四年后，美国扬科洛维奇调研公司实行了一项2004年度调研，发现有60%的消费者对网络营销和广告比几年前持更加反感的态度，更有65%的被调查者这样形容自己面对这些营销广告时候的感受：广告铺天盖地而来，自己仿佛被这些广告给掩埋了。换言之，在相对类似的时间和空间里，第二人生里的广告商和品牌推广者与那些现实世界中的同行基本一样，都面临着消费者不断的反感和疏远他们的尴尬局面。

不过，更让人揪心的是另一组数据的对比：扬科洛维奇公司的调查结果表明，起码还有41%的受访者认为互联网广告或多或少地会和他们有些关联或帮助；而在Komjuniti公司的调查结果中，却只有可怜兮兮的7%的受访对象认为，第二人生里面的宣传活动会对其未来购买行为产生积极的影响。

究竟是什么原因导致了营销和广告活动如此地失败？反正不是因为用户缺乏这方面的需求而导致的失败，因为接受Komjuniti调查的被访者也提到了“他们其实希望（在第二人生里）能和品牌有更多的互动”；而且，相比而言，真实的酒店和零售品牌的虚拟实境版本获得了用户最积极的反应。

基于这些令人沮丧的数据，我想提出三个并没有在分析报告中被提及的重要因素。

瞬间传送：第二人生里的广告“切换遥控器”

在第二人生里，移动的最佳解释就是点对点的瞬间转移，几乎是弹指间，就可以从立体空间的一个具体位置转移到另外一个位置。这也是第二人生在最初几年里的运行模式，不过在随后的几年里，瞬间传送被迫改道让位于布满这个虚拟世界的“传送中心”。这种方式与直达的瞬间传送不同，差异在于居民首先被转移到最近的传送中心，然后再通过步行或飞行的方式来完成剩下数百码的路程。林登实验室希望通过这种尝试，把一种智能城市计划引进虚拟世界，就像纽约城和伦敦把地铁站打造成为附近区域的商业贸易和文化活动的集中地一样，林登实验室也希望这种“传送中心”可以达到相同的效果。不过，过了一段时间之后，公司还是终止了这种尝试，放弃了传送中心，重新恢复了点对点传输。

按照传统的思维来回顾以上的过程，就像是不慎制造了障碍来阻隔传统意义上的广告。确实，点对点的瞬间传送方式，使广告牌和众多固定地点的广告方式变得毫无用处。但是，在很多情况下，众多第二人生的营销人员都购买私人虚拟岛屿进行开发，因为在那里他们才能更充分地把握品牌体验（在大陆上建造就意味着要处理因邻居关系所带来的丑陋或者淫秽的内容。）然而，归因于服务器架构的问题，这些岛屿只有瞬间传送一种进入方式，这使它最终成为一种选择性体验，也给营销人员带来了一项独特的挑战：就是如何能让居民心甘情愿地跳进广告里，并停留足够长的时间实现有效的品牌融合。如果明白了这些营销人员所面临的困难和挑战，那么你就不会对他们第一年进入第二人生时所经历的痛苦奋斗而感到惊讶了：这个过程，就像在一个避免受广告打扰的三维电视节目录放映系统里，试图把广告加插进去，其结果可想而知了。

“绿点效应”引起的存亡

居民通常利用默认用户界面所提供的活动地图来进行导航。在这张地图里，每个在线的虚拟化身都会由一个绿点来代表，这样一眼就可以看到线上居民聚集在哪里，正在干什么(当然，广受关注的事件也会同步地显示出来。)在各种各样的地点和岛屿上，如果出现了成片的绿点聚集在一起，那么新用户看到之后就会自然而然地想到：既然大家都去那里，那里肯定发生了有趣的事，不如我也去逛一逛。所以，任何引人注意的绿点群都会吸引更多的绿点聚集过来，而随着绿点数量增加，会有更多新的居民(新的绿点)被吸引过来——如此循环往复，就产生了所谓的“绿点效应”。在第二人生中，聪明绝顶的企业家们(环境要求他们比起在现实世界中的自己要更具敏锐洞察力和创新能力)会不遗余力地举办各种活动来吸引绿点并维持这种绿点效应，例如为来宾提供赠品，游戏，或者只要来宾坐到他们的露营椅上就可以获得一定的报酬。令人费解的是，很多企业的营销人员竟然没有马上采取这种结合实际的本土化战略。(几个实习生就理所当然地不能在公司的第二人生场所内开展日常的活动吗？可能是非要击垮图片影印和赢得百吉饼的赛跑吧。)

想象力的缺乏

企业想要去啃第二人生这块肥肉，就必须首先正视一个令他们难堪的现实：在第二人生这个充满奇思妙想的世界中，这些企业的品牌跟它们在真实世界出现时一样，都是那么索然无味，那么构思平平，那么牵强附会。举个例子来说吧。一家汽车公司和一名在读大学生展开了竞争。那个还没毕业的年轻人简直就是一个策划天才，他要么把虚拟汽车展示室变成一个昼夜狂欢的嘻哈舞蹈派对，要么就别出心裁地创造出一种能够飞翔的可爱的飞行肌肉车。与之相比，习惯了“人间烟火”的汽车公司只好垂头丧气地偃旗息鼓。

在第二人生中，时装公司的境遇更加可怜。虚拟化身服装设计的自生行业早已雨后春笋般地涌现并茁壮成长(开发和海外大量生产都是免费的)，这类产业中的领袖却是那些拖家带口的家庭妇女。事实证明，这些主妇不但在柴米油盐酱醋茶上有一手，而且还具备了令人惊羡的艺术才赋，而且她们有的是时间。于是乎，这些设计师迅速成为第二人生里的名人(她们的虚拟化身成为自身的品牌)之后，她们更加享受(坦诚地说，是值得拥有)这种主场优势。在这个虚拟世界里，这些潜在消费者绝对拥有蔑视现实企业的资格，因为他们的需求水平超越了那些企业的供应能力。在这个虚拟世界里，如果企业还打算用老掉牙的方式来对待消费者，奢望他们继续停留在被动接受的地位，那么必定会碰一鼻子灰。企业终于意识到了,自己正不断远离这座装满纯粹发明的记忆宫殿了。

除了上述提到的要点之外,对于那些对用户开发式的虚拟实境感兴趣的真实世界的公司和组织来说,它们无须气馁,因为仍然有许许多多的机会在等待着它们,这就好比在第一次网络热潮中,那些后来站稳脚跟并崭露头角的应用软件都在初期经历了一连串的失败。整个2007年,我的博客中负责人口统计方面的人员注意到,这个虚拟世界头10位的营销网点,在吸引顾客人数的总数中占据了5%到10%的份额。不过在下一次统计测量的时候,很有可能会通过以下分类来对数据进行衡量:

早期使用者/对内容创造者的吸引力

就其自身特性来说,第二人生自然而然地引起那些最活跃、最有影响力的互联网用户的关注。既然为第二人生用户生成的内容所吸引,他们也就很乐意成为Web 2.0平台的当前用户,无论是博客、社交网络,还是视频和图像的分享网站。(更确切地说,基于网络统计,在我个人的第二人生博客读者中,有将近一半的人拥有自己的博客。)所以,在第二人生里,即使只有极少数人会被企业的努力所吸引,仍有大部分网络影响力所及的市场未被充分开发利用。这就是参与第二人生的长尾理论效应(依据克里西·安德森所提出的理论解释)。

持久的互动体验

2003年,华盛顿大学的安·斯克罗斯教授开展了一项非常有吸引力的研究,她按照两种媒体渠道把数码相机的特点分成两个组别:一组是静态图像或影相,另一组是对照相机的可互动的虚拟世界模拟。总的来说,那些对照相机有所了解的研究参与者差不多都对其特点有较深的印象,并且在打算购买方面表现了更大的兴趣。研究结果还进一步地表明,互动方式的效果也具有显著性:该组研究参与者甚至牢牢记住了数码相机并不存在的特点。在斯克罗斯教授的推论中(她把这些写在了这些研究的摘要里),"不管这种回忆的心理图像是因感觉还是因想象而产生的,获得该图像的感知简易性会造成以后的混淆,并导致更多错误记忆的产生。"(或者以另一种方式来看,这种仿真效果似乎激发了用户的自我创造的才能。)

如果斯克罗斯教授的研究能延伸到更广泛的虚拟世界,那它本身就成为一个在类似第二人生的地方为了营销、教育或其他目的而去发掘沟通潜能的案例了。传播媒介的这种沉浸式结构还有另外一个优势：就是不像那些只徘徊在人们注意力边缘的平面网络广告，三维空间的世界能提供更加丰富生动的品牌体验。（当然，前提是居民在接受广告之前没有立刻走人，瞬间转移到另外一个地方。）

快速的原型制作与研发

虽然对第二人生用户开展营销的重要性还没有得到充分实证，但是在一个共享空间对原型内容进行快速开发的能力，已经收到了令人惊叹的效果。2006年，前文提到的"流红之河"公司就利用第二人生成功开展营销活动，不是面向虚拟实境而是面向现实世界。在他们的客户——沃特迪士尼公司的授权下，他们为《银河系漫游指南》的电影版重新设计了布景和形象。这家公司为《银河系》中的忧郁机器人马文创造了一个第二人生的版本，以它为模型应用到各种广告里——印刷品、视频还有互动内容。因为这些内容都存在于在线世界中，所以客户和电影制作者不论是在加利福尼亚、英格兰还是其他地方，都可以通过自己的虚拟化身来看到整个过程；并且就"飞行"中需要添加的地方提出修改建议（如果不这样的话，创作过程就需要工作人员飞到不同的地方出差，或者大费周章地利用传真和电子邮件来制作、印刷高分辨率的图像和传输文件。）这也有大量相关的例子：设计师为那些允许使用者再开发的设计制造了比例模型；企业培训者把第二人生当作三维的白板；科学家和技术人员在一个共享空间中测试复杂的系统。当营销活动仍然受居民的变化无常所限制的时候，企业在第二人生里能获得的最稳定的长期价值，其实这是和所有居民从中所享受的价值是相同的，也就是：实时的内容创造。

2006年年初，我结束了作为林登实验室签约记者的任职。由于需要重新制作自己的工作名片，我发现添加了"虚拟实境咨询师"这一头衔后，自己的身份显得既独特又奇怪。那个时候，由于虚拟实境吸引到了众多媒体的注意力，所以受到许多广告代理商和其他公司的青睐。我并不是一位营销人员，但是当我开始接受这方面的咨询要求时，我都会基于现实报告的观察结果来提出具体的建议。很多时候，这意味着简要描述第二人生的经济和文化是如何发挥作用的，还有最初的内容创造者是怎么获取成功的，这也是我最拿手的了。

创建社区

谈及第二人生的“社区”，实际上应该是指众多小型群体的交集，这些小型群体中有许多相交的地方，当然也并非全部如此。这些群体最初都是基于个人兴趣爱好而形成的(地区域性的群体也有出现，但并不普遍)，它们在活跃和规范第二人生的会员制度方面发挥了举足轻重的作用。(其中，即时通信渠道的聚集对于表达个人意愿来说，是不可或缺的资源，也是从富有经验的居民经常的交流中搜集意见和新鲜想法的源泉。)由于这些原因，外部公司的最佳切入点应该是凭借那些广为人知的、且已经受群体关注的品牌和产品，而且它们应该和流行文化相契合，而且不断被反复谈及。在第二人生中，第一个企业赞助的成功亮相，要归功于其内容紧扣了当时关于充当女性同性恋者的流行电视节目《拉字至上》。它的成功之处，不仅在于利用网站重现了电视中的场景，使爱好者们有一个聚集和交流的地方，而且还把 Quicktime 的视频引入了第二人生，使“拉字至上小岛”的拥有者们可以定期举行电视剧集体观赏聚会——在一个虚拟的起居室里，来自虚拟世界各个角落的居民聚在一起，围拢在屏幕前一起欣赏。

拥抱想象力

营销人员所犯的最严重的一个错误就是，仅把第二人生当作是一个社交游戏；又或者是由于意识到图像、标志在其他背景因素中是最引人注目的，所以把它认为是一面反射目标顾客趣味爱好的镜子——换言之，就是把他们的品牌地点变成是一个时尚的购物中心，或者一段标准的音乐视频。确实，购物中心和夜总会在第二人生中都是很受欢迎的，然而一部分最成功的草根场所也完全有可能觉醒。举个例子来说，“思伏吉恩”是一个以怀旧未来为主题的反乌托邦“黑色朋克”城市，在这座城市中，有一个四周被独裁宣传活动和无人驾驶警察飞机所包围的购物地带，这个购物地带中的顾客经常会时不时地被射线扫描仪击中。又如，“名嘉真岛”就是一个仿照日本动画的不同风格所打造的购物中心。相当一部分活跃的居民会把自己的虚拟化身打扮成为像 MTV 里面的明星，舞池里同样也挤满了精通嘻哈舞蹈的战斗机器人、吸血鬼和人形动物。这就是第二人生的体验中，最重要的、以波普现实为其中核心主题之一的折中主义。所以，最聪明的营销人员不会把他们的品牌想象得如同在物质世界一样，而是在这个自由的创作空间中考虑品牌所有可能的表达方式。

利用虚拟实境的品牌的杠杆作用

就如上述所建议的，第二人生的世界里，本土品牌已经俯拾皆是。这些品牌只出现在第二人生里，主要涉及时尚、宇宙太空、建筑物、文身、舞蹈编排和格斗技术等方面，并且与顶级的内容创造者密切相关。他们当中名声在外的，都拥有了自己的空间和知名度：通过他们的品牌所发布的新内容，都会迅速地在这个社区里引起热烈反响。而这种情况并不能推及现实世界的品牌，所以对于我来说，解决方法是再明显不过的了：与其把现实品牌强加进虚拟世界，为什么不利用虚拟世界流行的品牌呢？只需找出那些最负盛名的内容创造者，聘请他们在发布第二人生专属产品时，把现实品牌融合到产品中去。

考虑到众多现实世界的行业已经相当熟悉虚拟内容创作品，这看起来也不像是一个怪诞的建议，譬如：时装公司需要定期创作幻想的、夸张风格的设计品，而这些衣服只会在时装秀台上展示，作为宣传他们大量生产的日常穿着服装的一种方式；汽车行业每年都会举行概念车的展会，而这些概念车都是富有想象的、造型奇异的，当然也不会出售。之所以制造概念车的目的就在于要展示工程师非凡的才能和天赋。然而，在第二人生里，内容创作品的主人通常都是学院的孩子和专职家庭主妇。面对这种才气较量，聪明的营销人员自知不敌，就会大方地承认失败，然后诚心诚意地去聘请这些拥有富有才能的虚拟化身，通过概念设计和原型创造，重新塑造其品牌的全新形象，从而获得来自于这个充满无穷可能性的世界中的认可。

利用微货币的杠杆作用

正如第4章所提及的，大部分非常成功的内容创造者都会利用露营椅，它是一件脚本编制的家具，而且居民可根据坐在椅子上的时间按比例获得货币收入。这是为了提高网站点击率的惯用手法(尽管这里是以坐下的方式)。也因为这个原因，它在社区里引发了争议。但是，这其中最令人迷惑不解的就是，为什么一些居民会为了得到等于或少于一个硬币价值的林登美元，就愿意在15～30分钟时间里乖乖静坐在椅子上？

甚至，这种行为并不是由于缺钱而引起的。我仍然清楚地记得一位林登职员在带领一位2.0网络的行政领导去体验第二人生后所作的报告。在这次参观结束后不久，这位职员说道，让她感到十分困惑的是，这位高薪的领导竟然会一直坐在露营椅上去赚取林登美元。引发这种现象的原因使我们的目光再次投向了第二人生"魔术圈"的一面，尽管在这个世界的游戏质量并没有明显的改变：虽然通过现金和信用卡就能轻易地买到林登美元，但除了这种能力之外，货币流通数量仍维持着低水平；它们看起来就像具有特殊价值，甚至超过在真实世界的价值。当有这种想法的时候，就会明白，千万不要忽视那些为吸引注意而作为宣传品和奖品派发的林登美元的价值。

向退伍军人学习（或者雇用他们）

当其他所有人都失败的时候，在第二人生里仍然有数千获得持久成功的居民。通过长期历练，他们已经从中掌握了在虚拟实境中开展营销的精明方法，甚至已经开发了以获取专利的方式去经营他们的事业。如果他们去上学的话，大部分是不会获得MBA学位的。不过在这里，镜像繁荣的水平效应使他们的洞察力更有价值。这就我为什么老是不厌其烦地向别人讲述关于简拉·菲尔普莱的故事的原因。"故事梗概是这样的：一位拥有两个孩子的单身妈妈，成功地在第二人生中经营起一家很受欢迎的夜总会。凭借着这份事业，她从此可以自食其力，可以不再依靠政府救济金谋生活了。"我将在下面讲述到。"如果你想在虚拟世界取得成功，不要只顾着向虚拟世界的开发者取经；应该找像简拉·菲尔普莱这样的人聊一下。"

"简拉·菲尔普莱和马斯洛的战利品需求层次理论"——2004年

"从这儿看下去，他们就像一堆熙熙攘攘的蚂蚁一样。"简拉·菲尔普莱轻声笑道。在她的金字塔造型的夜总会的私人VIP套房里，这位体态优美、褐色头发配上镶嵌着宝石的头饰、穿着比基尼的妙龄女郎，和我站在一起，然后通过半透明的地板俯瞰她的新老主顾们。"让我看看谁正在堕落。"她又开了个玩笑。"他们并不知道我正在看着他们。"

“可是，他们会知道的。”我也玩笑着回了她一句。

“我可不笨啊，到时候我自有办法去另谋道路。”她立刻淡定地回应了我。

简拉的夜总会名字叫“边缘”，在很长一段时间内，它都是第二人生里最受欢迎的地点之一。所以我热切希望，在这次访问过程中，能够了解到她经营管理的方式和奥妙。例如，她是如何去安排赌博游戏、现场DJ还有那些半裸的钢管舞者，而最终成为在线夜总会的主要演出经纪人。不过我没有料到，她会向我谈及一位在布兰代斯大学任教的俄国犹太移民的心理学家，她说正是这个心理学家指引她攀到了事业的顶峰。

“实际上，”她解释着，“我参考了马斯洛的需求层次理论。”在亚伯拉罕·马斯洛的模型里，人类的需求被划分成像简拉的夜总会的金字塔造型一样：最底层代表的是人类最基本的生理需求；第二层是安全需求；在金字塔顶端的，则是个人的自我实现需求。

“可是，我并不知道马斯洛在他的需求理论里有谈及战利品的问题呀。”我用一种略带疑惑的眼神看着她。

“是的，”菲尔普莱真挚地说道，“战利品实际上是一个非常非常基本的需要。”她大笑道。“人们进入到第二人生的世界，在希望成长壮大之前，必须要去找到他们自己的基本需求。就像安全需求和食物是现实生活的必需一样，在第二人生里，归属和战利品就是这样的基本需求。”

她说，这就是为什么“边缘”能够在这么短的时间内迅速成功的原因。“我想，这就是我们之所以能让来到这里的每一位，都能感受自己是被欢迎的。”菲尔普莱继续说道。“不管人们在现实生活的能力如何，一旦加入了这个虚拟游戏之后，就自然会被贴上了‘菜鸟’的标签。那么，人们就需要感受到自己是受欢迎的，并且能找到一个想去的归属地。”

“如果那样的话，那一名半裸的舞者就可能最受欢迎吧。”我问道。

“啊，不是的，不是的。”她马上回答说。“我并不要求那样子。这也是许多人的误解：如果这样的话，这里就变成了台上是卖弄风情的性感舞女，台下是垂涎沉迷的无聊男士的场所了。当然，我的确会付钱给这些跳舞者，但只是让她们表演跳舞而已。至于她们想怎么表演想怎么跳，就完全是她们的自由了。”

不过谈话再次回到马斯洛的需求层次理论上来，她说，“我把这个理论称为‘物质大循环’。人们参与到游戏中来，他们并没有马上跑去一个沙盒或报名参加技能培训课程，而是想停留在一处，然后在此处建立各种各样的关系，在游戏中拥有一些和真实生活相联系的方面。对于那些从来没有去过或者不打算再去夜总会的人来说,这是第一步需要经历的阶段,因为它提供了一次机会,让他们可以去体验从来没有过的社交生活。”

“一旦他们产生了一种归属感,”菲尔普莱接着说,“他们就会大胆地尝试新的东西,为房舍制造添置自己所喜爱的家具,去了解这个派对系统的工作原理。然后他们就会拥有一些很酷的舞蹈道具了。以此为起点,他们就会继续向更高的水平和能力出发了。”

伴随着这种敏锐的洞察力,简拉·菲尔普莱创造了一个高级的结构,去填充林登实验室所提供的自由发挥的空间。不过,我还感觉到,在她攀登高峰的过程中,遗漏了一些步骤。

“那不就意味着他们跳过了马斯洛阶梯的头几个梯级吗?那居住、食物还有安全保护究竟体现在哪里呢?”

“居住,也可以认为是安全保障。”她回答我说。“对一些人来说,安全保障是以一种自信的形式出现的。在第二人生里,你可以成为任何一个人,也可以像任何一个人。所以,这就帮助他们建立了自信,也由此让他们有了安全感。”

“这样子,你就能明白‘物质大循环’的意义所在了。网游社交者占了这个游戏用户的大多数,而且这也是必需的。如果没有他们的话,就不会有俱乐部、购物中心、经纪商等角色的存在。而他们就是想能够享受购物、娱乐等乐趣,因为这些对于他们来说,也许是在真实生活中不能体验到的,又也许是他们快乐的源泉……”

因以上所说到的种种方面,简拉·菲尔普莱为自己建了一家夜总会,并迅速在三个月的时间内成为线上世界的焦点。

随着“边缘”的生意日益兴隆,这位供养着两个小孩的护理学学生,发现自己已经成为了三百多个舞蹈员加上参与日常客户经理、DJ 等总计上千人的雇主,而平均每个月都需要为这些人力成本支付 5 000 美元的开销。所以,无论在线上还是线下世界,简拉·菲尔普莱在镜像繁荣的原则下,跨越了马斯洛需求理论的几个层次。“经历了这些阶段,我想我过渡得挺好的。”她最后谦虚地总括了一句。

2007 年的夏天,我利用瞬间转移来到了一座新的岛屿,那儿有一个定期的沙滩派对,聚集了许多舞蹈爱好者、冲浪高手和喜好日光浴的人。同样,这个地方已经荣登最受欢迎的场所前 20 名排行榜。很多时候,这个派对没有伴随着发出噪声的键盘聊天，也没有制造什么超现实的场面。它就像是一个 MTV 的夏日特辑，专门为了聋哑人士播放的，悠然而平淡。

进一步细看，我终于领悟到了缘由：大部分参加派对的人实际上都是坐在露营椅上，这种特定的行为正好迎合了这个场景。他们保持自己的虚拟化身静止为冲浪者、舞蹈者的造型，由此获取报酬。我抬头一看，发现了他们的赞助者：沙滩边矗立着一座醒目的白色玻璃大楼，大楼外墙上的粉色霓虹灯拼出了一个字母“T”，代表了“T 在线”，它是一家作为欧洲电信巨头的德国电信的附属互联网公司。这时，我才意识到，自己看到了一个令人质疑的突破：现在，一家大型的现实世界的公司正付款给第二人生的居民，让他们来访问公司的地点。显然(这个例子挺让人怀疑的)，他们正在学习虚拟实境贸易的窍门。

非常明确的是，本土创造的内容还是主导这个世界的潮流，即使进入 2007 年中期，在最高潮的时间里，它将人们聚集到现实世界推介地点方面的作用已经是实实在在的了。在六月份其中一周的一个典型案例中，就大概有 400 000 居民登录。正如我所提到的，我的第二人生博客的人口统计专员也在那时统计了光临顶级企业网站的数量。据其统计，五个最受欢迎的网站聚集了约1 200～10 000 名来自四面八方的居民。可以说，这些人将点击率提升了0.8%～2%。相比之下，一个传统的网页标题广告的典型点击率还达不到可怜的 1%。

第二人生的商业网站于 2006 年中开始设立，同期设立的网站大部分都没有逃过失败的厄运(除了他们在虚拟世界的投入收获了公众的关注这一点之外)；不过，大概一年以后，总算有一些公司多多少少地开始收获之前辛苦努力的回报。这种情况的出现，显然要得益于日益发展的互联网普及与完善。20 世纪 90 年代初期，互联网就已经成为主流民意的关注点。尽管在早期，它一度被误解为是电脑玩家所痴迷的一种令人玩物丧志的东西，但是随着时代的发展，它终于获得了广泛的认同；到 20 世纪 90 年代中期，随着商业网站浏览器的引入，企业都争先恐后地进入到互联网世界；到 2000 年为止，企业已经在那些既没效益又没人气的网站上浪费了数以百亿的金钱(这些网站要么枯燥无味、缺乏互动，要么就是虽有一定的吸引力但是难以保持稳定)；到了 2005 年，那几个运作稳定、持续发挥作用的网站(如亚马逊、雅虎、易趣等)在互联网世界占据了主导地位。作为一个商业贸易的平台，在第二人生的舞台上，不断重复着互联网因为放纵而失败的故事，但是也在同步演绎着互联网成熟、成功的皆大欢喜的戏码。

第 11 章

法律就是编码

——互联网三维未来的犯罪和惩罚

2007 年初,一个法国的政治党派兴冲冲地开进第二人生,建立了该政党在第二人生中的第一个总部。这个总部规模不大不小,属于单一层次,其目的在于为即将拉开帷幕的法国总统大选而服务。当然,这种举动并不值得大惊小怪,因为早在此之前,美国弗吉尼亚州州长、有望摘取总统桂冠的美国国会元老级成员和荷兰议会等个人和组织,都曾造访过第二人生。

不过,这次情况有些不同。因为这个在第二人生中建立总部的法国党派是让·玛丽·勒庞的民族战线,而让·玛丽·勒庞是一个极端右翼分子,他所奉行的路线是将非欧洲移民逐出法国的民族沙文主义和排外主义。这位政党领袖甚至将惨绝人寰的纳粹毒气室轻描淡写为"历史上可以忽略的细枝末节而已"——这一切言论和行径使得他成为出帕特·布坎南之右的政治人物。不过不同于帕特·布坎南(他在 2002 年美国总统大选中仅获得了0.5%的支持率)的是,民族战线在 2002 年的法国选举中获得了 18%的选票,而且挺进了最后一轮投票,与当时的法国总统希拉克·雅克进行角逐。在接下来的几年中,与法国穆斯林移民团体相关的争端和骚乱越来越多,日益威胁着社会的和谐安定,并且越来越多的人拜倒在民族战线的火焰旗帜下,成为它的信徒。当民族战线进入第二人生时,一则与之相关的官方媒体报道被许多博客广为转载,在这则报道中,民族战线被称做"法国乃至欧洲第一个在第二人生建立官方持久根据地的政治党派"——明显吹捧它是一个充满科技智慧和前瞻眼光的新欧洲政党(无论如何,这至少是他们对于新欧洲的理解)。

不过颇令人哭笑不得的是,这个政党的虚拟总部在波库派恩岛(一个购物广场)成为词如其意的众矢之的。不过几个星期而已,民族战线已经挨了至少 2 个反民族战线团体的围攻板砖。有一个反民族战线团队干脆就在民族战线总部的附近买了土地,安营扎寨,摆出了持久战的阵势,大有不破楼兰誓不还的气概。似乎一夜之间,民族战线就陷入了四面楚歌的困境。四周的邻居们挥舞着绘有让・玛丽・勒庞肖像的横幅抗议呐喊,横幅上的让・玛丽・勒庞还留着希特勒经典的小胡子。(而民族战线方面,战线成员——大多数是留着髭须、穿着印有民族战线标志 T 恤的白人青年——漠然地站在他们的总部里,无动于衷地望着总部外不断升级的抗议和愤怒。)

然而,好戏还在后头——很快,抗议转变为了直接的战斗。几十年来,无数的游戏玩家都喜欢装扮成"二战"士兵,与穷凶极恶的法西斯作斗争。现在,一个混杂着三教九流各色人等的非正式且临时组织的第二人生居民的联盟,勇敢地向现代民族战线的实际成员公开宣战了。在数日以来的非暴力抗议之后,豪猪岛的上空充斥着各式各样的爆炸声和持续不断的炮火。

由于混战和厮杀过于激烈,导致了服务器的速度慢如蜗牛。这是一场夹杂着机枪、警报、警车的战争,笨拙迟缓,如梦如幻;而且,与比波普(爵士乐)的实体规定的游戏规则相符,冲突中更有异域来的武器"射击游戏的笼子"(能让一个没有戒备之心的虚拟化身陷入圈套),大麻叶子闪烁着晃眼的全息图和儿童电视人物,以及聊天记录里,大多使用法语的、在前线的反复咒骂。

当然,所有这些,都是在欧洲的黄金时段开展的。当我联系上其中一个抗议者的时候,我这边的时钟指针已经快指向凌晨四点了。这个抗议者端着一挺机枪,正在朝民族战线大厦猛烈开火。

我上前问他:"您为什么要开枪?"

"因为我憎恨民族战线。"这个全副武装的反法西斯者告诉我说。

"可是如果您使用了武力,不就跟那些法西斯一样了么?(毕竟,法西斯的特征之一就是崇尚暴力)"

过了一会儿,他回答:"无所谓,管它呢,反正我要教训它。民族战线本来就等同于暴力。"

说完这一自明之理后,他转而瞄准敌军,射出了又一个掩护炮火。我还发现了另外一个很富有创意的起义者，他别出心裁地创造了一种猪型手榴弹：将它们放在将要飞出的托盘上，螺旋射出；他向民族战线总部发射了许多这样的手榴弹：所谓猪型手榴弹，顾名思义，就是当爆炸时火焰呈现出猪的形状。

所以，当美国在沉睡时，反极端主义的战斗正在欧洲打得不亦乐乎。（最具有讽刺意味的是，这其中的很多情况都在马丁·路德·金的时代上演过，于是林登实验室将他的脸的数码形象镶嵌在第二人生的太阳上，让你燃起一种探索的兴趣：马丁·路德·金如何在这个他想都没想到过的世界中进行他的反种族歧视运动呢？）

由于豪猪岛是一个“刀枪不入”的区域，居民们并不会受到什么损害。所有的开枪、放炮、引爆等看上去致命的暴力行为其实就跟用手指戳着电脑屏幕说“砰砰砰”一样无关痛痒。（而且，相信大家还记得，我们在第7章中所提到的“杰西墙之战”。在第二人生无火力地带，即使化身不幸死亡了，仅仅靠短时间内再赋予肉体就可以死而复生。）不过，由于游戏中的武器交火十分激烈，所以造成了服务器速度十分缓慢。而服务器的缓慢使它差劲到足以让任何一个人对此地域的使用陷入瘫痪，或者甚至将这里的居民炸出这个世界。）

事实上，这是在抵御服务器攻击，服务器攻击对网站系统的管理员来说无疑是一个难以摆脱的噩梦。管理员经常发现他们的网站被一个持续向其发出页面要求的自动化程序搞瘫痪。（设想一个疯子，不断重复地点击他浏览器上的“刷新”100万次，直到负担过度的主服务器崩溃。）这种攻击方法经常为电脑黑客所用，使得那些企事业团体或政府所建立的宣传政见或意识形态的网站无法正常运转（当然，有的时候，个别人发动服务器攻击的目的可能只不过是穷极无聊的恶作剧而已）。从技术角度来说，对民族战线总部的攻击类似于服务器攻击，只不过个人化了，让人沉浸其中无法自拔，并且再次陷入电子游戏的自负当中去。

在某种程度上，你可以说这引起了某些积极正面的东西，因为它将政治抗议转化成了一个游戏，将抗议者转化成了玩家。（也有人怀疑，创造猪型手榴弹和挥舞各种机关枪的人之前并没有对让·玛丽·勒庞和他的政治主张表示不满或敌对，而是因为民族战线侵犯了他们的领地，所以他们才忍无可忍，挺身自保。）

但是结果却是有目共睹的——来自真实世界的政党，投入了大量人力物力创建了一个信息沟通中心，但是沟通渠道却被对手卡住了。尽管它是一个极端主义者的政党，人们反对它是可以理解的(在这种情况下，以青少年的视角去看待，也是有趣的)。不过，如果让抗议者转换角色，变成是一撮极端主义分子在袭击一个主流政党的总部根据地，情况又会如何呢？正好，发生了一桩类似的事件：就在本周，当民族战线被逐出豪猪岛时(它又跑到另外一个地方重新盘踞)，推举希格列恩·罗亚担任社会党总统候选人的中左翼运动团体在第二人生创立了自己的总部，并且根据一些报道，新建总部立刻遭到虚拟化身的暴徒袭击。几个月以后，路透社报道了西班牙两大主要政党的虚拟总部之间的更多火拼。

以旁观者的视角远距离审视，所有这些似乎都是不可避免的。因为笼统地说，互联网就是被憎恨的碎片撕裂得支离破碎的，有着类似暴力的极端主义网站和博客都很容易被搜索到——很多都可以让你即刻达到半私人的网站和在线论坛，在那里，恐怖分子和他们的拥护者集会联合，犯下实际的暴力罪行。

我们之中很少有人对这个事实只是无谓地耸耸肩，而且我们完全忽视了这些网站。但是从对民族战线欢迎的狂热程度来判断，当同样的内容被具体描绘在一个虚拟世界中时，不知什么缘故，赌注改变了。居民觉得对方闯入了自己的领地，侵犯了自己的权益。这个时候，散落在互联网匿名世界中的那种不可解释的仇恨不再虚无缥缈，而是实实在在地出现在人们心底的一种切身的感受。

这就是我之所以怀疑像这样的冲突将会成为规范的原因。并且，法律专家应该投入越来越多的资源致力于虚拟世界的自由表达研究上。在美国，我们相当清楚《第一修正案》对于网络出版物的适用程度如何，而且我们或多或少会了解到自由媒体权利在其他一些国家和地区可能被歪曲或漠视。(想一想这样的例子：在欧洲，佩戴纳粹徽章是绝对违法的；在中东，关于性内容的法律非常严格，而在西方人看来，性文化却足以登上大雅之堂。)

林登实验室是一家私人运营的公司，或者没有充分理由说它可以为如何表达制定规则。当然，如果不是从非正式社会契约的视角看，就像我们在 2003 年抗税运动和 2006 年抵制 COPYBOT 运动所见，一个健康的用户创造的社区应依赖于这些规则。事实已经证明，来自真实世界的民族战线政党在第二人生中的所作所为可能会与林登实验室确立的社区标准产生冲突；因为实验室明确规定“在提到居民的种族、民族、性别、宗教或者性取向时，禁止使用贬损的、有辱人格的语言或形象”。虽然在真实世界的法国，民族战线可能已经违反了这些标准，不过不能确定是否他们在第二人生也延续了这样的做法。但是第二人生社会经常被现实世界的模拟量所冒犯，将现实世界与第二人生这样联系有助于其虚拟实境的构成。所以，接下来的暴乱和猪型手榴弹也就不令人惊讶了。

应该说，像这样的社会骚乱不仅仅是政治的，多年来，几乎每个以因特网为基础的亚文化都至少在第二人生建立了一个适度的滩头阵地，在更极端的边缘存在着能够轻易违反最宽容的淫秽标准的群体。这些包括从歌莉恩（一个以志愿的女性奴隶为主人公的科幻文化，在第二人生中，她们拥有全部大陆）到边缘玩乐（模拟的强奸、恋兽癖，甚至更怪诞的色情内容），到最极端的“年龄倒置游戏”（由成年人扮演儿童的角色，而其他人假装是他们的父母或者监护人，这在某些情况下会导致基于虚拟化身的恋童癖）。所有这些都必然会侵犯到大多数第二人生居民，它们多数没有保证这就是成年人在三维计算机模拟中允许进行的角色扮演。

由于为警察所迫，第二人生中最富有争议的性亚文化都保密自守。多年来，林登实验室只是禁止在公共场所进行这种行为。不过在 2007 年 6 月初，林登实验室最终改变了这种放任自由的政策，明令禁止在第二人生所有地方进行性的年龄游戏。为什么会有如此突然并急剧的修正？第二人生分析家认为，这是对一家德国小型画报报道的匆忙应对之举；该报道揭露了第二人生年龄游戏亚文化的恋童癖，他们交换儿童色情作品的数码照片。其他人推测，此举是为使第二人生更能被大众悦纳而进行的总体净化的一部分。更可能的是（在我看来），这仅仅是一个地理位置的问题。目前，林登实验室正在计划将第二人生服务器落户欧洲；这样做将大大改善很多欧洲居民的体验——这也意味着必须遵守东道国的法律。在德国（第二人生许多最活跃的用户都来自这个国家），这方面法律非常严格，甚至对儿童色情作品的虚拟描述都是非法的。

所有这些，都违背了斯坦福大学法学教授劳伦斯·莱西格的“编码就是法律”的至理名言。这让我很吃惊。劳伦斯·莱西格写过一本以同样的名字命名的具有开创意义的书。粗略解释的话，“编码就是法律”的意思是上有政策，下有对策。亦即无论联邦法律怎么规定，互联网的建筑师自有权变的办法，因此他们就能规定什么是被允许的。比如说，创造一个未加密的音频文件，允许网络用户免费取得有版权的音乐，这是他们之成千上万复制的做法，无论那些被政府授权的版权所有者怎么跳出来反对都拿他们无可奈何。

但是我的观察表明，只有社会契约被恰当遵守时，编码（这里指第二人生的服务器网络)才行得通,而"编码就是法律"这个原则的意义就发生了变化。作为土地所有者,民族战线的邻居们拥有一切可以抵抗民族战线总部的固定代码编程工具。他们可以筑起高墙或广告牌,禁止任何民族战线的成员踏入他们领地一步,防御来自民族战线的侵略,以让民族战线从他们的视野中消失。然而,物理上的临近及其存在的事实过于嚣张以至于代码也无法控制。

当意识形态超越了修辞学的范畴,成为暴力行为的政策,情况会是如何呢?互联网已经成为了基地组织及其追随者用来招兵买马、互通声气、运转资源的重要工具。许多国家的安全专家都已忧心忡忡地提出,美国在9·11恐怖袭击之后对恐怖组织的打击使得基地组织丧失了位于阿富汗的稳定根据地,对这些恐怖组织来说,虚拟的、以互联网为基础的网络根据地简直就是得天独厚的藏身之所。这已经将互联网变成了一个可以矫饰身份、战场的地方,恐怖分子和反恐战士在这里为了领土和战斗空间展开斗争。似乎无法避免,恐怖分子将被吸引到第二人生这样的虚拟实境,将虚拟世界作为他们的下一个乐土和避风港。(他们可能在第二人生干的邪恶勾当包括:在他们定制建立的环境中"演习"模拟攻击;通过林登美元洗钱;还有就是最先进的一种——像虚拟化身一样使用一种官方难以跟踪的方式进行匿名沟通。)

一次我遇到了一个官爵显赫的公民,机会难得,我向他摆出这个进退两难的境地,请教他对此的看法。2006年年末,联邦上诉法院第七巡回审判庭极其有影响力而又学识渊博的成员,李嘉图·波斯纳法官,访问了第二人生以推广《并非自杀协议》——他在一个预示世界末日的恐怖主义时代对法律的分析。当他既不进行演讲,也不跟浣熊搭讪的时候(法官对一只6英尺高的浣熊说:"我很喜欢你的尾巴。"),他给出了提问的机会,我趁机询问他关于基地组织局面问题,以及他认为在其中法律的立场如何。

"我相信对于一个进入第二人生的联邦调查局的特别密探来说,如果虚拟化身没有认出他是特工,他就不会遇到任何法律方面的麻烦,"波斯纳说,"一般的规则是,如果一个建筑或者其他地域对公众公开,任何遵守领地主人规则的人都可以进入,不过主人也不能阻止一个不诉诸暴力也不诉诸其他警用调查方式的调查者。"他继续依法承认冲突和争端可能自行进入虚拟世界。"互联网同时把机会赋予了恐怖主义和反恐怖主义,"他认为,"之所以这是一个对立军队之间的武力竞赛,双方都在追求赢得数字革命带来的最大优势。"

然后,林登实验室公司可能并不同意这种假设:把它的在线服务类比为一个归私人拥有却对公众开放的建筑物。大家可以猜一下，如果第二人生的团体知道了某一个锈迹斑斑的机器人或跟他们搭讪套近乎的美女竟然是一名正在到处搜捕伊斯兰教圣战者的联邦调查员，他们会是什么反应？（或者这名联邦调查员不是在寻找恐怖分子，而是在追踪可疑洗钱者的蛛丝马迹。林登数据库2007年6月的一份报告表明，如果以国家划分第二人生最活跃的用户，那么最活跃的用户群既不是在美国，也不是在欧盟，而是在开曼群岛。）如果间谍的线索将调查员引到一处私人领地，碰巧这片领地的所有者又禁止其他人进入，那么调查员该怎么办呢？他的搜索授权将服务于哪一方——公司，抑或是个体所有者？他如何说服法官起草状书？我提出了这些观点，行使作者的特权，将这些观点引起的话题保留下来，就权当是抛砖引玉，以备日后以法律的智慧解决之。

如果第二人生社会抵制法律干预的话，当宣称在一个半私人的岛屿之上，大规模的著名欧洲标志建筑被一帮怪诞的反社会分子、别有用心的空想者拥有并运营的谣言甚嚣尘上的时候，他们会作如何反应呢？

像这样的问题都聚集于“更好的世界”岛屿故事中。想当初，奥萨马·本·拉登本人曾经多次警告西方世界不要多管闲事，不要自作聪明地去趟苏丹这汪浑水：苏丹的政府严格实行穆斯林伊斯兰教教法——因此，在伊斯兰教信徒的眼中，苏丹是一片神圣不可侵犯的领土。如果“更好的世界”里的袭击不是被种族主义引起的，而是被更加邪恶的力量引发的，情况又会如何呢？

“保卫达尔富尔”——2006年春天

第二人生有自己的达尔富尔，所以很悲哀（虽然不令人惊讶），它也有自己的野蛮抢劫团伙，掠夺着无辜居民。

最近，活动家们在叫做“更好的世界”的岛屿上建立了一个虚拟世界信息站点。它由奥米德亚网络公司（该公司由易趣的创始人皮埃尔·奥米德亚建立，专门投资于非盈利的企业）创建，其目的在于唤起大众对苏丹正在进行的种族灭绝活动的关注。它名为“达尔富尔营”，用微型营火和真正营地的大幅照片仿制了一个难民营城市，在这座难民营中，到处可见的是长达数英里的蓝色帐篷，这些帐篷来源于联合国的人道主义援助。

然而，在它向大众开放之后不久，这个地方就被一伙来历不明的匪徒洗劫一空。第一个入侵者发现营地的创建者没有完全锁好他们的财产，于是乘机抢劫一番然后又把这里夷为平地，触目所见到处都是倒下的帐篷和难民。根据"不会在我们的眼皮底下发生"达尔富尔运动组织（它为"更好的世界"建立网站）的官员瑞吉·庞丁的说法，这帮奸宄侵略者把难民营糟蹋得一片狼藉之后，临走时嘴里还叫嚣着种族主义的脏话。

难民营得到了重建，但是袭击又尾随而至。

幸好，达尔富尔不但有敌人，而且还有守卫它的勇士。在袭击发生后不久，一个"更好的世界"的造访者，在难民营了解到苏丹所发生的种族灭绝的暴行之后，聚集了一群我辈中人，义无反顾地承担起了保卫难民营的重任。这就是达尔富尔营在绿灯（卡通人物）警惕的视野保护之中的原因。绿灯是一群超级英雄，他们戴着面具、穿着紧身衣在第二人生巡逻，魔法般神奇的灯赋予了他们这个名字。

2006 年的一天，我在达尔富尔营遇到了瑞吉·庞丁和绿灯的一些成员；这时，"不会在我们的眼皮底下发生"大多数成员已经在华盛顿参加全国最大规模的反种族灭绝的游行示威。当我到达达尔富尔营时，瑞吉·庞丁正在和一个叫做克夫纳赫尔·马塔多的绿灯组织成员交谈，克夫纳赫尔·马塔多是一个略显秃顶、肩膀宽大的男人。

一个不知名的来访者刚刚用推式焊枪袭击了庞丁，她被扔掷到了岛屿的另一边。庞丁说："那个家伙说他不是有意袭击我，他也不知道这个武器可以这样用。"

马塔多撇撇嘴，咕哝了几句，一脸的不相信。庞丁并不确定连日来达尔富尔营所遭受到的袭击是否存在政治动机和预谋。她沉思之后说："这个谁能说清楚？有的人干这种缺德事只是为了证明他们有能力这样做。呃，莫非他们真的事先就预谋良久？是因为他们厌恶非洲人所以才这么做吗？"

而马塔多则坚信："这是一起源于仇恨的犯罪。"

绿灯组织最初是用来建造古典喜剧书里的设施和场景的，后来它逐渐演变成为一个角色扮演的组织，成员们在第二人生各个区域中巡逻。它因为寻求乐趣而诞生，但是随着不断发展，成员们发现自己在监控违反林登实验室规定的社会准则和服务条款的行为。

"角色扮演方面有几分改变，"马塔多承认，"当然，起初这个组织开始于一群喜剧书的发烧友，但是它成熟了，并且正发展成更有意义的组织。"

当针对“更好的世界”的达尔富尔营的袭击刚刚开始时，绿灯组织帮助他们保卫这个岛屿。他们的领导官员建立了一个安全脚本，用来检测所有访问者虚拟化身的身份，并且向“更好的世界”的所有者展示怎样阅读这个脚本。杰瑞米上午巡逻，马塔多在其他时间巡逻，别的组织成员也是类似分工。

在这里，一个人可以看到第二人生未来的趋势——随着这个世界变得越来越大，人口越来越多，庞大的工作量使得林登实验室的工作人员根本没有办法全面兼顾，无力实现方方面面的有效管理。但是，不断涌现的守护者和私人保卫部队弥补了林登实验室管理上的这一缺陷。他们自告奋勇地承担起保护居民的责任，他们是在林登公司赶来援救之前（如果居民会这样做的话）保护居民的第一道防线。并且在不久的将来，这些违法行为将不再仅局限于第二人生的框架内，也会在现实世界的犯罪中出现——洗钱的报道，对成千上万美元被洗劫的欺诈行为的控诉，抑或是比这些还要糟糕的事情。那时候，超级英雄们将真正地守护那条脆弱的蓝线。

“为了保卫一个反种族灭绝的虚拟信息网站，你们如此殚精竭虑，不遗余力，为此付出了巨大的努力。然而，在现实世界的种族灭绝却仍在进行，这是一种什么感觉?”我问马塔多。

面对这个问题，这个秃顶的巨人沉默良久。

“嗯……”他终于开口了，“在现实生活中，我只能如此；在第二人生中，我也只能如此。这些都是我力所能及的事情。但是我坚信，积跬步可以致千里，我们每一分的努力，都是举足轻重的成功。”他说，绿灯组织经常在达尔富尔营附近发现一些可疑人物，他们鬼鬼祟祟地潜伏在隐蔽角落，准备伺机而动——不过，每当这些可疑人物发现绿灯组织要开始侦查，他们就会赶紧溜之大吉。

马塔多接着说：“况且，我们的巡逻活动并非做给人看的官样文章，我们会处处留心，会和来访者进一步交谈……以提醒大家提高警惕。”（事实证明，绿灯组织在达尔富尔营的职责还不止这些。当“9·11”五周年纪念日即将到来的时候，人们计划在世贸中心纪念碑附近举办一个典礼——纪念碑是一个把世贸中心按比例缩小之后的水晶模型。很快就有谣言称有人将会驾驶一架喷气式飞机撞向双塔——于是到了九月那天，绿灯组织加强了对双子楼纪念碑的严密守卫。）

在会见庞丁和绿灯组织几天以后，我简单参加了洛杉矶为达尔富尔而发起的群众集会。这场集会的地点选在金门大桥下的流放公园，头上是一望无垠的碧空白云。一位满怀希望的女士在人群中散发传单，传单上解释怎样给苏丹大使馆寄信，呼吁他们取缔牧民武装部队。传单上还印有大使馆代办的电子邮件地址，所以如果不便亲自到邮局的话还可以选择在工作地点直接给他们发关于那些屠杀事件的电子邮件。这些努力对于那些身陷苦海之中的人们来说并非徒劳，因为这毕竟算是付出了一己之力，尽到了一己之责。其他的努力也一样，一个人除了激动地发出一封控诉邮件，扮演超级英雄的虚拟化身，保卫一个虚拟世界信息网站之外，还有什么更具价值的做法呢？

在一个更美好的世界里，抗议也就好比多此一举。在一个更美好的世界里，只需要片刻的斟酌，国际领袖就会果断派出身负正义使命和武器的精英战士，去消灭那些嗜血如狂的刽子手，去解救那些生活在血雨腥风中的无辜百姓；那些对手无寸铁的妇女和孩童痛下杀手的杀人狂，早已习惯了肆无忌惮的杀戮，当他们得知捍卫正义的勇士端起武器来找他们算账的时候，才第一次知道了什么叫做“恐惧”。在一个更美好的世界中，所有这些都会很快发生，甚至没有时间在第二人生中创建模拟难民营，也就更没有必要保护难民营了。

绿灯组织不仅会发出有如绿宝石一般璀璨耀眼的光芒，同时还会按照命令演奏古老电视节目的经典旋律——绿灯（卡通人物）在一阵渐强的小号声中起誓。绿灯组织的成员飞到达尔富尔营入口的上空进行示威宣誓。尽管有时候这些行为看起来有些幼稚，但是在那个哀鸿遍野、绝望丛生的难民营中，在那些满脸血泪、衣衫褴褛的难民看来，这些誓言字字如金，掷地有声——

无论光天化日，
还是阴霾长夜，
没有妖魔鬼怪可以逃脱我的眼睛。
一切为非作歹的恶人，
你们看我的力量吧。
绿灯之光！

第12章

建造更好的世界

——网络世界中的科研、教育和行动主义

2007年初，第二人生肇始大约4年以后，林登实验室宣布他们将为第二人生装配语音系统。在此之前，第二人生里的谈话，都只有文字而没有声音：大多数时候，谈话的内容通过输入文本的方式完成，然后就只有敲击键盘的啪啪嗒嗒声伴着虚拟化身表演一出动作哑剧。随着新技术的发展、装有麦克风的头戴式耳机和送话器出现，林登实验室的工作人员很激动，他们意识到，过去的那种谈话方式（哑剧时代）一去不复返了；从现在开始，即时通信不再依赖于生疏的书记员（打字）技能了。交流速度将加快到人类声音的速度。

但是总的来说反应并不热烈，甚至倾向于消极。很多人纳闷为什么一定要添加这个功能，因为大家觉得不是非它不可。林登实验室在添加这个功能之前，进行了一次非正式的调查。这次调查结果让林登团队大跌眼镜：居民以压倒性的声势宣称，这种语音聊天功能不会被广泛采用；在随后的民意调查中，将近70%的被调查者表示，他们很少甚至从来不用语音聊天。

人们对于语音技术持有反对态度颇堪玩味。因为语音技术本身的确（亦可称之为VOIP，是“互联网协议上的语音”的缩写）具有明显的优越性。对于大多数网络世界而言，语音技术已经是一门标准化和专业化程度很高的应用功能：比如说，它实际上是玩《魔兽争霸》所必须的，同时也是与第二人生竞争最激烈的对手《那里》长期以来的一大特点。那些真实世界的企业和其他的组织都为网

络电话所蕴涵的潜力而激动不已。可是，这么一种先进事物，第二人生的大部分居民为什么不欢迎呢？

的确，有些理由是显而易见的。这主要表现在技术方面（如果增加了语音功能，那么服务器岂不会变得更加缓慢？）和社会方面（一旦安装了网络电话，人们就可以凭借声音识别性别，如此一来，那些乐于男扮女装或女扮男装的居民们岂不是一下子就穿帮了？）。但是，实际上还存在着一个相对隐讳的理由：那就是语音不但可以显露出虚拟化身在现实世界中的真实性别，而且会暗示其他与身份识别有关的细节（例如，你对着话筒说话的时候，别人就可以听出口音，分辨出你独有的言谈方式等等）；对此更深层次的关心在于，此软件不但形成体验经历，而且会构建社会结构。从一个商业视角看，第二人生缺少网络电话，好比是一块美玉凸现了一点刺眼的瑕疵，严重影响了它的价值。但是没有语音却创造出了一个很大程度上由文字定义的文化阶层——并且在这个过程中，那些苦于没有出头之日的人们终于凭借文字的力量脱颖而出。

这可能在患有阿斯珀格氏综合症的居民身上表现得最明显了。阿斯珀格氏综合症是孤独症的温和表现，更通俗地被称为“怪诞综合症”，这种疾病很容易袭击那些在数学、工程、高科技等领域的人才。2004 年初，波士顿一家名为“头脑交流委员会”的非盈利组织在第二人生建立了名叫南海天堂的私人岛屿，将这个岛屿作为一个隐蔽的虚拟治疗休养所。这处疗养之所以虚拟化身作为演练参考，是致力于实现一个善意的目的：让那些饱受阿斯珀格氏综合症折磨的人们，可以在南海天堂学习到个人空间的社交准则，学会人际交流沟通，以及其他在现实世界里需要使用非文字和非手势的所有人际互动。对于我们中的大多数人来说，在我们长大成人之前差不多就潜移默化地学会了这些表达，但是阿斯珀格氏综合症患者在这方面就显得有些力不从心。这个项目本身很让人着迷，但是在访问过南海天堂以后，我惊讶地发现了一个现象：仿佛真的有很多第二人生的居民已经不幸患上了阿斯珀格氏综合症，而且，患者中的很多人都是杰出人才。莫非在虚拟世界中，也存在着天妒英才的宿命？

这一点在我与塔特鲁·尼诺的会面中最清晰不过了。她是一个对我的博客有过贡献的人，我第一次遇见她的时候，她是一名志愿者顾问，是那些帮助新用户的志愿者队伍中的一员。她穿着维多利亚时代的连褶蓝色天鹅绒长袍，有着善于批判的智慧和博爱的思想。她就像敦煌壁画中的飞天一般，将快乐的花瓣撒遍人间，温柔和蔼地帮助新人一起度过纷繁复杂的第二人生的初期。正因为她的乐于助人，所以她广受爱戴。甚至于有的居民充满感恩地为她建立了一座生祠以颂扬她的事迹。

塔特鲁·尼诺告诉我说，了解虚拟化身背后那个真实个体的人会很诧异；尼诺估计，她一共有四个“人肉朋友”(她是这样说的)，其中两个人她一年只见一次面。“我不断学习知识，”她解释道，“但是我无法记住我是否吃过了早饭。十数年前的记忆如同晨雾一般缥缈，那段光阴就是一捧细沙，它流进你的手心，然后又从指缝中溜走，仿佛什么都不会给你留下。即使人们能理解我的情感状态，这种理解也很不准确。亲自与我交谈的人越多，他们越不喜欢这样谈话。因为我总是朝着反对的方向。”

不过，她仍然很快成为一个备受关注和拥戴的领袖人物。但是，这样的镜像繁荣确实是因为第二人生的系统局限——也就是说，它依赖于文本聊天。

“当人们需要将思想转化为文字进行传达的时候，思想就可能产生差异，”尼诺说，“可能他们跟我想得差不多。当然，所有复杂的肢体语言和语调暗示在这里都没什么意义了。”这就是她以及其他像她一样的人在这个世界里有优势的原因。“20 年来，我都致力于跟实际的自己相符，但是第二人生表明我不是这样的人。”

网络电话还可能产生另外一个问题——语言割据。第二人生中有很大部分的居民都来自发达国家，他们至少名义上用英语读写，但一个沟通由口语定义的网络世界却不可避免地成为一个虚拟的巴别塔。这个结果对于传统的大型多人在线游戏来说并不令人担忧。比如说，《魔兽世界》通过全球成千上万根据地域分布的模块来运行，欧洲玩家被分流在欧盟的服务器上，亚洲玩家在亚洲的服务器上，等等，创造了一个实际上基于国籍和语言的隔离。相反，第二人生是在单一服务器网络的基础上运营，所以其中的居民在同样的空间互动，不管他们来自何方。

这里再一次遇到了将社会福利定义在哪里的问题。在乔治·W. 布什再次当选后不久，当国际反美情绪高涨时，我对第二人生的居民实施了一项调查。那时第二人生中的居民 75%的人都来自美国(而当我写这本书的时候，乾坤逆转，已经有 75%的居民都是非美国人)。我很好奇地想知道，国际用户在当时以美国人为主题的第二人生中的体验，是否会明显影响他们对美国的认知。

在这项调查中，调查问题的前提是“在第二人生中与美国人相处了很长时间以后”，然后继之以“我对于美国人的总体看法已经变成了……”，人们可选的选项从“更加满意”到“更加不满意”。

调查结果让人十分出乎意料：60％的被调查者认为，第二人生的体验并没有让他们向两个方向(“更加满意”到“更加不满意”)中的任何一个转变而改变对于美国人的看法，16％的被调查者说他们的观点已经变成了“有些满意”，11％的被调查者选择人“更加满意”，而12％的被调查者说他们现在对于美国人的看法有些消极或者更加不满意了。总的来说，这表明大约有15％的被调查者的态度转向了积极方面。(这是基于一个完全非科学的抽样，但可以肯定，为了证明对另一个网络世界的类似假设，南加州大学公共外交研究中心得出了类似的结果。)当然，研究还需要进一步深入，不过虚拟化身之间的接近以及对共享空间的全面感觉明显激活了一些因素，而这些因素改善了全球各国人之间的关系。

这些是宏观水平、长期的建筑学的因素，但是一些更深远的变化是即刻的，而且更加秘密。林登实验室的一个工作人员曾经为我讲述了一个关于一位极其爱好社交的虚拟化身的故事。这位居民在第二人生中既不去寻欢作乐，也懒于创新，他的爱好就是在自己常来常往的地方信步闲游，和那些偶然路遇的化身进行交谈。这让林登工作人员非常好奇，后来这位工作人员才发现其中奥秘：这个喜欢邂逅聊天的化身，在现实生活中是一个有严重残疾的人，他只能用脚打字。他之所以喜欢在第二人生中散步聊天，可能是因为在他真实的人生中，很少有与陌生人沟通的机会。不过，投入第二人生也不仅局限于社交，与社会化同样重要，内部创新工具和经济系统同样开启了新的大道，否则的话，这些道路都是闭塞的。在此，为读者讲述另一则轶事：一个新英格兰的广告经理通过在客户在线网站上预约的形式，与一个著名的天才艺术家建立了商业联系。(因为可以在网络上展示声音，很多音乐家居民已经将自己打造为基于虚拟化身的表演者。)也正是因为他们互相见到的都是彼此的虚拟化身，所以直到很久之后，广告经理才知道事实：这个从事虚拟音乐娱乐业、打扮既时髦又漂亮的演奏者，竟然是一位坐在轮椅上戴着面具的残疾人。“得知如此真相后，我一度哽咽难言。”广告经理这样对我说。说话的时候，他的表情也证明了他内心的感受。

其实很难统计在第二人生中到底有多少残疾居民——想想那些已经在虚拟人生中刻画出另一个身份，希望与现实世界自己的境况隔离开的人，永远都不能完全与现实相吻合。有趣的是，我估计第二人生5％到15％的活跃人群可能都患有不能在现实世界中充分活跃行动的病症。正是由于这一点,网络世界才成为他们与更广阔的健全人群交往的重要桥梁。

在头几年里,一批数量稳定的现实世界非盈利组织在第二人生中涌现,它们有条不紊地开展各式各样的活动。“创作共用”组织,一个由奥米德亚网络公司创造的反种族灭绝的三维网站,举办了许多讲座和艺术表演;这个组织每年都为美国癌症患者进行募捐,筹集数万美元的义款(2007 年,捐款数量达到数十万美元)。它们存在的价值不容忽略,而这种组织发乎其内的社会利益也让人感叹不已。不仅在于内容,亦不仅在于虚拟化身间的互动,而是在虚拟三维空间中展示的完美信息和人际沟通。特别是对于那些被囚禁在自己肉体中的灵魂来说。

“瓦尔德·康宁汉的九个灵魂”——2003 年夏

当瓦尔德·康宁汉团队在第二人生获得了水手腿(即可以在颠簸行船上不晕船的能力,拥有这种能力之后,即使骇浪滔天,你也能如履平地一般泰然自若)的时候,他们想建造能够遮风避雨的栖身之所,还想建造一座雄伟的巍峨城堡,当然他们也可以考虑经营一家商店,尽管这种做买卖的愿望可能不如前两个强烈(这里为什么我都用复数呢,请听我下面的解释)。但是,他们看起来都像在创造卡片,而且也喜欢瀑布。瓦尔德的一部分成员想积极地影响世界;而同时,另一部分想持枪驾驶直升飞机。还有一部分的瓦尔德成员想要变成女人;另一部分想挣钱并出版他们生命故事的第一板块。更多的瓦尔德成员则渴望:自在地表达自己的思想,对他们遇到的挑战保持诚实。

在第二人生的居民们热烈地向我介绍这些人几天以后,我终于遇到了瓦尔德·康宁汉团队。说实话,如果我事先不知晓他们的故事,我可能永远不会注意到他们。因为这时,瓦尔德是一个令人吃惊的虚拟化身,有着公牛一样的身躯和橙色的皮肤,即将秃顶的头上长着伸向各个方向的红色毛发。

不过解释瓦尔德团队的外表和名字,有一个很好的理由。

“一段时间之前,因为要给我们组的项目命名而决定取这个名字,”瓦尔德·康宁汉团队的人告诉我,“我们博采各人意见,然后投票选出最满意的一个名字,最后将我们自己命名为‘瓦尔德’。我们使用这个名字两年了。”他们笑道,“太瓦尔德了,一看就那么与众不同。”

我笑了。他们继续说："我们是如何决定我们的长相和性别的呢？我们首先形成了男性虚拟化身，因为当时我们团队里的男性成员相对更多。我们总想要一个女性角色，但是时间不允许。玛丽和约翰娜非常喜欢女性形象。我们首先从皮肤的颜色入手确定瓦尔德的长相。我们现实团队中既有黑种人也有白种人，不过我们不打算采用黑或者白。这可不是说我们'黑白不分'，而是因为这两种肤色平分秋色，难以决出一个高下，所以只好都置之不用。最后我们选中了橙色。"

瓦尔德·康宁汉的成员在现实生活中都有严重残疾（当然，精神上完全正常），他们中只有一个人还能坐在轮椅上。他们在第二人生出现（虽然不是他们的实体）要归功于桑德格莱恩·莱龙，在她的前半生中，她在马萨诸塞州的护理中心与瓦尔德的成员一起工作。她认识他们中的所有人：一味固执的约翰，胸怀大志的玛丽，爱开玩笑的弥迦，腼腆怕羞的妮可，还有其他很多人。

桑德格莱恩·莱龙上传了一张非裔美国老妇人的照片，这位老人家眼神慈祥柔和，但是脸部却有着吓人的缺陷。桑德格莱恩·莱龙痛心地说："看看她的眼睛，再看看她的脸吧。这就是我认识并深爱着的玛丽……每当她开口讲话的时候，没有人能理解。有时候，连我都无法了解她在想些什么。她的一生就是这样过来的。孩子们看到她的脸就会吓哭，然后慌不择路地逃开，可是，玛丽真的有一颗善良的心灵。"她继续上传更多的照片，各个年龄、各种身材的男人和女人的照片，逐一看去，他们其中有些人自怨自艾，有些人乐天知命，有些人神色扭曲，只有那一双眼睛还保留着些许生气。

在十二月初，我亲自跟他们进行了交谈，在布雷顿森林雪区里桑德格莱恩帮他们建造的礼品店附近。假日音乐荡漾在他们的商店上空——一支宾克·罗斯比的歌，一首史努比·道格的圣诞说唱，等等。"我们一直在期待你的到来，"他们告诉我，"正如你所看到的，我们的打字速度太慢了。很抱歉。"

我问他们如何决定该说什么。

"嗯……"他们回答，"瓦尔德的成员，跟莱龙一起，抛出自己的想法，每个人都在和谐中达成共识，或者选择不回答，这也是可以的。多数情况下我们投票，采用小组统计数据的形式。"

当桑德格莱恩告诉他们这个她发现的网络世界时，她的团队成员叫嚷着要亲自去走访参观，但是那样做不能即刻成为现实。护理中心有它自己的各种考虑。（"存在着很多警戒线和红圈圈，"她嘀咕道。）后来护理中心陈旧的电脑硬件需要升级。接着使用界面的难题就出现了。

“弥迦和沙琳可以使用鼠标，”桑德格莱恩解释道，“约翰和妮可也可以，但是必须合作。弥迦不能阅读。沙琳只有一只手，但是可以阅读。”她耸耸肩。他们的解决方式是让桑德格莱恩做他们有效的界面：她坐在键盘边，瓦尔德团体在护理中心狭促的电脑室聚集成半圆形，穿过她的肩膀凝视显示器中的世界。

他们的在线时间是短暂的，而且在退出之前需要预留几分钟。我问他们是否愿意和我一起飞到某处去待一段时间。所以，在一个踉跄的起步之后，他们和我飞上了空中，将陈列着他们富有创造力的礼品的商店留下；假日的音乐在我们的身后依旧作响。我只和他们在第二人生中共处了30分钟，但是他们在护理中心的会议要开始了，所以他们必须在大约10分钟后离开。“每个会议我们都有约45分钟的游戏时间，”他们告诉我，“我们充满了做事情的渴望，但只能在特定的时间。”

我带着他们去了梦幻田野，那里有一片百花遍野的草甸，花朵可以随时变更颜色，空气中氤氲芬芳。那里还有一片澄静如练的湖泊。在东海岸的某个地方，很多双眼睛在斜视。

“我们看得不是很清楚，”他们说，“不过，从我们视力所及的景象来说，这里真的很美。我们将在这儿留下到此一游的纪念足迹。”

“你们团队最喜欢哪种花呀？”

他们想了一会儿之后，回答道：“大多数人都喜欢玫瑰花。”只不过一眨眼间，四周田野中的花儿就变成了玫瑰红色。

我问他们，飞行的感觉怎么样。

“飞行就像看电视，”他们在半空中回答，“飞的感觉太爽了！但是我们有一点远离它。”

我继续问：“在第二人生中到处走感觉怎样？这是你们在现实生活中无法实现的。”

回答这个问题之前，他们内部先交流了一下。然后他们回答道：“诚然，快意自由地行走是我们的梦想，然而尽管很好，还是与我们有距离，因为我们只不过是旁观者而已，不能亲自去做。不过，能够做其他人能做的事情的感觉很好。”（约翰高声附和道。整个房间也异口同声地说。它给了我们一个平等的游戏场所。）

在尼尔·斯蒂文森的《雪崩》一书中，主人公的救命恩人就是一个既没有双臂也没有双腿的重度残疾人。这个残疾人在虚拟世界中拥有自己的办公室，而且还成功经营着一家科技公司。（在现实世界，他也驾驶一辆自动货车，通过办公室的远程控制，载着自己。）他确实怜悯斯蒂文森的主人公，如今仍然牵挂着他，似乎他的身体就是自己的，同时对其持续的需求能够感同身受。

然而，在瓦尔德的事例中，迄今为止实行的探索大体上发生于社会领域。“哈姆雷特，社会被他们感动了，”桑德格莱恩·莱龙告诉我。我说我并不感到惊讶，她回答，“但是我可着实吃了一惊，甚至是震惊。在现实世界中，这种情况永远不会发生。在这里，人们摒除了世俗的偏见。想想他们如何接触他们，认识他们将使他们成为更好的人。”

“嗯……”我缓慢地说，“这确实让人们感到不舒服，甚至有悖于他们的美好初衷。我指的是在现实生活中跟一个残疾人在一起。”

“是的，”她答道，“他们也知道这一点。这已经是他们无法逃避的残酷宿命。他们有太多的东西想给予、提供和分享。但是没有能力做到。但是怨天尤人又有什么意义可言？他们只能选择求人不如求己。”

这种渴望所激发的能量甚至让他们中的某些人能够开展在别人看来理所当然的虚拟世界活动。“嗯，”当我问及这一方面时，瓦尔德吞吞吐吐地说，“弥迦是我们团队的调情师。他经常调情。但是，因为我们的时间限制和我们白天的编程，在网上形成恋爱关系并不是我们玩游戏的原因。”

在我与瓦尔德·康宁汉团队首次会面以后，我发现他们在我的记录中留下了一张卡片：

“下面的话并不包含在您的问题中，但是瓦尔德希望表达出来。”（我们的团队高举双手赞成，这是异口同声的回答。）

“尽管我们残疾，但是您却始终对我们如此友好。所以，如果您以后再遇到其他有缺陷或不足的人，也请您善待他们。每个灵魂都有其缺点。如果您遇到了一个令自己不舒服的某人，请务必恪守这条黄金法则。敬上。”

20世纪90年代初期，虚拟现实曾经一度风靡于世。可惜的是，却如同昙花一现般逐渐趋于平淡。它并没有实现持续健康的发展。造成这种结果的原因大致可以归因为两个方面。其一，成本过于高昂。其二，当时的技术水平达不到创造鲜明模拟物的高度。10年以后，由于科学技术的发展，这两个难题都迎刃而解了。因为如今技术已经日臻成熟和普及，而且财力也逐渐雄厚。虚拟现实还需要创造一个装上投影宽屏和用来在宽屏上成像的高端软件包的房间。

如今,Cave系统在全世界范围内都得到了普遍的使用,发挥了巨大的作用。在军队,跳跃模拟器被用来训练伞兵;在中西部大学,10英尺的立方体让人身临其境地再现任何数目的环境现象;甚至有一个Cave系统可以让患有语言恐惧症的病人模拟置身于一群活跃的(而且是特别粗鲁的)观众面前,来治疗语言恐惧——就是不敢在公共场合讲话。近期,美国军队的医生们为了治疗战后心理疾病而另辟蹊径。他们想法再现恐怖的战争场景,然后让那些饱受战争创伤的士兵身临其境,以此来治疗他们的精神紊乱和心理疾病。

对所有这些项目的显著而又讽刺的观点是,为了让某人进入虚拟现实,他或者她需要置身于一个非常特别的地方——也就是,在一个容纳Cave系统的房间里。假设这个人能够进入(而它几乎总是对公众关闭着的)。

在早期阶段,林登公司必须作出一个艰难的抉择:公司要么继续坚持在虚拟现实硬件技术上努力;要么把自己的资源投入到为虚拟现实创造三维平台的软件开发上来。当时,公司选择了后者。公司的领导认为,虚拟世界更引人注目而且更加具有潜在的变革性;后来的实践证明,他们当时的选择是正确的,软件的收入10倍于硬件。但是通常来说,选择建造一个世界,却在不知不觉中开辟了另一个虚拟现实,并开发了其具有的所有潜力;它采取低端定位,创立了一个互联网上任何人都可以真正体验的平台。

"一根改变心智的杠杆"——2004年9月

对坏事的恐惧就好比你脖颈上突然出现了一根(动如蜘蛛)的芒刺。当它从你的后脑勺上开始往头顶移动的时候,你就会感觉到煎熬万分,毛骨悚然。然后一片令人窒息的恐惧乌云就会笼上心头。这种恐惧感不同于恐怖游戏中的那种战栗不安,也不同于盒子中突然出现的玩偶带给你的惊吓。它是一种令人绝望、狂躁、坐立不安的恐慌,就好比你看到一个食尸鬼从某个不起眼的黑暗角落里探出头来,以一种罪恶而又令人作呕的表情望着你。

在赛德克族区域,刚刚落成了一座虚拟幻觉大厦。它是一个在加州大学戴维斯分校医学院赞助下的项目。纳什·鲍德温的智力产物——"纳什",名字来源于《美丽心灵》的主人公约翰·纳什(其原因我下面就会揭示)。这个建筑包含着经过仔细研究的视听幻觉的再创造,这个再造是基于与真正精神分裂症患者的面谈。为了给第二人生的居民一个试验的机会,鲍德温将此模拟从一个受限制的私人岛屿上移植过来，并且在此后收集他们的反馈。昨天当我注视着居民们进门时，我想知道他们是否也像上个月时我进门那样，只不过在一个简短的预演中就感到了同样的恐惧。

正好一个满头红发、身材魁梧的哥特人从大厦走出来，嘴里咕唧道："太恶心了。"他名叫弗雷德·伊克斯乔迪奈尔。仿佛梳理刚才凌乱如麻的思绪，停顿一下之后，他继续说："我可真不喜欢精神病院的感觉。"

但是，恶心的感觉并非来自图像的现实主义，正如鲍德温会最先承认的那样，这些图像都是初步的而且不完整的。大厦内部模拟的是真实的精神病院的病房——那里是精神分裂症患者最严重的病情触发时应该会在的代表场所。鲍德温，拥有计算机硕士和医学双学位，但是在三维重现技术方面并没有太多造诣，最后自己建造了这个地方。

涉及实际体验的时候，这个便不那么重要了。在入口处，贴有一则明显的警示标语："凡有精神病病史尤其是精神错乱病史者，禁止入内。"这并不是一个无用的警示。当你进入时，关于医院的某些东西发生了难以言传的微妙变化。当它变化的时候，你也改变了。

杀了自己！

杀了自己！现在就动手吧！

死亡！死亡！

你什么都不是——你甚至不存在。

你的头脑中回荡着这种鼓动你自裁的声音。

鲍德温添加了一个音频附件，这样一来，你就可以听到立体声系统里滔滔不绝的声音，仿佛他们就附在你的耳边耳语。这些声音不同于你在恐怖电影中所听到的那种声音——既不是鬼魂令人心惊胆战的嚎叫，也不是恶魔瘆人心魂的咆哮。他们就如同正常的谈话一样，蛊惑人心，且从不停止。

创造一个纯内部体验的视觉再造概念源于鲍德温的同事，皮特·耶娄里斯，他是一位澳大利亚精神病医生，经常通过可视会议远程治疗他的患者。这个激发了他把和精神分裂症相联系的幻觉表现出来的灵感。精神分裂症是患病率为大约1%的精神疾病（大多数人是在十几岁或者二十多岁患上该病的）。为了了解精神分裂症患者错觉到了什么，耶娄里斯综合了与这些病人的会面情况，以得出细节。他们听到了什么样的声音？多少声音？像警方的心理素描师一样，艺术家根据精神分裂症患者的讲述描绘出视觉画面，耶娄里斯将结果合成到计算机的制造模型中。第一次尝试是在硅谷图形公司的机器上生成的，从草图到成品用了九个月的时间。对比之下，鲍德温在大约三个月中将他的第二人生的描述汇总在一起。

你什么都不是——你甚至都不存在。

加入我们的死亡世界吧。

在鲍德温的病房里，如果你慢慢靠近，那么病房中的物体就会发生变化，但是转变非常敏锐。例如，刚才还是一张普通的报纸，你一过去，它忽然就变成了下流的色情海报；报纸标题中的一个单词突然变成了你能看到的唯一的单词；书架上似乎只摆放着鼓吹法西斯主义的书籍；浴室的镜子本来应该映照出你的形象，但是当你走近时，却又突然变成了一个血淋淋的恐怖面具。

鲍德温用典型的保守而谨慎的方式说道："你也应该注意到了，如果一个人真的患上了精神分裂症，在这样的环境中很难集中注意力。"

你没有生病，你真的没有生病。

你知道这不是真实的世界——你已经死了。

加入我们的死亡世界吧。

其他的转变要相对温和一些。当你优哉悠哉地踱步时，地板忽地塌落在半空中；要么桌上突然出现一把手枪，一束聚光照在其上，有个声音一直在命令你拿起枪自杀。(这种场景的布置源自一位精神分裂症患者的口述，他因为试图从一个警官的皮套中夺取手枪而被逮捕)就像一个立体声系统播送着一则无线电新闻节目——如果你收听超过几秒钟，就开始感觉它是在直接对你说话。

"这个还有治疗作用吗?"鲍德温客套地问，"我们不知道，已经尝试……而且是值得一试的。"他在考虑将未患精神分裂症的人加入到这个体验中，通过核磁共振系统观察幻觉是否影响正常人与精神分裂症患者发病时相同的大脑区域。(至少，它作为教学工具的有效性已经被在医院门口对于来访者的简短调查所建立。接近70%的被实验者说，模拟增进了他们对于这个疾病的了解。)

鲍德温预测的另一个应用则更加直接、实际而且移情。

"当你的某位亲戚或朋友被诊断为患有精神分裂症时，你肯定想知道这究竟是怎样一种疾病。现在，我们能够很快地模拟，并且我们可以让患者的家属亲身体验得这种病的滋味。"

一些经历过模拟病房旅行的第二人生居民也有了相似的领悟。晋格·摩多奇在体验之后告诉我说："这种体验对我来说有特别的意义。我的第一任丈夫患有精神分裂症，模拟病房让我深刻体会到了他的精神世界和痛苦。”

另一个参与体验的居民正好是一个正在接受训练以成为治疗专家的研究生。“我发现病人们在一个小组讨论会中途开始叫喊，”赫尔加·肯恩斯基告诉我，“我不知道是什么让这个人失去了控制。你知道，当这样的情况发生时，很可能是由于幻觉——但是你料想，他们正看到了某些非常可怕的东西，就像恐怖电影里看到的那种。”这些幻觉以甚于“悬念大师”希区柯克的方式恐吓他。“表达他们微妙的恐惧是重要的，”她说，“因为一个精神分裂症患者如果说‘纸上写着我死了’，可能不会获得与说‘一个人拿着一把刀向我走来’一样的同情和理解。”现在有可能看到一个被毁坏的报纸标题实际上会如何了。

“它让我整整两天两夜不能成寐，”我之后告诉鲍德温，“我说的可是实话。”

“很有可能，”他回答，笑嘻嘻地说，“你属于艺术家的种类。无论如何，对现实把握还没有那么强烈。”

然而，到底多少时间和资源应该投入到网络世界以影响社会福利？每一个在第二世界落户的非盈利组织、政府机构或者教育机构都在思考这个问题，最终，这与持续不断进入第二世界的工商企业所面临的问题没什么两样。在虚拟世界中进行投资的回报是什么？

这个主题在一个现实世界的会议上被提出，在此会议上，我提到第二世界的达尔富尔营反种族灭绝网站是一个社会变革的催化剂。艾珊·祖克曼是听众之一，并且哈佛大学著名的网络民主活动家对这个项目很不满。他之后在博客上写道：“网络发展至今已经12个年头了，它有助于引起对受这些情况影响的人的关注，提高言论自由度，让我们听到从社会底层传来的声音……不是说虚拟世界不重要。而只是它还没有达到需要重视的高度。”

诚然，他的观点自有一番道理寓于其中，虽然这确实会使人好奇，并想知道那些不是非政府组织也不是海军陆战队远征部队的个人或者组织应该扮演怎样的角色（在与他们的国会代表和媒体取得联系，寻找其他传统的补救方式之外）。而且，尽管虚拟实境在大千世界的林林总总中没有高度的优先级别，但我确实想说明一点，像第二人生这种虚拟实境应该被看做在影响社会和政治进程方面至少有中等程度的重要性——当然是在今后的几年里。

到2007年年中为止，第二人生每个月的当前用户已经达到了50万人，这意味着它已经接近了顶级政治博客的受欢迎程度；考虑到目前的增长率，这个数字将在2008年翻一番或者翻两番。当然，不像博客用户那般热衷政治，大多数第二人生居民不是来讨论政治的。但是,第二人生无与伦比的用户创造工具使得制作三维博客成为可能——用形象、音频、视频,通过一种同样空间的其他居民也能经历的方式,对当天发生的事件产生迅速反应。可以印证这一点的鲜活例证之一,就是 2005 年那场肆虐的飓风灾难——卡特里娜飓风灾难期间。灾难发生之后,惊慌烦闷的第二人生居民们纷纷上传、共享从新奥尔良和其他受灾地区所拍摄的照片,人们树立了悼念蜡烛以纪念那些不幸的罹难者,在罹难者中间,有一些人本身就是第二人生的成员,在第二人生中他们的化身可以获得再生的机会,但是在真正的人间,他们却被暴虐的飓风永远夺走了生命。当时,我将其称为让人身临其境的博客,使人从被动的旁观者转变为沉浸其中的参与者,从而获得了仿佛亲身体验的经历。将你自己看做一个虚拟化身,将你周围图像构成的三维世界看做一个真实的空间——将与你进行互动的人们看做你认识、并且能在其中投入道德情感的人。

然而,不像博客和其他以网络为基础的交互作用,虚拟世界的本质刺穿了第四面墙,去除了媒介和参与者之间的藩篱,并且转化为一种沉浸其中的意愿——这种意愿是之前的媒体通常不鼓励的。我不是一个学者,所以这是我在一些奇闻轶事基础上的推断。但是在卡特里娜飓风灾难中,我一次又一次地看到了这样的现象:尽管居民们之前互不相识,但是他们却为了救助那些成为难民的第二人生用户,心甘情愿地去冒巨大危险并愿意为之作出重大牺牲(一些人甚至自发地乘坐公车或者自驾车赶赴灾区,鼓励和帮助那些无家可归或者伤痕累累的居民朋友们。这次见面不过是他们在真实世界中的第一次相见,在此之前,这些受灾居民还是以"吸血鬼"或者其他幻想中的稀奇古怪的虚拟创造物作为化身出现在第二人生之中)。

在竭力保护第二人生免于野蛮蹂躏的过程中,那些在其中扮演英雄的玩家们,很快就成为名副其实的真正英雄——这一点在达尔富尔营表现尤为明显。曾经,这里只有不亦乐乎的玩家,如今又诞生了一往无前的正义卫士,为了一个此前为他们所忽略的目标而共同努力,和衷共济。

这些都是小事,而且并不一定典型;但是,它们使我相信,在这里,能够激发人们道义良心和浩然正气的力量正在酝酿正在迸发。我的猜测(和希望)是,随着这个世界的扩展,我们将看到更多这样的现象;并且,随着这个世界的扩展,我们也将看到它的影响在现实世界中发出应有的光芒。

第13章

融　　合

——一份未来几十年的互联网到在线世界的路线图：敢问路在何方

在2005年，第二人生忠心耿耿的铁杆居民们在纽约市中心召开了一次大会。这次大会可不是在电脑上来一次屏幕、鼠标、键盘和话筒的虚拟会议，它是一次真正的会议，在真实世界中召开的社区大会。在这次大会上，菲利普·罗斯代尔发表了一场热情洋溢的主题演讲。在会前的最后一刻的抢购狂潮中，组织者们费劲地淘来了一大堆衣服(类似于罗斯代尔的化身常穿的奇装异服)。于是，当这位林登实验室的技术总经理为第二人生用户发表第一次公共演讲时，听众们身上的穿着十分个性：上身是印有滚石乐队图画的宽边T恤衫，裤子前还戴着饰有亮片的三角布。

在2007年8月，在第三次第二人生社区大会上，罗斯代尔也穿着同样怪诞的衣服作了一个主旨演讲，但这一次要低调得多。

“首先，请允许我给大家道个歉。”当他走上演讲台时首先说道。然后他随意地敞开夹克衫，露出里面的T恤衫，T恤衫上写着“失去的图像”——在第二人生中，当图像纹理没有被处理好、处理正确时，用户就会看到这句提示。罗斯代尔继续解释说：“是我挡住了你们前进的步伐，是我们公司阻碍了所有在创造未来的人。”言下之意，他已经意识到了这样一个现实：当这个世界成几何级数增长时，系统没有做到相应升级，所以已经不堪重负，而反复的升级又总是导致频繁的停机。

罗斯代尔的话告诉大家：现在他的演讲对象已经不仅仅是一群崇拜业余爱好者生产的细分产品的粉丝，还包括了企业家、承包商和虚拟土地所有者，他们与美国500强企业、NGO（非政府组织）和全世界的政府机构都有着联系，他们的生存依赖着第二人生的稳定健康和持续发展。如同一个大公司的股东一样，他们希望公司少一点插科打诨，少一点哲学沉思（而我们也知道，罗斯代尔的演讲中经常迸出轻松的趣闻和仰望苍穹的思考），而应该多一点实实在在的数字和可见可观的衡量。

在第二人生中，这种转变还算可以。在头两年，你会发现林登职员与用户在线交流是很平常的事。这些程序员常常会挑战居民去玩"激光标签"或别的游戏；罗斯代尔自己也制作模板内容比如摆钟，或者增加他的树在遇风时的晃动。科里·昂德里卡可能是这个团队中最顽皮的一个：比如，有时候他会把自己的化身恶搞成贝蒂娃娃——一个出名的卡通形象：咧嘴微笑的太阳，接着哼哼大叫，弄得他的开发同事在他后边忍俊不禁，或者让贝蒂娃娃浮在一群新用户上面，弄得他们摸不着头脑。当一个职员路过一个特别有趣的内容时，整个办公室都突然进入立定姿势，引得众人前来围观。

但在最近几年，大多数林登职员很少去在线世界了，除非有特殊的任务，他们才会在必要的时候去和居民展开互动沟通。于是社区和居民都觉得自己好像被林登给抛弃了，林登已经对他们不闻不问、不管不顾了。其实现在罗斯代尔、奥曼卡和罗宾·哈伯确实会亲自去的，只不过等待他们的不是鲜花和掌声，而是咒骂和不满——他们不是被欢迎他们的崇拜者所包围，而是被一群被最近的技术漏洞和政策变动而惹火的抗议者所围攻。他们不再是他们亲手缔造的世界中的神明，沦落成裱糊匠、修理工一类的人物了。

前面的10章有这样一条明显的线索："创造的引擎"表明在网上工作的新方法：合作者分散在各地，他们也只能在这样的地方取得成功。"企业家的虚拟化身"重申了这一点，把这一活动与真正的商业联系在了一起。"自制的人类"和"性爱"刻画了一个有价值且有争议的新玩法，以通过化身来实现个人的七情六欲。"投资乌托邦"和"建造一个更美好的世界"眼界更为宽广，认为第二人生的社会活动能在经济和人道方面对现实社会产生积极的影响。"大众的愚昧"、"烧毁房屋"、"法律就是编码"和"修筑高墙，保卫领土"则警觉地观察到了第二人生中不但有安宁祥和的一面，还出现了各式各样的纠葛与冲突——这些事件有的有利于第二人生的发展，有的则是一种威胁。总之，我试图表明如下三个重复出现的原则是怎么样让这些成为可能的：比波普实体，实体以滑稽的方式即兴演奏；印象社会，尊重创造和改进以及优秀的天才和伟人；镜像繁荣，人们预期在第二人生的工作会直接带给他们现实的好处，从而很有动力。综合到一起，它们暗示着，用户自创的在线世界，比如第二人生，将成为未来因特网中必不可少的一部分。

但第二人生会是网络下一代的焦点故事吗？

也许是，但这并不是它的初衷。

我第一次走进第二人生是在2003年5月。那时，它虽然对我很有吸引力，不过还远远不算知名。当我对菲利普·罗斯代尔谈起这些时，他也基本同意我的观点。"如果现在我能拥有4万个付费用户，"那时他告诉我，"我简直就乐到天上去了。"

一晃4年过去了，当我在4年后重新提起这段对话的时候，他不觉会心一笑。

"呵呵，当年我们的期望就是能在2003年末拥有4万个付费用户，"他说，"那时候我们的商业梦想就是那样的，对吧？我们没有到达那个里程碑。现在，我们超过了它，而且远远地把它甩在了后面。"为了实现这个跨越，他们经历了一次纳税人暴动和一次全面罢工，把商业模式从付费用户模式改革为到土地所有权模式。到2007年5月，近300 000人在使用林登美元，公司实现了盈利。但罗斯代尔的回答不仅仅是关于盈利，他感兴趣的是人数会增长得多迅速，他认为很早以前就已经完全达到了逃逸速度了。

"在2005年初我知道一切都完了，"他说，"我们曾经走出去平静谈论，我们笑着说'游戏结束了'。我们所做的事情有着不可逆转的网络效应……它就像一辆失控出轨的火车，正在疯狂地冲向山谷。"当我们谈话时，我提到了少得可怜的保留率：据公司自己的测算显示，只有10%～15%的试用者最后会成为常规用户。罗斯代尔脸上的表情依旧是一副从容不迫、宠辱不惊的样子。他说："2005年的保留人数基数和内容基数的增长很显然是个积极的反馈。"那些留下来的少数人会把别人带进来，新来的人又会这么做；他相信，这种力量已经足够让第二人生发展壮大。

在第二人生历史的头三年里，我个人一直担心这个世界会在它自身的矛盾下爆炸崩溃，也许是下一周，也许就发生在明天。因为我目睹过太多太多虚拟世界和网络社区最后陷入了问题重重的泥潭，最终彻底失败。而且，第一次网络繁荣崩溃的伤痕仍在，因此我从来不觉得自己是个天真的虚拟世界吹嘘者。在非常久的时间里，我总是小心警惕地密切关注着那些预示它可能瓦解的警告信号,常常心想“完了,完了,这次肯定没救了”,以为这一次它可难逃崩溃失败的厄运了:例如,纳税人暴动将破坏核心社区并引发规模庞大的用户流失;COPYBOT 恐慌将侵蚀经济基础;烦杂琐碎的用户界面让用户畏缩不前;这些都将大大扼制增长率,直到增长曲线最终变成一条死气沉沉的平行线。

每当发生类似上述事件的时候,总会有一些人跳出来宣称第二人生必死无疑。可是,第二人生却仍然在不断前行,步伐矫健,过不了几天,关于这个世界会崩溃或消亡的传闻就会烟消云散。肯定不是主流媒体这样说,尽管它们从来没有停止对它的报道。报道的增加率与人数增长率成正比。许多关注都很夸张。较有意义的外界怀疑的最后一阵旋风可能是 2006 年末克雷·沙克伊刮起的,他是纽约大学的新媒体教授,深受网络社区的尊重。在他的论点中,最令人信服的核心是:第二人生拥有的活跃用户,比起那些在一次尝试后就放弃了的千万人来说,人数未免太少了。所以,他认为,它的增长并不是真的那样快。在那时,活跃用户(建立账户三个月以上、至少一周上线一次的居民)的基数是 200 000 个账户,但 6 个月后,就翻了一番,大概达到了 500 000 个。而且,这个世界还在不断壮大。

第二人生的增长将决定着它将继续是一个重要但非主流的平台,还是发展成网络下一代的核心部分。2007 年 6 月,当我写这本书时,当下的速度表明,在 2008 年上半年,第二人生活跃居民数量极有可能将突破 100 万大关,实现一个里程碑式的增长。

即使第二人生不再增长,有着 100 万活跃用户的它,也堪称一个成功的大型多人游戏。环境是如此优越,条件是如此有利——考虑到目前世界的增长活力,投资其中的公司和机构的数量,欧洲用户的大幅增长(现在已经超过美国用户了),面向亚洲市场的扩张,宽带网基础设施的不断完善——那种结果显得最不可能。我们仍然在谈论虚拟世界。全世界 100 万的常规参与者来自各个行业——商业、艺术、娱乐、技术、教育和科学,其中一些人是业余的,一些则有着公司或全球非盈利组织的资金支持。他们为用户自创内容做着自己的贡献,极大地维持和促进了虚拟世界的繁荣。

更可能的发展结果是,整个 2008 年都会维持现有的增长率,这意味着当美国白宫迎来新主人的时候,第二人生的活跃用户数量将上升到几百万,而且会继续飙升。

不过,也有人不这么乐观。无论从哪个方面来看,兰迪·法恩都堪称是虚拟世界之父，他曾经是第二人生的承包开发者，他就对第二人生的乐观未来持有怀疑态度。

“未来还存在着太多不可捉摸的变数，”他告诉我，“例如，美国政府可以随时认定林登交易所(公司的商业交易服务)违反了禁止网络赌博的条例(或者宣布林登美元为违法货币，因为只有美元才是本国唯一的合法货币)，单凭这一点，就足以让林登美元溃盘，然后使得林登实验室狼狈出局。而且，谁又能预料得到，二十几年中，这些人会颁布各种奇怪名目的知识产权法和在线法?”对他来说同样值得商榷的是第二人生有着较高的进入门槛，他这样表达他的担心：“对那些用惯了电视、即时通信和电子邮件的人来说，这种新的交流方法恐怕显得过于庞大。因为他们将以一个奇怪的化身身份在虚拟地理上遨游，看着地图寻找别人并与之互动交流；他们将去试验去经历一大堆各种各样的用户所自创的经历。”

这个世界最终将发展到哪里，取决于林登实验室开放源代码的创举是否成功。在2007年初，公司宣布，团队外的程序员也可以自由使用阅览器的运行代码，并且进行开发或改进。明显的结果在2007年快结束时出现了，接着公司马上承诺开放服务器体系结构，使人们可以自由地把新的域加入到第二人生，与之相连接，但各自独立。(在2007年3月，林登平台与技术发展副总裁乔伊·米勒对一个纽约观众说：“如果公司控制网格，那么第二人生必不能取得真正的成功。”)

考虑到上述这些情况，未来几年内可能的五种情况如下：

第二人生停滞不前，

第二人生可能不再增长，没有别的用户自创虚拟世界代替它，开放服务器代码源没有提高这个世界对大众的吸引力，

第二人生成为细分市场之王，

第二人生失去对大众市场的吸引力，但活跃用户的总人数仍然很多(3～5万)，因为它还是现实世界中许多行业(例如建筑、教育、游戏等等)的重要盈利点。

虚拟世界分岔

根据兴趣或偏好，在线世界的用户基地被划分为许多不兼容的世界：Sony's Home(索尼之家)、Multiverse(多元宇宙)、Croquet(计算机程序)、

Areae(美国电脑技术公司的产品)、传统大型多人游戏、改版的亚洲在线世界。林登的开放源代码措施没有让第二人生形成一个大一统的强大世界,而是分裂成了许多个互不相容的小世界,它们之间你争我吵,各自为政,没有整合意识。

第二人生成为操作系统

因特网的尊者罗伯特·斯荀伯的预言成为现实,第二人生将会演变为电脑操作系统的一部分,就像DirectX软件和因特网浏览器成为Windows的一部分一样。公司开始开发在第二人生中运行的应用程序,它成为3-D网络标准化的虚拟现实标志语言。

开放的虚拟世界

第二人生遵守承诺,开放服务器源代码,因此成为行业标准,其他在线世界和网络应用程序追随其后。第二人生吸纳了千百万用户,并开始对因特网起到塑造的作用,就像网页浏览器现在的作用一样。同时,虚拟世界的象征仍然是文化与政治的原则,这种情况与史蒂文森对虚拟世界的构想最为接近。把因特网浏览器程序与因特网混为一谈是说得过去的,同理把第二人生说成单独的程序已经不恰当了。

让我们在开放的虚拟世界这种情况里向前迈进5年,进入下一个10年。蕴涵的情况太广太泛,以至于让人很难完全理解,不过至少下面5种情况也是合理的。

虚拟世界,加载谷歌

当这本书付诸印刷的时候,第二人生很可能把网页注入到这个世界并且与之互动——网页浏览器不再是你屏幕上的二维界面,而是数据流入物体的另一个渠道。这样,虚拟世界与更为广泛的意义上的网络开始显得更为一致。

给定一定的条件,上述目标已经实现了。当使用谷歌搜寻我的真名时,首先出现的是我的化身,或者与我的化身相关的网页。(这让我顿时感到春风满面,一阵欣喜。因为对于一个写高科技问题的作家来说,要想生存,只可能是在谷歌发现了他的存在的情况下;从这点来说,我的成功现在取决于我的化身奥·哈姆雷特。)

这一过程甚至改变了我们的集体文化记忆。最近一次用谷歌搜索“哈姆雷特”，我得到了2 000万个结果——在前100个搜索记录中，在一大群莎士比亚笔下人物的评论和参考文献之中，就有一条记录是关于我的化身的。

我相信认知方面的这种诱惑还会继续，直到我们日常生活和想法都完全淹没在用户自创的第二人生内容之中。（想一想可能出现的只基于虚拟世界的谷歌炸弹。）就像豪尔赫·路易斯·博尔赫斯的短篇小说里的新奇的百科全书一样，要记录另一个世界这将把它的价值观、冲突和民间故事传播到我们的现实世界。很快地，从搜索引擎这一点来看，虚拟与现实的差别将不再那么重要了。

为了防止虚拟现实抢了他们的饭碗，诸如谷歌这样的搜索巨头可能会试图修筑“万里长城”，横亘在虚拟与现实之间（很滑的斜坡），或者选择把它当成合作者或买主。

虚拟世界，向外延伸

2008年，我们仍还不清楚，在未来10年，到底有多少个人电脑会成为主要的网络门户，但肯定不可避免的是，它会与其他硬件分享市场。不仅仅是和个人数码助理及移动电话（发展中国家选择它作为连接器），而是很快会和游戏控制台分享。随着宽带网和高清晰电视成本的飞速下降，下一代游戏玩家很快就会选择它来进入网络。在不久的将来，游戏控制台市场主导中的一个无疑将会为游戏控制台设计一版第二人生，目前最明显最可能的选择是任天堂Wii游戏控制台，它有专门为三维互动设计的无线遥控器。（根据米瑞尔·莱奇在2007年所作出的预测，到2011年，每三户美国家庭会有一款任天堂的游戏控制台，日本得有更多。）

由于林登的开放源代码措施，一些人已经开发出了Wii—第二人生界面。在2007年，使第二人生与手机兼容的行动已经开始了，其他行动也很快会有。（有限的兼容性肯定不足以让第二人生与手机互动。）

无论怎样，一个在线世界已经来到了千万人的身边，它已经做好了一夜之间风靡大街小巷的充分准备。移动电话上已安装了GPS系统、视频、音频和相机，这些都使得现实世界的数据可以立即传送到三维世界里，想到这里，你会觉得它更加重要了。

另一种形式的向外延伸将是三维打印机的广泛使用，这种打印机能把第二人生中的物体变成实体。在2005年一些精力旺盛的黑客们就已经制作出了样板，在2006年本土的用于商业的程序已登场；应用于公司等机构的应用程序很快也会出现。

虚拟世界,全球化

到2007年初(根据林登实验室公布的数据),第二人生中的用户已经不再以美国人为主导,而是实现了高度全球化。第二人生的发展早期,美国人至少占居民总数的80%,而现在,这一比例已经降到了总数的30%。令人惊讶的是,居民中只有法国人和德国人的比例达到两位数,比例是一位数的有10个国家,其他居民都分散在南北半球的许多国家之中。同样奇怪的是,居民的数量分布与全球的宽带网分布并不成正比,不过我们可以推定慢慢就会成正比,因为韩国用户正在增多,还有中国(政府允许)和太平洋沿岸的其他国家也同样如此。那时,发展中国家就会有足够的宽带网设施,而第二人生也就可以进入全球的地图中。当虚拟世界变得更加国际化时,新文化风俗也将形成,多种语言将结合在一起,加之第二人生的混合语言,成为使用最广的语言。(在写此书时,经济上的发展已经拉开序幕,至少有四个内容撰写工作室在为第二人生工作,它们分别来自中国、越南、印度和菲律宾。)

虚拟世界,国家化

"国家化"并不是说第二人生将成为网络自由主义和乌托邦意义上的国家,而是说基于第二人生的经济活动将得到二十国集团的所有(或者部分)国家的认可,在线世界的用词将成为现实世界的一部分。比如说,承认林登美元是一种货币,或者承认居民是一个实体,他们可以在传统国家体制的保护下签订合约。

根据历史经验,这将在本书初版之后的5年内发生。电子邮件在20世纪90年代中期成为主导的交流渠道,2001年美国政府通过了《国际与国内商务电子签章法》,使通过电子邮件签订的协议有了法律效应。考虑到这种变化轨迹,那么由化身签订的合约也可以得到法律的承认。如此一来,就会大大促进虚拟世界与传统世界的商业交流。

最可能的情况是,国家化的过程将从国家最基本的活动开始:税收政策。在2006年末,美国国会的一个次级委员会就严肃地考虑过这个问题——"现在我们是在预备阶段考虑这些问题,考虑虚拟经济会带来什么样的公共政策问题、税收、贸易、财产和财富。"众议院经济联合委员会的高级经济学家丹·米勒告诉路透社。在同一年，澳大利亚政府宣布可以对第二人生的收入进行课税。澳国的税收办公室宣布：“交易在现实世界的价值将是应税收入的一部分，哪怕收入以林登美元为单位。”

随着征税活动的开始，也产生了成为议院代表的需求，人们认为，第二人生活跃用户应该成为重要的投票选举集团。（这种印象的产生是因为，现实世界的政客总会按时出现在第二人生中以作宣传。）人们要寻求权利和自由，总是想表现得很有前瞻性的美国国会很可能将给他们这些权利和自由。

虚拟世界，货币化

第二人生货币将成为几乎可以广泛流通的货币，用于（在更广的意义上）在网络上购买现实世界的商品和服务。在第一次网络繁荣里，许多不甘寂寞的网络公司就吵吵嚷嚷地要建立可行的微支付系统，以保证顾客在购买音频视频内容或其他小额商品时，不必麻烦地反复出示信用卡登记证明。但是雷声大，雨点小，没有哪个可行的系统真正建立起来，因为存在着先有鸡还是先有蛋的问题：当微货币广泛使用时，人们才会花时间去登记并兑换微货币；但如果人们不花时间去登记并兑换的话，微货币就不能被广泛使用。

抛开这种问题思维不谈，有一个可行的替代方法：林登美元通过在线游戏成为几百万人的通用货币，然后无需刻意地针砭斧凿，它就会自然形成一个以林登美元为金本位的非正式交易网络——然后发展成网络的主要货币。

这种经济发展趋势不会局限在第二人生之内。同样如此的还有最新的电视游戏控制台——Xbox 360，任天堂 Wii，索尼 PS3，它们也含有微货币系统，用户可以通过它们的在线网络来购买游戏或其他商品。假如说成千上万的玩家们一致认可虚拟货币的价值，那么还有什么能阻止人们用它来购买其他商品和服务？

中国最大的即时通信平台——腾讯的虚拟货币是 QQ 币。最初，腾讯销售 QQ 币是出于娱乐目的，让用户可以购买在线游戏、贺卡等等，但随着这个服务广泛流行，许多人开始把 QQ 币当作人民币的替代品来进行交易，用以进行赌博游戏或者购买网络性爱（曾经在深圳风行一时，你可以发消息叫来一个“QQ 女郎”）。QQ 币的交易扩大到了令人担忧的程度，2006 年中国政府开始发出警告，抵制通过非法途径使用 QQ 币的行为。（《亚洲时报》援引检察官杨涛的话说：“QQ 币正在挑战人民币作为中国唯一合法货币的地位。”）

当然微货币还有另一个问题：零售系统有着广泛丰富的商品和服务，除非微货币被纳入此系统，否则它可能缺乏持续下去的后劲。

不过，哪里有问题，哪里就有解决问题的动力。有人可能已经致力于解决上述问题了，那就是林登实验室的主要投资人：易趣的创建者皮埃尔·奥米德亚和卓越的创建者杰夫·贝若斯。

看路线图

在2006年初，我应邀参加一个关于虚拟世界路线图的头脑风暴会议，这个会议是一个名叫加速研究基金会的项目，基金会是由未来派组成的非盈利组织。我与媒体界的同行们一起工作，包括3pointD网页的主编马克·华勒斯、美国MTV音乐电视台的埃里克·格鲁伯、琼尼·斯沃兹、杰弗·帕分多夫，还有电子绵羊公司的人。我们得构想出未来10年内在线世界的状态，像这样的。

2016的手机将是看不见的低调的个人数字助理，它能进入一个把信息放在各种各样的背景环境下。"数据景观"——这是未来的网络，谷歌地球将与主导的数字读出器结合，用数据的形式描述整个世界。

在你的屏幕上，你会看到你的城市的三维地图，上面标满各种符号和图记，用来提醒你哪里人最多，哪里犯罪率最高等等。幻境花园将只是虚拟世界中许多建筑中的一个——你不用在第二人生、魔兽世界和你的操作系统之间来回转换，因为这是三维世界，你将从一个场景中转移到另一个场景中。还有专门为大型多人游戏和其他虚拟世界留的空间，在这些里面你的身份可以有多种选择——你甚至不用为了从一种身份转换到另一种身份而退出登录。它将成为和流行文化的现有媒介（音乐、电影、电视和名人）同样优秀的媒介。就像MySpace（微软"我的空间"）对音乐和电影所起的推动作用一样，第二人生这样的世界将同样地推动传统被动媒体的发展。（也和MySpace一样，进入门槛很低，没有被发现的天才们将有机会和那些已经出了名的人拼一拼了。）

现实世界的公司将慢慢发展成熟，基本上会在虚拟世界上运营：那些钢筋水泥玻璃窗的办公室将会发展到虚拟世界中来，在那里来自全球各地的员工们齐聚一堂，接受来自总部的培训。这能培养出个人很强的企业家精神——虚拟世界是2016年的异趣。发展中国家会集体分享虚拟世界门户，以此作为进入世界经济的助推器。在这样的未来里，相对贫困的国家在进入因特网的过程中将会举步维艰，但是他们不会知难而退。不过，就像现在的跨国公司把高端电脑运到印度去，以此输出其高科技劳动一样，将来他们会把三维电脑和三维打印机输出去，卖给世界上那些仍然在生产“东西”——不仅仅是信息，而是食品、工业品，等等的相对贫困地区。

“数据景观提供关于世界每一个角落的信息，不断更新而且人人都可以得到，因此将使政策、世界居民的健康、地球自身的状况等等信息都完全透明化了。”虚拟世界还将通过实时卫星馈送、手机视频捕捉等方法提供三维可视图像，展现出虚拟世界中的每个人在任何角落发生的事——让政府不会忽略掉遥远的角落发生的问题。你不用查看谷歌新闻去了解东南亚的飓风——你已经通过 RSS 订阅了飓风新闻。

这些都是外界的预言，为了了解内部人员的想法，我在米切·凯珀的开放源代码基金会办公室里见到了他，他的办公室是个多层级、木头板、开放式设计的房子，墙上装饰着亚洲艺术，还有许多陈列格展示着他在计算机领域的成功。我请他描述以 2001 年为起点的 20 年后的情况。2001 年他们和一个电子雪人召开了董事大会。

“总会有人让虚拟世界发展到极致——也许是林登，也许是别人。但是这一潮流不会因为某个组织的失败而停滞不前，虚拟世界将变得与个人电脑或者网络一样的重要。”凯珀有着粗犷的笑声和布鲁克林人的活力，“我毫无保留地说——三维虚拟共享世界。它将变得非常平常，这是另外一回事……有人认为电子邮件很酷吗？没有，如果你是个年轻小伙，电子邮件是那么老套；你在发手机信息，你在用即时通信。拥有一个化身，用它来代表你，把它作为一个参与者，在未来 10 年或者 20 年……也不算什么大事了。人们就这样用它，它就这样被纳入教育、商业和日常生活，成为一种社会经历。”

凯珀又缓和了下语气：“当然，我不是千里眼。”他承认，接着他把论点建立在他高科技领域内 30 多年的工作经历：“我的技能主要是识别破坏性创新技术，那些有可能成为巨大的世界平台的。但根本的问题是，在较深的水平上，它适合这种模式。它在很多层面上都在驱动着。”但那不是个商业定位，他看到他所帮助成立的公司最终只成为虚拟世界的一个小小齿轮。“林登不会拥有或者控制这些所有权技术。嗯，这就是你得到最大的蛋糕的方法，让在这个世界里的每个人都有兴趣去发明创造，找到自己的位置，塑造整个系统的价值观。”

我让菲利普·罗斯代尔回答同样的问题，他的办公室坐落在旧金山的三桑大街，与当年飞娄·法斯沃斯制造出电视机的地方隔街相望。那是在 2007 年 3

月,那个时候他的公司成立了差不多有8年了。最初,他们的办公室艰难起步于林登大街边上的一个不起眼的仓库里,周围是一些破烂店面和精品店。再到后来,公司条件好了一点,但是仍然蜷缩在一层楼里;而当我们聊天的时候,公司已经已经占据了广场最惹眼的旺铺位置。(一个附属机构已经在芒廷维尤开始动工修建,而且波士顿、西雅图和英格兰的分支机构也在酝酿之中。)

"当你要讲未来20年,"他说,"我们的世界,某种程度上很难去想象……有两种方法做事——你可以在纽约的大楼里做金融交易,也可以在第二人生的空间里做金融交易。一旦这两种方法开始激烈竞争,那么根据优胜劣汰的法则,就必须分出个你死我活,只有一种方法可以长期保留下来。"

我问罗斯代尔是否愿意看到数字进步成为人类进化的一部分,或者不是进化而是任何别的前进路线。

"肯定呀。因为人类进化的前沿是文化和思想,我想与前沿相反的'后沿'是我们的身体。"在罗斯代尔说的未来里,他相信他的孙辈会把现实世界看成一种"博物馆或者剧院",而像第二人生这样的域境才是工作和私人交往发生的根本地点。"我想我们可能看到整个自然世界被抛在了后面,它仍旧会有某些特质对我们很有吸引力,就像威廉斯堡(即布鲁克林)或类似的,你认为呢?"

我感觉到了这种未来的魅力,但同时我又觉得一股怀旧情感涌上心头,怀念那些不能够被数字化的东西,所以我接着问他:"你想在这样的未来生活吗?"

他毫不犹豫:"当然想。因为人们之间有着更好的交流和更高的诚信。很想,很想。"

"但现实的自然世界就有一点……退成了背景了。"

"我对此很冷静,"罗斯代尔微笑着说,"我喜欢真正的自然世界;我想它依旧会很有趣,没错。我不知道是否在20年后,我们仍然有机会体验到在一条很脏的路上飙车的感觉,我们在第二人生中会这样做。"

当罗斯代尔描绘着在10年、20年甚至更远未来他对第二人生的期望时,我们开始不知不觉转移到了另一个话题。这是一个我从2004年就想问的问题,那时公司还在萌芽阶段。这个问题是如此地萦绕在我心间,以至于我最后签约写这本书时想到的第一个问题就是它。

这个问题的背景不是来自罗斯代尔在采访、公司集会或者投资人大会上做的讲话。旧金山多媒体峡谷有一家很有名气的犹他旅馆酒吧,有一天我们在酒楼上把酒言欢，兴高采烈地讨论着有关第二人生的明天。那时候，第二人生仅仅拥有几千名付费用户。即使经营看上去有些惨淡，但是罗斯代尔却坚定地认为，这是一个有潜力有革命意义的软件，但这对他来说似乎比这还要意味深长。

当罗斯代尔阐述他对第二人生未来的预测正到了高潮时，他却转而喝了一口啤酒，喃喃自语道："当下，有一件事迫在眉睫，我们只需要做这一件事，那就是想办法怎样才不会死，怎样才不会昙花一现。"而这个问题，也长久萦绕在我的心中，迫切需要找到答案。

现在我终于有机会寻找到他的独白的意义。他的想法会和我的理解不谋而合吗？

他笑了，又畅快地大喝啤酒。

我更觉得难以理解了，因此他告诉我："在第二人生里将出现可以思考的东西……我不知道，(是否)那意味着我们将能够把自己上传到上面。"他是说把我们的意识上传到第二人生，就像未来派人士比如瑞·库兹威尔所想象的那样。"可能，有这样的谈话其实意味着我们本质上是会死的，那很不幸，但我想那是有可能的。所以我们不能回答'我们能避免死亡吗？'这种问题……但我想我们的结果中最有趣的是那些纯粹计算的部分。我们在第二人生里制作的物体，以及在别的模拟空间里的物体，很有可能将真正地思考。"

工程师把摩尔定律看做是与自然规律一样绝对，他说每两年计算机的计算能力就可以翻一番。在罗斯代尔的眼中，这个定律是实现超越的一个因素。

"它再过十几年就会出现了，模拟机，"他说，"自然世界进化速度几乎为零；物理定律没有改变。第二人生的模拟力度、对第二人生的现实主义态度和忠诚，都在增长着，遵循着摩尔定律，或者超过它，因为有些软件很棒。"

但逃离死亡这件事本身是值得渴望的吗？

"对我而言，"他很轻松地回答，"我想永远活下去，无论在这儿还是在第二人生，我都想长生不老。一想到人生不过百年，眨眼即过，我就觉得实在没有意思。"

这场谈话把他的思绪拉回到了他的童年，回到了他第一次意识到生命有限的那一刻。他回忆说，那还是在马里兰州，在托儿所附近，他站在一个柴堆面前，目光深深注视着森林深处。

"当时我突然冒出了一个念头，我们每个人都难逃百年终了的那一刻，我们都会化作土馒头下的枯骨黄土。"他笑了，"这可不是什么好结果。"

所以情况一目了然了，从这一点看，他们到那时创造的所有东西，都是这个目标的一部分，而商业计划里不大可能写这些——想逃离死亡的童年梦想，把化身融合到我们思维的生理方面，以有意识的数据的形式超自然地存在，想活多久活多久，随意遨游在自己创造的世界里。这个世界里住着活着的人，可能还有接近昏迷的亡者。

长生不老会比这更进一步吗？我问菲利普他是否相信上帝，当他回答这个问题的时候，他的眼睛都亮了。

“细微的存在自然地发展，成为我们的存在中最不可思议而宏大的部分。这从某些方面说是一种宗教，但是它不需要一个架空吊车，不需要一个上帝来推动发展，也不需要上帝来监督过程。这一点就是为什么我对第二人生如此热爱，因为这里不需要上帝。因为第二人生能如自然一样存在，而且超越——超自然，它能超越现实世界。”

所以结果他看到他的科学人文主义渗透了他所创造的世界，影响了罗斯代尔和他在三桑大街办公室里的程序员们，存在于几里之外几千个装在的金属盒里的服务器中，存在于无穷多的像超新星一样发出脉冲(0 和 1)传遍因特网的电脑中，存在于把二进制数据变成生动可见的山川河流和无穷多种共同创造的东西的软件中。人们共同经历着虚拟世界，在家里、在网吧、在公司办公室、在艺术家工作室、在无数个国家，从它起源的美国到欧洲到亚洲到拉丁美洲到全世界。

“有些人会说：‘不不不，第二人生绝对不可能成为真实，因为除非上帝赋予它生命之气，否则它永远不可能成为现实’。”菲利普·罗斯代尔如此陈述别人的观点。

不过，随即他就强烈地摇了摇头，表示反对：“我的答案是，这纯属无稽之谈。那不必要。如果第二人生发展足够壮大，那么它自己就会为自己吹入生命之气。而且，我们也有帮助，因为我们会以化身的身份进入。如果这个系统够大够复杂，那么它自己会发展出这些特征。人会从尘埃中来。”

但是，这些技术最终会给我们的灵魂和世界文明带来什么，将会继续令人们不断思考和探索。这也该是件好事，因为我们还太年轻，甚至无法提出这些存在于那些时代的问题。

我个人偏向于看一看最近的前途。虚拟世界和这本书一样，从一些少许词语就可以创造出的形象开始，所以可能比较恰当的结束是对未来 5～20 年的推算，把世界现在的模样和未来可能的样子混合到一起。

假设你身处于一间小屋里。

这间小屋存在于两个现实里，但最开始它存在于虚拟现实中，由一个巴西建筑师制作出来。在维迪加尔的贫民窟的一个网吧里，他制作出了一个喷射蒸汽的机器人，它可以制造美丽而纤弱的房子。他的才能带给了他名誉和大学奖学金。现在他在圣保罗有一个工作室，按照那里顾客的要求，他修改了最初的房子，把每一个房子都设计得可以适合当地地形和气候。这些房子完美地存在于他的电脑屏幕这个镜像世界里，然后真实房屋的结构从他的服务器传到了你的签约者的三维打印机里（还有所有的墙和天花板的模型）。真实房屋的所有设备和家具最开始都是存在于它的虚拟版本里的，你和你的家人可以在虚拟世界里检查它的设计和布局，看看他们在模拟的四季里、在每一天的阳光中所展现的形态。（你特别喜欢那个希腊瓷瓶，它是你在希腊币对林登美元相对不太值钱的时候买下的。）

有一个秘密入口通到你的小屋，但这只存在于它的虚拟版本里，而且禁止小孩进入，因为它直接通到堕落天使之城，这是一个黑暗而又诱人的幻想游戏，持枪行凶的炽爱天使和自动吸血鬼在这里厮杀火拼，有时甚至在世界末日之后的凄惨城市里做爱。你和你的妻子就在那里相会，尽管那时她是个气精，有着钛做的翅膀和攻击步枪。她在烟雾缭绕的摩天大楼之上飞来飞去，挑逗你，怂恿你去追逐她。后来，你发现她是一个美术硕士生，她的引擎电影获得了一个日本动画工作室的赏识（从此机遇之神眷顾了她，她开始了她的职业生涯）。对你们两个来说，堕落天使之城既是你们可以怡情自得的邻街酒吧，又是你们可以含蓄浪漫的栖身之所；当你们其中一个人因为出差而离开了对方时，你们就在那里继续你们空中的追逐。

西方有一座森严城池。

在虚拟的华尔街，道琼斯和纳斯达克的每一只股都是一个摩天大楼，它们随着最新收入报告的变化而长高或缩短。投资者和分析者的化身忙不迭地在楼上飞来飞去地分析走势，这些大楼可能突然就长得奇高。全球金融现状就这样通过一种城市景观展现了出来。

在虚拟的华盛顿·D. C.，成千上万的选民正在满怀期望地等待着一个就职仪式，因为第一次有一个虚拟化身赢得了他的党派议员席位（他是个杰出的法律教授，在一次严重的交通事故里残废了，他的床边有一个通过声音激活的电脑，他就用这个来完成了竞选。）有谣传说：虚拟的基地组织将对国会大厦发动一次声势浩大的突袭，志在杀害这名议员的化身，发起圣战的号召。但是，一个有敌人的人，自然也会有保护他的人：一个50多岁的红头发人，拿着由数据堆砌成的警棍。他是特种部队突击队的一个化身。曾经发生过一次模拟的但异常真实的IED爆炸（临时爆炸装置爆炸），毁掉了他整个分队，让他陷进了长达10年之久的灾后抑郁。当他现在终于恢复过来时，虽然年龄已大，但他意识到他可以为祖国做最后一次奉献。

东方有一片无际荒野。

这如同把整个地球投影在了一面镜子里，包括每一座山峦，每一片海洋，每分每秒都在根据绕地卫星发回的数据及时更新。你和你的家人可以在这里面自由自在地旅游，不用担心机票和签证，不用担心金钱和时间，这样一来就可以为真正的景点旅行做好准备；你也可以用它来给你的孩子上地理课，教他们了解哪里有雄伟的长城，哪里有巍峨的金字塔；当你造访这个世界时，你将看到其他探索者正在进行着严谨的建设计划：例如，科学家通过它来建立环境模型，向法律制定者和选民展示他们的工业政策的直接或间接的影响。人权活动家在世界上每一个社区都安装了信号灯，当任何社会动荡和不人道行为发生时，信号灯立刻就会发出红亮刺眼的光。干错事的人们立即会被一群化身包围，化身们围成一圈以保护无辜者，为他们作证，为他们辩护。

西北方向有一条漫漫长路。

你准备好上路了吗？

附录1

三个用于探究第二人生的技巧

——三个锦囊妙计，教你玩转第二人生

首先，你肯定先需要登录第二人生的官方网站（Secondlife.com），然后下载并安装这个软件，软件分为不同类型，例如有苹果版、Windows版、Linux版。当我伏案写作此书时，基本账户是免费的。不过你需要宽带连接和有3-D显卡的电脑。（你可以进入官方网站，然后浏览详细完整的说明书。）这里有一个显得有些旁门左道的步骤说明。

带着目标去——或者享受没有目标的状态

每一天，数以千计的新人们怀着五花八门但模糊不清的想法去尝试第二人生，他们想弄清楚，第二人生到底是何方神圣，怎么会有如此魅力。但许多人进来又离开了，带着几分失望，几分不爽。这些人期望得到的，是一个有着确定目标的传统在线游戏。因此，我常常善意地劝告那些还没被吓跑的人：一定要耐心等待，除非你真的有了一个特别想去体验的事情或者网站。要不然，就毫无目标地去体验，与那些看上去有经验的居民天南海北地大聊小论，如同浮水桃花一般从此处漂流向彼处，直到找到那处真正可以让你停留的所在。

寻找一个经验丰富的向导

在这个世界当中，需要学习的知识随处可见，而且又常常让人晕头转向，更不用提那个令人望而生畏的复杂用户界面了(在写此书时，还是这样)，因此，找一个已经在第二人生中久经江湖的朋友会很有裨益。和朋友一起探索，在相邻的电脑上小试拳脚一下，或者通过电话、网络电话联系，这样朋友就能帮你解决那些令你摸不着头脑的问题了。

看一看七大奇迹

当然可看的地方比这更多，这不过是我个人的列表。在第二人生里，用搜索地址的功能，键入下面黑体字写的地址，当地方被找到时，点击“瞬间移动”：

思娃伽岛：一个人造生态系统，有自己的气候和相互依赖的物种，在2006年由一个化身名为劳科萨伽·思娃戈的英国程序员创造的。罗斯代尔称之为这是模拟自然的范本，他最初希望的第二人生就该是这样子的。

阿波罗消失之城：一个如梦如幻的浪漫城堡，到处是摩天耸立的高塔和华丽壮观的大理石街道。

绿城：一个游戏空间，你在一个原本是50英尺而在这里变成16英尺的公寓里成为拇指大小的化身。

对于喜欢游戏的人来说，一些角色扮演的地方：米甸、罗西姆、堕落天使之城、荒原 、尘世和武士岛。Nexus Primes称之为“创造力的发动机”。

未来：(很难进入，但值得一试)一个四维的弯曲小屋。

沙盒：提供了可自由建设的区域，这些地方充满着即兴的天才创作，是比波普现实的最佳反映。

还有一个不可或缺的地点，可帮助居民开始第二人生：新居民公司。

附录2

三个在第二人生中开展真实商业活动的技巧

——三个锦囊妙计，教你在第二人生中商战

随着90年代中期第一家公司网站开创以来，许多公司纷纷进驻第二人生，创造出很少能和顾客互动的没有用的虚拟公司，这些公司几乎没有访问者。这里有一些重要的建议：如果你公司的员工还没有涌入第二人生并且让自己成为里面的专家和倡导者，那么联系一个帮助开发虚拟世界的公司吧。公司列表在 http://secondlife.com/developers/。当然，那里也有我作为顾问的特别建议。

吸取成功经验

在我写这些的时候，排名前5位的公司网站吸引了3 000～10 000人，意味着他们收获了0.8%～2%的点击率。（作为对比，按周计，传统的万维网广告的点击率只有0.5%～1%。）在你想开办自己的网站之前，这些地方你必须去体验一下。但更重要的是，去一些草根场所看看，那些地方（至少是那些不依靠钱和性诱惑来成功的地方）还要受欢迎得多，再去那些利润最高的在线商店去看看，你就能一目了然地发现区别。

尊重并服务于现有社区

在不久的将来，第二人生的进入壁垒将会很高，所以不要对你的驻地吸引来多少新用户抱太大希望。相反，你应当预期你的大多数观众将是老练的居民。和现实公司有一点不同的是，那些自以为是的公司常常受到谴责。永远别奢望你是第一个先驱，因为事实常常是你不是。相反，要把业务延伸到这个社区，就要寻找当地人才并稳定地雇用他们。

找一个超级棒的第二人生程序

花足够的时间创造一种效用或服务——既是在第二人生上独一无二的，又能利用那些使得第二人生独一无二的主要元素：国际化的虚拟社区，活力四射的用户自创内容。比如，不要仅仅把你的最新产品复制到上面，而是鼓励居民去改进或者即兴创作，同时确保你自己的开发者和设计者在留心新点子。

后　记

这本书自始至终反复出现的一个短语是“在写此书时”。我从2007年1月开始着手写这本书，同年9月中旬完竣，亦即在此时我写下这篇后记。第二人生果然是有着比波普实体的本质，它不断地变化、损益、发展和进步，以用户和公司创造的新内容为主线，贯穿始终。在编写此书的时候，我不断将新近的发展融合到你们已经读到的章节中去。当本书要以实体的形式和大家见面的时候，我在此作一下简短的总结，向大家扼要报告一下内容。当然也许举足轻重，也许无足轻重。

边远小镇时代结束。

禁止虚拟赌博和极端的性。

引进真实世界身份验证。

2007年6月，在毫无预兆的情况下，林登实验室突然宣布，以林登美元进行赌博不再合法。不过短短几天，第二人生中的所有赌场就全部关门(虽然鲁伊特的第二人生当局报道说很多都只是转入了地下，大家只能是说一说而已)。正是因为这项决定，一时间林登美元的总支出一度下降了至少一半。不过奇怪的是，用户总活动和用户增长却没有明显减少，这表明了豪赌只对一少部分人来说有吸引力。

在持有这种模棱两可的态度几年后，公司终于在上一个月宣布，禁止虚拟恋童癖活动和“对包括强奸在内的性暴力的描述”。(在这之前，林登职员曾建议允许此类活动，只要它们完全发生在私人领域。)一些居民把这些政策转变理解成：公司在为塑造大众的主流第二人生形象做准备；不过在我看来，一个更合理的解释应该和他们服务器对象有关。现在，林登实验室准备把第二人生的服务器转移到欧洲、亚洲，以让这些地区的用户得到更好的服务。如果想踏上这些令林登垂涎已久的热土，就必须遵守服务器所在国的法律和文化。在许多国家，甚至连对恋童癖和色情的虚拟的描述都是违法的。

在此前的一个月，也就是 2007 年 5 月，林登实验室宣布一项引进第三方身份认证系统的计划，使得居民能够独立地验证其他用户的年龄、真实姓名和其他关键的真实资料。当我和罗斯代尔在 2007 年 9 月讨论这个系统时，他强调说这对那些想到第二人生来做生意的现实世界公司和组织很有好处。他并不担心这会损害他的世界根本的含义——拥有“第二人生”。相反，他说居民很可能会拥有两个化身，一个用来做和真实世界相关的交易；一个用来做个人隐私活动。红头发的第二人生哲学家沃伊勒斯·勒韦恩认为还有一个动机在起作用：林登实验室与身份验证服务整合平台签约，以在被诉讼时获得更高层次的法律保护。她在自己的博客上写道：“整合平台不仅提供了验证服务，事实上核心交易比这还要有趣：‘他们买了林登实验室的债务’，当林登实验室因让部分人看到了‘不合适的’内容而被诉讼时，他们就得承担责任。”(也正因如此，勒韦恩继续推理说，林登才会毫不客气地禁止赌博，因为整合平台不会让网络赌场通过验证。)

总的来说，这一连串的变化看起来很有开创性——把这个世界从腐化堕落的边缘拉回到安全和谐的地方，可以让家庭和企业安居乐业。

当被问及此时，科里·昂德里卡透露了另一个趋势：“如果我们的律师说‘这样的行为会有损于我们公司的运营能力’，那么我们就将采取需要的行动。”他点到即止。

美国家庭影院频道购买第二人生电影的北美电视播放权

曾经很长一段时间内，林登实验室的知识产权政策的唯一出名的例子是方块拼图游戏。(柯米特·魁尔克出售对基于第二人生的流行小游戏的权利，因此它们仅仅成了 GBA(一款任天堂掌上游戏机)的名字。)在 2007 年 9 月，这个先例被超越了：美国多媒体公司的经理道格拉斯·格耶顿完全依靠第二人生，制作了电影《我的第二人生：莫洛托夫·阿瓦尔的视频日记》。美国家庭影院频道(HBO)购买了它，并迅速把它推向2008圣丹斯电影节，该片还曾冲击2007年奥斯卡最佳动画短片奖。(为了符合评委会的提名要求，它在洛杉矶电影院上映。)格耶顿采用引擎电影技术——从三维动画(在这个例子中，就指的是第二人生)中捕捉视频，作为电影的原始影像脚本。20世纪90年代，道格拉斯·格耶顿是美国宣传电影公司的成员，这是一个传奇式的制作公司，其导演名册包括《移魂都市》导演阿雷克斯·普罗亚斯，《决斗俱乐部》导演大卫·芬奇，《约翰·马尔科维奇》导演斯派克·琼斯，等等。在一次采访中，格耶顿告诉我他已经向公司同行展示了他的引擎电影，并解释了它的发展。我想这就是为什么很快就有许多重要的电影制作人去玩第二人生了——如果他们都没有私底下玩过的话。

律师化身接踵而至

本杰明·杜朗斯科领导的美国律师协会成立了虚拟世界和多用户在线游戏委员会(VWMOG)，其靠山是科学与技术法律部。一个深受敬重且影响颇大的法律团队在2007年9月宣布："VWMOG的委员们当下的工作计划包括，在第二人生虚拟世界建立一个网站、一个电子邮件列表服务器和一个研究室。"

镜像世界：混合现实国家的状态

2007年秋，许多国际化都市和国家都已经在第二人生里制作了或正在制作它们的虚拟形象(许多都是国家政府资助的官方形象)，包括德国的柏林、丹麦的哥本哈根、荷兰、墨西哥、摩洛哥、美国罗得岛州的普罗维斯登、瑞典(包括一个大使馆)、日本的东京——和哈里发统治的艾尔安答路斯，它是个遵循"权威的伊斯兰原则"建立和统治的岛。据《今日美国》8月份报道，有三百个大学在把第二人生当成教学平台，包括哈佛、麻省理工学院、普林斯顿、杜克、美国纽约理工大学、南加州大学、爱丁堡大学、美国得克萨斯州立大学奥斯丁校区、美国纽约弗沙学院、美国弗州理工大学。在第二人生上开设业务的大公司(目前在前100名的)有：AMD(美国超微半导体公司)、AOL(美国在线)、BMW(宝马)、思科系统公司、可口可乐、戴尔电脑公司、福克斯、IBM、因特、美国职业棒球大联盟、梅塞德斯—奔驰、微软、尼桑汽车公司、NBA、NBC(美国全国广播公司)、飞利浦设计公司、美国旁蒂克汽车公司、路透社、三星、思爱普软件有限公司、西尔斯零售、索尼/BMG(贝图斯曼唱片集团)、太阳微系统(计算机及互联网服务公司)、TMP环球公司、德国T-online因特网服务公司、日本丰田汽车公司。(参考246页"前十名公司网站":按访问量计,最成功的现实世界中的公司。)

消费主义者的天堂还是商业的乌托邦

2007年9月,《纽约时报》对第二人生中的虚拟消费主义作了一次深度报道。文章的作者西娃·博斯写道:"作为用来试验什么是促使我们消费的培养基,第二人生显示了我们在物质世界里的入流赶时髦、获得好形象的欲望是多么深。"她的说法代表了一个普遍的看法,认为第二人生的文化是消费主义,这个观点值得商榷。确实,第二人生看上去像是由买卖商品来推动的,但最近的经济数据并不支持这个特征。在2007年8月,在线世界有600 000个活跃用户,根据林登的经济统计,只有304 499个在使用林登美元,剩余的295 000个一分也没用。在那些确实买卖过商品的人之中,又有131 000人花销少于500林登美元——大约2美元。这份数据反映出一个问题:如果在第二人生中,71%的活跃用户每月的花费都不到2美元,而且一半的人根本没有买任何东西,那么凭什么说第二人生是消费主义?

第二人生当前用户中有多少可以称之为贪婪消费者呢?让我们把标准设定为每月花费多于10 000林登美元,即大约40美元。林登统计数据表明,符合这一标准的消费者大概有6万人——占当前用户数量的10%。

毫无疑问,一定程度上的消费主义确实是第二人生的重要组成部分。但合理的看法是:许多商品交易是发生在朋友和社区之间的礼物交换(或者以货易货),同样有许多是发生在陌生人之间的共享与交换(符合印象社会的行为模式)。这与通常认为的消费主义完全相反,因为它没有经济的行为动机。这是反语的消费主义,如果你愿意这么说。不管怎样,第二人生居民的经济行为还需进一步研究。

第二人生变得更加拉丁化和亚洲化

根据林登实验室公布的数据，到2007年6月，第二人生中按月计算的最活跃用户大致保持在560 000人左右。这些数据很可能发生翻天覆地的变动：5月最活跃用户最多的国家是美国，紧随其后的是德国和法国，6月却是巴西和日本。巴西的人数从36 000人猛增到48 000人，而日本则几乎翻了一番，从27 000人到了48 000人。（尤其令人刮目相看的是，第二人生在日本本土化上市仅仅几个月而已，就出现了如此惊人的增长；而巴西的宽带网设施和美国和欧盟比起来不可同日而语，增长却也如此迅速。）在过去的几年内，美国和欧盟占据了用户数量的前5位，而到了2007年中期，从亚洲和南美来的国家则逐渐迎头赶上来了。

竞争者不断涌现

到2007年末，至少有17个系统发布、报道或者上市，它们都定位为用户自创的世界/平台，或者把第二人生作为创作源泉。它们包括索尼之家的PS3游戏机、微软的虚拟地球、太阳微系统的暗星工程游戏机、维亚康姆的尚未命名的虚拟世界，还有一些公司或项目正在启动：Atari（雅达利公司）、Areae（美国电脑技术公司）、Croquet、中国的HiPiHi、Icarus（伊卡洛斯）、Immersiv、Kaneva、Multiverse（多元宇宙）、Ogoglio、OLIVE、Outback Online（内地在线）、Vast Park、Whirled。

反恐组织到第二人生来追捕基地组织圣战者

2007年8月，恐怖主义专家罗昂·昂拉让拉（饱受喜爱的《基地组织内部世界》一书的作者）开始向主流媒体披露一个令人震惊的消息：来自基地组织的恐怖分子骨干并没有销声匿迹，而是在秘密使用第二人生作为计划制定平台，图谋东山再起。对此观点，我有些怀疑，于是向他求证。

“尊敬的詹姆士，”几天后，昂拉让拉教授回复我的邮件说，“与其说他们是基地组织成员，不如说他们是圣战人员。”至于他是怎么知道他们在第二人生中活动的，他说：“我们一直在密切地监视他们。”此时一个问题出现了：如果一个第二人生居民怀疑另一个用户是真实世界中的圣战者，那么她或他应该怎么办呢？

昂拉让拉教授一针见血地回答道："报告政府，这样嫌疑人就会受到监视。"

美国政府参与第二人生

9月10日，政府执行网报道了一个多机构联合组织的新闻，这个组织是由美国国防大学信息资源管理学院的教职工编制而成的，目的是在第二人生里设置一个可堪代表联邦的虚拟机构，该机构下辖国家与交通部门、国家卫生局、国会图书馆和NASA（国家宇宙和空间管理局，它已经有自己的虚拟机构了）。如果要发挥第二人生的潜力，把它发展成国防工具，让这个联合组织囊括进美国空军和海军，那么肯定会引起几番口舌之争。

化身得到了风险投资

2006年（在我提到"化身企业家"时），一个叫艾米·韦伯的居民开始在新泽西州做生意。2007年秋，另一个横在虚拟与现实之间的障碍也被破除了：安西·钟，这个第二人生中颇受争议的房地产巨头——它（他）是一对德国夫妇艾琳和冈特拉姆·格拉夫的杰作，他们把在第二人生里的发展工作室搬到了中国武汉——从美国格莱迪恩风险投资公司那里得到了数目保密的现金流入。据3pointd网站最先报道，格莱迪恩也就是那家一口气给开发虚拟实境的电子绵羊公司注入了700万美元的公司。但与如此知名的化身达成此类交易，这还是第一次。

2007年9月，前十名公司网站

在我的第二人生博客上，发布有一份关于虚拟世界人口的研究数据，这份数据来自虚拟世界人口学家泰特优·尼诺的研究，她定时记录到真实世界公司开办的网站访问的人数。她的"混合现实人口普查"虽然不尽完善，但是非常有潜在的价值。普查数据可以用作衡量这些公司在第二人生社区里的表现的工具。到9月10号周末，当有460 000居民在线时，前十名公司网站如下：

池塘(澳大利亚泰尔斯瑞电信公司所有)(每周访问量)	12 252
IBM	7 032
《拉字至上》(娱乐时间电视网所有)	5 364
旁蒂克	4 524
绿城(英国 Rezzables 工作室)	4 152
天气预报	2 976
尼桑	2 376
虚拟荷兰	2 352
花花公子	1 968
ABC 岛(澳大利亚广播公司)	1 620

开放源代码有了结果：我们将被一个孩子领导

2007 年夏天，一个在现实中是一名 15 岁未成年人的第二人生组织成员，仅仅是出于百无聊赖，希望“和人说话”，走向了她的游戏老兄，从此永远地改变了第二人生。她因为不能在学校连接上第二人生，于是开始玩第二人生的开放源代码，而且在很短时间内开发出了阿贾克斯人生程序，通过它，人们就可以轻松地从即时通信/聊天工具、地图和瞬间移动离线浏览工具来获得第二人生的某些功能。

在阿贾克斯人生之前，要进入第二人生就必须先下载安装它，而且要求很高配置的显卡——这对于大部分网上冲浪者而言，无疑是一个很高的壁垒。这种壁垒就意味着第二人生的弱点，这种弱点的存在，就使得那些一直蠢蠢欲动打算与第二人生分庭抗礼的公司有了可乘之机。这些期望成为第二个第二人生的竞争者，试图攻破这一薄弱环节，为用户提供基于网络的、用户自创的、不必如此耗时耗力、低进入障碍的崭新世界。凯萨琳应用林登第二人生开源组织的协议，显著地改变了那种情况。(没有什么比仅仅因为娱乐就改变了整个在线产业更神奇了!)考虑到这些，可以毫不夸张地说，林登实验室没有把第二人生带进新的时代：不过英雄出少年，一个名叫凯萨琳的小孩做到了。

罗斯代尔的愿景：国际化的第二人生

2007年9月初，我陪同一对法国夫妇前去采访罗斯代尔，这对夫妇名叫塔阿莲德拉·勒格和瓦考利·奇洛希，他们是电影制作人，他们采访罗斯代尔的目的是为了补益他们制作的一部快要完成的关于第二人生的纪录片。（他们坚持后现代的观点，喜欢一个化身记者同时也是那个以真实身份采访罗斯代尔的记者。）这给了我一个机会，让我可以将这对夫妇与罗斯代尔的这次谈话内容收录到本书中。我问这位身为林登实验室总舵手的领军人物：当他们将交换服务器带往世界各个角落的时候，第二人生应当如何运行——因为对于性内容和其他有争议的问题，不同的国家法律和标准有很大的不同。

罗斯代尔说："服务器将满布任何一个居民实际居住的国家和地区。"他不会完全屈从那些要求严格的国家所提出来的审查和管制，而是倾向于提出一个折中的建议：每个特定国家的限制标准都会在第二人生中相应位置（比如在公司的网站或者第二人生中某些机构）予以公示，用户可以自主选择一个按照国别设置内容限制的过滤器。罗斯代尔认为，如此一来，任何审查管制程序都会公开化、透明化，居民更加方便，而国家可能会感觉到压力，从而放松标准，提供更大的自主范围。

这个主意似乎是一个两全其美的妙计，不过我提醒罗斯代尔注意一个严峻的事实：无论监管审查程序是否透明是否公开，既然第二人生服务器拥有一个居民的真实世界的真实资料，那么当这个居民通过第二人生表达他对当局的不满或敌对之时，公司是否会像雅虎一样，将其交给当局？罗斯代尔坚定地说不可能，他说那显然是违背了公司的企业价值观。

幻想与现实一些数字朋克来了，一些仍旧远离

许多卓有影响力的科幻小说作家在描画渲染在线世界时，都毫不吝惜手中的笔墨。到2007年，这些作家都曾提及第二人生或者亲自造访过第二人生，其中包括大名鼎鼎的布鲁斯·斯特林、弗诺·文奇、科里·多科托欧——甚至包括数字朋克（一种背景是只有电脑的未来世界的科幻小说）的大家威廉·吉布森，他在一次卓越的采访里表示，他在第二人生中有过一次哭笑不得的经历：

他化作一只匿名菜鸟，进入第二人生之中，不过几乎所有人都对他斜眼相待："我成了一只奇怪的蓝精灵，胖嘟嘟的，亮蓝色的身体套着芭蕾舞短裙。没人觉得这很酷。"

不过有一个名字显然被遗忘了。

尼尔·斯蒂文森的《雪崩》是本书出现得最频繁的标题，当我完成初稿时，我突然意识到有一个巨大的空白：我还不曾去问斯蒂文森，他会对第二人生抱有什么态度或看法。斯蒂文森不喜欢媒体的围追堵截，所以他一贯逃避媒体的闪光灯和话筒。但是我几番思考之后，仍然下定决心发了一封电子邮件给他。他去过第二人生么？这个在线世界与他 15 年前所描写的小说故事有着如此深厚的渊源，现在人们已经混淆了"虚拟世界"和"第二人生"，而他会如何看待这个世界呢？

几天后，在 5 月 28 号，他回复了我的邮件，原信全文如下。

詹姆斯：

我的回答也许会让人们难以置信，不过我还真没去过第二人生。生活中事情太多了。

祝你好运！

尼尔

2007 年 10 月的最后公布。

- IBM 和林登实验室公布了一项计划：建立可使化身在多种在线世界间转移的互操作性普遍标准。
- 跟随年轻的凯萨琳·贝里的指引，至少有三个公司推出了第二人生的阅览器：3Di 公司的万维网可移动生命；企鹅人行道公司的非二元(inDuality，在万维网运行第二人生)；以及电子绵羊公司的 OnRez(它最值得一提，它把在第二人生上和在万维网上的浏览网站整合到了一起，把阅览器有效地变成了操作系统。)
- 在同一周，国家广播公司的《办公室》把第二人生刻画成重要的密谋场所，而 CBS(哥伦比亚广播公司)的 CSI：NY(《犯罪现场调查：纽约篇》)则播放了对一个第二人生谋杀所作的多方调查(观众可以根据电视揭示的线索亲自在第二人生里继续调查)。
- 英国的移动电话巨头沃达丰推出一项服务，使得第二人生与现实中的居民可以互相接受和发送文本消息。

- 9 月，一个国际工会联盟对一项有损于 IBM 的意大利员工的工资削减表示抗议，约有 1 800 名联盟成员以化身身份聚集在公司的第二人生办公点，进行示威活动。（抗议人群中还出现了一只挥动条幅的硕大香蕉。）10 月，IBM 意大利执行总裁狼狈下台，联盟理所当然地认为，这要归功于他们的虚拟抗议。

经过筛选的第二人生术语表

Alt (alternative resident account)

可选账号：

一些用户希望能在网络世界里面拥有多种身份角色来实现不同的目的，例如以一个面向大众的身份来管理商业事务的同时，以另一个身份去享受休闲娱乐或者处理私人事务。而且，第二人生稳定的文化和经济环境，也促使用户产生希望能同时虚拟体验多种生活方式的愿望。

Animation

三维动画程式：

保存在“居民”的“存储库”和“构造球”的一系列“虚拟化身”的个性化定制动作和活动。

Attachments

附件：

与虚拟化身的整体造型相关的添加选项，包括衣服、发型、武器等。

Augmentationist versus Immersionist

持“补充观点论”的用户与持“替代观点论”的用户 ：

林登实验室前研究员亨利克·本纳森在一篇具有影响力的文章中所定义的术语，用于描述线上用户对“第二人生”所持有的两种主要的观点和态度。

持“补充观点说”的用户认为，“第二人生”对网络、媒体和真实世界，起到了在三维方面的增补和支持的作用。持“替代观点说”的用户则认为，“第二人生”是一种能自我控制、可替换的世界，并且普遍觉得外界的媒体和事实会打破这种幻觉。

在另一种解释中，持“补充观点说”的用户将会成为“第二人生”的主流使用群，而那一小群核心的忠实使用者，则会由持“替代观点说”的用户所构成。

Avatar

虚拟化身：

取自梵语的“神下凡的化身”，虚拟世界的常用术语，指在虚拟实境中互动地替代用户本人或由用户控制的角色。虚拟化身常指代具有特别生理特征(如性别，种族)的居民。在不同的事件、情绪、社会关系等各方面，居民通常会拥有不同的虚拟化身。

Bebop Reality

比波普现实：

这是作者对公众关于“第二人生”的法的描述：“第二人生”就是这样一个空间，其居民为了使它能日臻完善，在不破坏它基本构架的前提下，都愿意不断地改进和美化这个空间；与此同时，居民允许利用自己不断的即兴创新能力，去修改这个空间运行的基本规则和特性。

Beta

外部试用版：

高科技行业的常用词，指软件在正式进行商业推广前测试的最后一个阶段，通常提供给自愿协助测试反馈的使用者。

Bling

刺眼，闪亮：

来源于嘻哈文化，形容宝石和其他时尚饰物所发出的耀眼光芒。在这里，主要指代“社会玩家”，他们有时会被轻蔑为到处招摇，就像到处发出刺眼的光的人。

Camping chair

露营椅：

“第二人生”里面的一款家具，作为增加“线上”代步工具而开发的。系统会根据在露营椅上面停坐的时间长度，按比例来付给用户“林登元”。它并不是我们常常看见的那种固定的椅子样式，其他相似的还包括那些鼓励居民跳舞、干家务活或参加别的活动的“构造球”。

FIC (Feted Inner Core)

内部核心人员的特别对待：

由一位研究“长期居民互相勾结共谋说”的理论家柏可凡·涅瓦所创造的词条。用来描述以侵害临时用户和缺乏经验的新用户的利益为代价的精英居民、林登实验室和虚拟实境开发者之间的一种假设的勾结阴谋。

Furry

毛人，动物形象的虚拟化身：

在"第二人生"内最显而易见的亚文化中，代表拟人化的卡通动物虚拟化身（麻雀、浣熊等）。曾经有过对这种粗糙的网络模仿提出反对意见，因为角色扮演的亚文化是因自身强大的脚本编写和创新功能而在网络世界里获得推崇的。

Gesture

混合效果的反应：

小段的三维动画程式，或者是由一个关键词或其他快捷方式导致产生的声音效果。通常是来表现虚拟化身的一个瞬间反应的动作，例如鼓掌、大笑。

GOM-ed

游戏开放市场的终结过程：

在这个过程里，用户个性化定制的内容和服务，会因一系列的官方软件和网站的更新而受到危害或被取代。这对于热衷创新改革的在线居民来说，是一个不利的影响因素。例如，在游戏开放市场里，引领"林登元"货币兑换业务的商铺曾经是一个属于用户自行运作的网站，但后来当属于林登实验室的"新林登元"交易服务有效运行时，网站就因陈旧而被废弃了。

Gray goo

灰雾（网络恶意破坏）：

纳米技术的噩梦蔓延到了虚拟实境，网络恶意破坏者的出现、实体的不断自我复制，导致网络世界的崩溃和服务器的瘫痪。林登实验室对此的防御措施包括：创建防火墙来保护受损的服务器，最近新的措施就是把网络恶意破坏者的信息定期报告给外来的监管机构（FBI 联邦调查局）。

Green Dot Effect

绿点效应：

一种反馈式的循环效应，当一群居民在浏览器地图中以一堆绿点的形态呈现的时候，就会吸引其他更多的居民过来加入。

Grid

网格：

所有和居民直接相关、可利用的模拟器的总称。它并不包括那些和在其他网络的用户没有直接相关的"第二人生"的模拟器。（曾经很长一段时间有谣传，说网络之外的模拟器是由政府情报机关和其他隐蔽的组织所控制的。）通常缩写成 MG 以区别于青少年版本的“第二人生”TG。

Griefer

恶意破坏者，网络无赖：

在网络上专门蓄意破坏和侵害特定使用者的个人。有时候，通过扰乱和欺骗的手段来妨碍网络道德，但没有触及网络法律条文。

Immersion

“陷入替代”说：

通过视频、音频及其他社会特征的虚拟再现，产生了处于一个可替代的世界的幻觉。在这个可替代的世界里，虚拟化身和使用者的真实身份可以截然不同，虚拟化身之间也能够如同现实世界一样互动交往。

Impression Society

印象社会：

作者个人对“第二人生”的社会等级的定义。在“第二人生”里，评价居民的价值和给予尊重的标准，是以他在创建文化、经济和对社会的贡献程度来评定的，其中包括他的创造才能、所受荣誉和坚持不懈的努力。

Inventory

存储库：

用户的存储文档，里面包括该用户所拥有的全部物品、土地标示、三维动画程式等。

In-world

在线：

在“第二人生”内处于在线的状态。

Lag

信息交换的延缓：

通常而言，网络拥挤都会导致客户和服务器之间的信息交换的延缓。尤其对于“第二人生”来说，在一个提供的模拟器内出现了过量的居民、“物品交易”或活跃的编剧员的时候，常会引起信息交换的延缓。

Land baron

土地巨头：

大土地所有者或者资产经理，他的商业模式集中于获得和拥有大量的土地，并向租赁居住或者是使用设计好的那部分土地的居民收取费用。

Landmark

地标：

与网络浏览标签类似，只是用三维的形式显示，用于将东西运输到网格上的特定的 xyz 坐标位置。

Linden

林登：

林登实验室的一个用“林登”作为虚拟化身姓氏的员工。在第二生命世界中最常见的林登是作为“联络员”和社区队伍成员，以及正式的伯克利警察、社会工作者和领航员的组合——一个无所不能、无所不知的半神半人。

Linden Dollar

林登美元：

第二人生的官方货币，根据跟人口和通货膨胀相关的经济情况对其进行发行和回收。在发行时期，它的身份对外面的世界来讲仍然只是同量。有人认为它只是“游戏钱币”，但是也有人觉得它应当有跟外国货币相等值的官方身份。

Linden script language

林登脚本语言(LSL)——基于第二生命的编程代码，类似于 C+。

Machinima

引擎电影：

捕获电影或者电脑游戏中的某一个镜头而形成的视频文件——或者在这种情形下，就是一个三维的在线世界。

Metaverse developer

虚拟实境开发者：

在这个世界中代表现实世界的企业和组织而不是林登实验室创造场所、事件和经理的公司。

Mirrored flourishing

镜像繁荣：

作者对以一个普通社区命名的术语，这个社区相信对第二生命的积极贡献可以也应当在现实生活中对其居民有积极影响——反之亦然。

Mix reality

混合现实：

第二生命和现实世界元素如营销或者一个外部输入的组合。典型的混合式真实事件是在真实的聚会上第二生命被投射到屏幕上，于是参会者和地理上远隔的居民可以进行互相接触。

MMORPG

大型多人在线角色扮演游戏的缩写，或者有时候说成 MMO（大型的多人在线游戏），一个包括了传统像魔兽争霸这一类的角色扮演游戏和像第二生命这一类的开放式结尾的平台。

Noob

菜鸟：

普通玩家对新手的称呼行话；通常是对一个愚蠢、缺乏经验的，或者是不称职的居民的轻蔑称谓。

Permissions

许可证：

基于代码的用户创造的智能财产权限的核心，用户选择的用于决定某个对象或者脚本能否被复制、变卖或者修改等等的一系列检验指示。

Poseball

构造球：

一个小小的编好脚本的对象，坐在上面时，在你的虚拟化身上开动事先调试好的动画效果。这是夜总会跳舞、性交流和其他社交活动根本的关键技术。

Prim

物体单元：

“基本的”简称，建造网格上所有对象的基本建设用砖。其原始状态主要是被做成立方体、环形、或者球形的形状，一个物体单元能够以无数方式改变其形式、表面的质地、及其物理组成。许多该世界中的对象都是由两块到三块的物体单元连接到一起组成的。物体单元能最好地体现第二生命的物质力量，包括重力和风。他们同时能够隐形，或者在没有任何自然物质的时候被看到。

Profile

人物简介：

列有居民姓名、产生日期和其他自选细节（兴趣、真实生活身份等等）的视窗。

Resident

居民：

第二生命中的虚拟化身以及与其相联系的用户账户（电子邮件、信用卡信息等等）。一个林登实验室最初用于标识所有权和社区身份的术语，而不仅仅是一个付费用户。个体用户通过预备账户就可以拥有多个化身。这一点已经在第二人生中独特用户的总数量上引起了争议。

Region

区域：

模拟器

Rez

构建

使用建筑功能或者用把先前存在的对象从目录中除去的方式将物体单元在该世界中实例化。

Ruthed

作废，失效：

正如“我失效了”一样，指的是因为严重的错误，导致化身失去其个体特征。暂时回归到原始的、默认为雄性形式的化身，通俗说就是“作废”。尤其对多数男性用户来说更是惶恐不安的一件事。

Sandbox

沙盒：

一个自由建造的区域，居民可以在这里建造物体而不必要拥有这里的土地。沙盒通常是第二生命中最具创造性的地方，可以在这里感受到发明家的亚文化。

Script

脚本：

林登脚本语言的一系列说明，使得居民能够在他们的作品中添加感情或者互动之类的功能和程式。

Simulator

模拟器：

通常缩写成“sim”，这个世界地理中的离散区域，接近 16 亩，囊括在单独的一个服务器上。（同时指的是这个模拟器边界上面和下面的空间。）多数的模拟器都在地理上连接在一起，形成一片独立并接连不断的陆地。

SLURL

第二人生统一资源定位符：

一个基于网络的连接，这个连接开发第二生命的客户并自动将客户直接输送到具体的 xyz 位置上。

Social gamer

网游社交者：

普通的游戏行业的行话，用这个来指那些在第二人生主要围绕以下一些社交活动而展开的居民：比如参加俱乐部、聚会、玩临时游戏或者性生活。行话通常说“光芒万丈的人”，社会玩家在“黑手党之家”、夜总会竞争、色情剧等角色扮演上比通常认为的拥有更加强势的文化。

Subcultures

亚文化：

大量离散的第二生命社区存在于先前存在的亚文化中心。最突出的包括动物形式的化身、侏儒、高丽人（由关于信徒的低俗小说的作者约翰诺曼得到灵感而产生的幻想和虐恋角色扮演）、机器人、社会玩家、太空海军和吸血鬼。本土的第二生命亚文化包括沙盒居民、编剧员、还有时尚行业的成员（比如设计师和模特）。

Teleport

瞬间移动：

自动即时将居民从一个 xyz 坐标移向另一个坐标的能力。

Viewer

浏览器：

个人必须安装并且运行才能进入这个世界的第二生命客户端或者程序。

鸣　谢

一本关于用户自创的世界的书有它的优点，不过当要致谢的时候，也就意味着会有太多名字映入读者的眼帘。正是集大家之力，才完成了这部书。我知道我的鸣谢名单中可能难免会遗漏掉一些名字，不过我仍然对他们表示万分感谢。

首先，感谢我那十分美丽的同事简妮芬·斯古勒格。由于全身心地投入到本书创作过程中，所以我无力兼顾她，而她却一直细心地照顾我支持我，并在最后时刻以一种编辑的眼光给我了许多不可或缺的建议。

感谢我的父母户特和多罗西。每当我在疑惑和困难面前蹙眉摇头的时候，总能得到来自我的大家庭的鼓励和支持，没有他们就没有我的今天。

感谢我的经纪人大卫·弗格特。当第二人生还只有不到10万当前用户时，他就在为这个项目奔波劳碌了，也是他帮助我把此书写成了比我最初设想的要宏大得多的作品。哈珀·柯林斯的艾森·弗里德曼甚至在本书成型之前就抓住了它的关键，而且巧妙地把它塑造成融会贯通的整体。

感谢林登实验室全体职员。除了本书中已特别提到的菲利普、科尔、罗宾、米切、安德鲁和亨特外，还要特别地感谢那些在我的“林登”日子里及这些日子之后都和我保持密切联系的人：凯萨琳、劳伦、简、伊恩、本、黎安娜、巴布、汉尼、斯凯、丹尼尔、基舒、科勒、吉姆、凯尔、帕斯芬达、瑞恩、贝斯、比特、杰弗、托雷、马克、查最柯、亨瑞克、尼科尔、比特、查理特、卡伦和巴贝基。

那些在第二人生中的记者同行们和虚拟实境博客们，都为这本书提供了十分有价值的资源，他们在两个世界中都是非常棒的伙伴。特别是：3pointD网站的马克·沃伦斯，爱传可爱绯闻的小报第二人生先驱报网站的比特·路德罗，信息周刊的米切·瓦格勒，第二人生路透社的亚当·帕斯科及他的团队，虚拟世界新闻报的团队，大地新星博客网站的入迷专家，波音网站的科尔·多克特沃和他的同事，亨瑞·简肯，罗伯特·斯荀伯，劳伦斯·莱格西，和乔伊·艾托。还有更多的对高科技文化和游戏有着渊博知识的人为本书作出了或大或小的贡献，在此一并衷心致谢，排名不分先后：道格·丘吉尔，哈维·斯密斯，瑞基恩·迪拜蒂，罗宾·尤里克，苏珊·吴，克莱夫·托普森，简·皮查克，阿勒克·阔托斯基，艾利斯·泰勒，埃瑞克·莱斯，贾马斯·卡斯奇奥，布莱恩·叶恩，瑞·瑞罗德，简·麦克国尼格，艾迪·科多，贝斯提·布克，达纳哈·波伊，杰瑞·帕分多夫，贾斯汀·霍，菲利普·托柔恩，哈伍德·费恩荀德，拉夫·莱夫·扣思特，思荀特·简宁斯，艾森·尤克曼，埃瑞克·沃尔珀。

在整个写作过程中，科技博客 GigaOM 公司的欧姆·马利克和他的团队给了我鼎力支持。欧姆不仅仅是驱使我去思考基本问题，还特别地引导和塑造了我对第二人生中的商业用途的思想。

千万同胞公司的瑞本·斯泰戈尔和他的团队是第二人生项目的有力合作者和我博客的稳定贡献者。（在他们之前是流红之河公司，尽管时间很短。）约翰·巴特里，比尔·贝兹尔，查斯·爱德华兹，还有他们在联邦媒体的职员，他们在被林登挤出门后很快转向了我的博客。

早在 2005 年，沃顿和大地新星网站的丹·亨特就千方百计地游说我来写这本书，他们一边用莱根法尔林威士忌来诱惑我，一边又动员了不可抗拒的贝斯·罗威克教授，最终说服我着手写此书。贝斯作为游戏现状系列会议（虚拟世界专家会议）的推动者，对本书的影响是深远而根本的。

在 20 世纪 90 年代中期，《玩钱》的作者朱利安·迪贝尔在描绘虚拟世界时大胆地创新，好像那个世界里发生的事情很是重要一样；他开拓了道路，为此书打下概念基础。

还要感谢我那些在这个作为奇怪的新媒体、道德鼓吹者和舆论工具的虚拟世界之外的朋友们：达米恩·萨缪尔，罗兰·库克，安德鲁·勒奥拉德，本，塞恩迪尔，兰希，还有许多许多。

这本书尤其要献给第二人生社区的居民们，他们聪明可爱，创意非凡，率性而为又足智多谋，思维活跃而又开放自由。他们当中每个人都很特别，虽然有时特别地淘气。第二人生的成功只能归结于他们，这本书的存在也只因为他们存在。而我之所以要在虚拟世界上倾注心血，也是因为他们的故事必须也应该为人所知。

最早为我的第二人生博客持续贡献文章的是：风格独特富有魅力的专栏作家艾利斯·奥菲利亚，思想深刻的人口学家泰特茹·尼诺，活跃的比赛主持人瑞克·莱尔，艺术专栏作家阿马西尔·布兰克，以及尖锐的游戏评论者奥德尔·斯科尔。